Ana Arion
Zaine

Ana Arion

Zaíne

Editura Eagle
2017

Zaine
Copyright ©2017 Ana Arion
Toate drepturile rezervate

Colecția **Sintaxe**

ISBN: 978-606-8315-97-3
Editura Eagle

Lector: Mugur Cornilă
Redactor: Mihaela Sipoș
Tehnoredactare: Adrian Petcu
Coperta: Mihail Moldoveanu

Servicii editoriale asigurate de Editura Virtuală
www.edituravirtuala.ro
Email: office@edituravirtuala.ro

Descrierea CIP a Bibliotecii Naționale a României
ARION, ANA
    Zaine / Ana Arion. - Buzău : Eagle, 2017
    ISBN 978-606-8315-97-3

821.135.1

I

Nu-și amintea cu exactitate momentul în care a apărut în viața ei. Pentru că nu a fost ca o întâmplare de neuitat. Nici ca un moment plin de semnificație care se întipărește pentru totdeauna în amintire. S-a insinuat cu perseverență în viața și mintea ei, pe nesimțite, ca un gând nedefinit. Ca o senzație aproape imperceptibilă. Ca un sentiment fără contur. Fără culoare și fără strălucire, până când, în momentul în care îl percepi și îi acorzi atenție, te cufunzi în el, fără scăpare. Și fără sfârșit.

Avea poate treisprezece ani când i-a atras atenția tânărul a cărui privire neagră și pătrunzătoare o îngheța și oprea timpul în loc. Doar pentru câteva clipe. Nesfârșite clipe în care nisipul auriu se bloca în clepsidră. Culorile, sunetele și mișcările zilei reveneau apoi la viață, puse în mișcare de mecanisme neștiute. Și razele soarelui își reluau traiectoria, picurând lumină și viață. Le înregistra cu greutate, ca și cum tocmai s-ar fi deșteptat dintr-un vis, dintr-o amnezie trecătoare. Ca și cum contactul lor vizual ar fi fost magic și ar fi avut puterea de a opri lumea. Sau doar lumea lor se oprea?

Părea mai degrabă o apariție ireală. La fel de ireală ca momentele în care privirile lor se întâlneau. Cu păr lung, negru, cu barbă și foarte înalt, întunecat și misterios, era mai mereu singur, nu vorbea niciodată cu nimeni și nimeni nu părea să îl cunoască prea bine. Dar știa că există, că e real și probabil că avea o viață obișnuită, la fel ca toți ceilalți din jurul lor.

Nu știa de ce o urmărește și nu reușea să înțeleagă ce vede în ochii lui. Deși era încă un copil și știa că trebuie să stea departe de străini, atunci când era vorba despre el nu-i era teamă și nu se simțea în pericol. Dimpotrivă. De altfel, el nici măcar nu se apropia de ea și nu încerca să-i vorbească, doar o privea. Uneori intens, ca și cum ar fi vrut să îi spună ceva doar privind-o. Și atunci se simțea ca și cum ar fi fost hipnotizată. Alteori își ferea privirea atunci când ea îl vedea. Îl regăsea aproape peste tot, dar asta era oricum inevitabil, în locul în care trăiau.

La un moment dat și-a făcut curaj să îl confrunte. S-a dus țintă către el, hotărâtă să afle ce vrea de la ea. Pentru câteva clipe i s-a părut că l-a speriat. Se uita impacientat în toate direcțiile, dar pe măsură ce se apropia de el, s-a oprit și a început să o fixeze cu privirea. Întunecat. Sigur. Sfidător. Răbdător. Dulce. Doar a ajuns până la el. Nu-și mai amintea de ce se apropiase și nici ce voia să-i spună. Tot ce hotărâse iritată, în momentele de tachinare ale prietenelor ei, că îl va întreba și-i va spune era pierdut ca o părere.

Nu a mai văzut decât ochii negri, fără sfârșit, și privirea întunecată, care a învăluit-o ocrotitor. Toate s-au oprit, din nou, „au înghețat" în jurul lor și n-a mai știut cât a privit în ochii lui. În rest, nu-și dădea seama cum arată și nici nu a reușit să-și mute privirea din ochii lui. Pletele negre, curate și încâlcite se întâlneau cu o barbă la fel de neagră. Vag, i se confirma bănuiala că e mai mare decât ea cu șase sau șapte ani. Dacă ar fi știut, dacă ar fi avut experiență, ar fi înțeles. Dacă ar fi avut maturitatea să înțeleagă, ar fi citit în ochii lui tot ce-i spunea și în același timp încerca să-i ascundă. Dar nu știa. Era încă doar un copil.

Presupunea că o iubește, dar nu înțelegea prea bine ce înseamnă asta. La vârsta la care începuse doar să viseze la dragoste, era impresionată că cineva e îndrăgostit de ea sau cel puțin așa părea. Nu putea să îl ignore și trebuia să recunoască, adânc în sine, că începuse să se gândească și ea, din când în când, la el. Îl numea, în gând, Zaine. Alesese numele imaginându-și un cavaler singuratic, întunecat și misterios. Nu-și amintea de niciunul care să se fi numit așa, dar i se părea că i se potrivește. Dar nu ar fi recunoscut nimănui că se gândește la el. N-ar fi avut curajul să recunoască, în cercul ei de prieteni sau cunoscuți, că e atrasă de el sau că i se pare romantic că o urmărește.

O perioadă nu l-a mai văzut atât de des și treptat a început să-l uite. Viața era, la momentul acela, o aglomerație haotică de gânduri și emoții, de curaj nebunesc, de temeri și de lacrimi, de prieteni care vin și pleacă, cu care te cerți astăzi doar ca să te împaci mâine. Atunci, în viața ei, nu putea fi nimic statornic.

Așa încât a uitat de el, până într-o seară caldă de vară. Nu și-a dat seama când se întunecase, tot povestind cu Claudia. Era târziu. A început să se agite când și-a dat seama că e noapte și că trebuie să traverseze parcul ca să ajungă acasă. Altfel nu se putea, decât prin parcul ăla nenorocit.

Dar o să fie în regulă. Nu mi se va întâmpla nimic. Ajung imediat acasă. Își repeta mereu în gând ca să se liniștească. Până când a văzut cele două umbre ce păreau că o așteaptă. A încercat să grăbească pasul și să îi ocolească pe marginea aleii. Unul dintre ei i s-a oprit în față. „Singură? La ora asta?" În timp ce celălalt îi dădea târcoale și i-a tras ușor breteaua bluzei. Ar fi vrut să țipe, dar gâtul i se uscase și inima îi bătea asurzitor. Îi simțea bubuitul în tâmple și nu reușea să își amintească ce trebuie să facă să scoată măcar un sunet. Era ca și cum presimțise totul. Își imaginase, și acum gândul devenise înspăimântător de real. Nu le vedea foarte bine fețele, dar își dădea seama că oricum nu i-ar recunoaște. Nu erau din lumea ei roz, fără probleme serioase și fără necazuri. A reușit, pentru câteva momente, să se împotrivească și să rămână în siguranța fragilă a asfaltului, atunci când au încercat să o tragă de pe alee.

Mai mult a auzit decât a văzut. Viteza cu care alerga spre ei ca un șuier înfundat. Apoi izbitura cu care cel care încerca să o tragă de șolduri a fost trântit la pământ. Cel care o ținea de mâini nu a apucat să înțeleagă. După lovitura primită sub bărbie, s-a lăsat pe spate și a aterizat pe asfalt cu o bufnitură. „Fugi!", a țipat către ea, și Katalin a început să alerge. Auzea loviturile, sau își imagina că le aude, și nu voia decât să ajungă acasă. Recunoscătoare. Recunoscătoare că el, încă o dată, apăruse în calea ei și o urmărise ocrotitor. Așa cum a simțit de atâtea ori. În liniștea și siguranța casei, mulțumind că e teafără și hotărâtă să nu spună nimic nimănui, își amintea cum i-a strigat „Fugi!". Întunecat. Furios. Speriat. Ușurat. Și ocrotitor. Și, alunecând în vis, încerca să deslușească ce era acel ceva atât de intens ce nu putea înțelege din atitudinea lui, care o atrăgea și o înspăimânta, în același timp.

Tocmai când revenise în existența ei și se gândea din nou la el, căutând să îl vadă, nu l-a mai întâlnit. A venit apoi timpul să urmeze cursurile facultății și se hotărâse deja să plece într-un alt oraș. Era încântată de noua viață care o aștepta și nerăbdătoare să fie pe cont propriu. Cu timpul, a uitat de ocrotitorul ei întunecat și misterios. Credea că viața abia acum începe cu adevărat.

II

L-a cunoscut pe Nick la facultate. Era cu un an mai mare decât ea şi a făcut-o să se îndrăgostească de cum l-a văzut. Înalt, cu părul arămiu şi ochii albaştri, i se părea perfect. Optimist, vesel şi mereu în centrul atenţiei, credea că îl iubeşte. Era primul bărbat din viaţa ei şi, lipsită de experienţă şi romantică, presupunea că vor îmbătrâni împreună. În curând aveau să împlinească un an de când erau împreună şi bănuia, sau spera, că el o va ruga să se mute împreună.

– Ce facem? Ieşim pe undeva diseară?

– Nu pot. Îmi petrec seara cu Nick.

– Eşti iremediabil de penibilă! a pufnit prietena ei exasperată. Dacă nu ar fi ştiut cât ţine la ea, ar fi crezut că e geloasă. Ia o pauză de la acest Nick. Nu mai ştii altceva decât Nick. Ai de gând să îţi închei viaţa cu acest personaj!

– Hai, am înţeles că nu-ţi place, dar nu e chiar aşa cum ţi se pare ţie.

– Dar cum e? Spune-mi tu cum e amicul Nick, că mie îmi pare un bufon.

– N-ai dreptate şi nu-mi place că vorbeşti aşa despre iubitul meu.

Părerile Anei erau clare şi nu ezita să şi le spună ori de câte ori avea ocazia. Nu-l plăcuse pe Nick niciodată, dar de ceva vreme era limpede că nu-i dă şi nu-i va da nicio şansă.

– De fapt, ce nu-ţi convine ţie la el? Eşti prietena mea, dacă ţi se pare că nu e în regulă pentru mine ar trebui să îmi spui de ce.

– Ţi-am mai spus, nu cred că ţine la tine aşa cum ţii tu la el. Mi se pare superficial şi un tip pe care nu te poţi baza. Aminteşte-ţi cum te-a lăsat baltă atunci când trebuia să te muţi!

– Avea un meci important atunci.

– Meci important? Era un antrenament.

– Hai să nu mai discutăm despre asta. Nu vreau să ne certăm. Ţin la Nick foarte mult. Eşti prietena mea şi trebuie să accepţi asta.

– Atunci e treaba ta că vei suferi... bombăni Ana.

– De ce să sufăr? Ştii ceva ce ar trebui să ştiu şi eu?

– Nu... ţi-am spus că nu mi se pare serios... deci, o să suferi din cauza asta...

Seara era aproape şi soarele îşi prelungea agonia. Era plăcut şi totul era calm, atât de calm, încât i se părea că toate mişcările se derulează cu încetinitorul. Ca şi cum ar fi fost toţi sub apă, într-o lume subacvatică, înrudită cu cea de pe pământ, cu un soare subacvatic, înrudit cu cel de pe cer. Privea de la fereastră bucata de stradă din faţa blocului, cu oameni care veneau sau plecau şi copii care se jucau. Ca într-un film ce se derula cu încetinitorul, secvenţă cu secvenţă, toţi se grăbeau în reluare, fiecare mişcare era fragmentată şi glasurile şi râsetele se auzeau înfundat, ca şi cum ar fi fost sub apă. Sau poate că ea era sub apă, în apartamentul ei, ca într-un acvariu imens.

Un bărbat înalt, ce purta un hanorac cu gluga trasă peste faţă, traversa strada spre intrarea blocului. O maşină ce se apropia cu viteză l-a claxonat şi asta a speriat-o şi trezit-o pe ea din visare şi l-a făcut pe el să grăbească pasul. S-a apropiat de intrarea blocului, ca şi cum ar fi locuit acolo. Nu-şi amintea să-l mai fi văzut. I se părea că în bloc sunt doar cupluri de bătrâni şi familii cu copii mici. Nu era Nick, cu toate că îl aştepta să apară. S-au auzit paşi pe hol şi o uşă descuiată în apropiere. Deci chiar stătea în bloc, poate chiar pe acelaşi etaj, la cât de aproape s-a auzit uşa deschizându-se şi închizându-se. Poate că doar nu l-a văzut până acum sau poate că e un vecin mutat de curând. În minte începuse să i se contureze mirarea, de ce oare i-a atras atenţia necunoscutul şi de ce i-a rămas gândul la el, când i-a sunat telefonul.

– Sunt în apropiere, ajung la tine imediat.

– OK. Te aştept. Vrei să..., dar închisese deja.

Era în stilul obișnuit să întârzie, dar să nu recunoască sau să își ceară scuze. „Sunt în apropiere, ajung imediat", când întârziase deja aproape jumătate de oră. Poate că Ana are dreptate și tipul ăsta nu e serios. Cum de s-a gândit la asta? Poate că toate comentariile Anei au început să o influențeze. Sau poate că Ana are dreptate. Nick întârzie aproape de fiecare dată și nu-și cere niciodată scuze. Cine e el, să se lase așteptat? Cum de își permite asta? Așa cum își permite să anuleze lucrurile în ultimul moment. Știe că atunci când va fi aici, atât de frumos, cu ochii lui albaștri, și atât de plin de energie, când o va lua în brațe, îi va ierta totul. De ce? Dacă nu o respectă, probabil că nu o iubește. „Nu ține la tine așa cum ții tu la el."

Soneria a țiuit insistent și enervant, așa cum doar Nick suna.

– Hei! Ce frig s-a lăsat!

Și-a aruncat geaca și s-a trântit pe canapea.

– Nu mergem? Eu sunt gata!

– Unde să mergem? Mă gândeam să rămânem la tine.

– Mi-ai spus că o să ieșim...

– M-am răzgândit. E prea frig. Hai să rămânem la tine.

– Și nu te-ai gândit să mă întrebi și pe mine dacă sunt de acord?

S-au privit amândoi, mirați de întrebarea care plutea încă în aer, atât de neașteptată fusese pentru amândoi. Ea era uimită că a dat glas nemulțumirii, aproape fără să se gândească, iar el era surprins că, pentru prima dată, i se reproșa ceva.

– Păi suntem tot împreună și aici. Contează pentru tine unde suntem?

– Nu. Ai dreptate. Nu contează...

Timpul trecea greu și părea că trece fără rost. Nick, cumva iritat, afișa un aer plictisit. Katalin, mirată că nu se recunoștea și întrebându-se cum de a reacționat, avea un aer aparent absent.

– Katalin, mă gândesc de ceva timp la asta. Poate că ar fi bine să...

Asta era! Așa cum bănuia, urma să îi spună să se mute împreună. Și ea, care s-a purtat așa...

– Poate ar fi bine să luăm o pauză...

– Să luam o pauză? O pauză de la ce?

Înțelegea, dar nu-i venea să creadă.

– O pauză de la noi. E vorba despre mine. Acum, că am început job-ul ăsta, am multe pe cap, sunt multe de învățat și vreau să mă focusez pe asta.

– Și care e legătura?

Tonul ei devenise rece și iritat. Trecuse în câteva momente de la firea emotivă și retrasă care era de obicei, la un demon înfuriat.

– Nu mai am așa de mult timp să petrecem împreună, sunt obosit. Tu meriți mai mult timp, să ieși mai mult și eu momentan sunt prins în asta...

– Te rog să pleci!

Înnebunea de furie. *Cum își permitea să îi dea papucii cu argumente atât de patetice?*

– Nu trebuie să te superi pe mine. Îți cer doar să luam o pauză, să ne vedem mai rar.

– Pleacă!

– Bine. Ne auzim când te mai liniștești...

– Să mă liniștesc? Pleacă!!!

Ce idiot! Ce explicații penibile inventase! Avea jobul de mai mult de șase luni, dintr-odată era prins în asta?! Cretinul! Era altceva la mijloc.

Nu se simțea tristă sau rănită, așa cum și-a imaginat că va fi dacă s-ar despărți vreodată de Nick, ci înfuriată. Revoltată. Se simțea înșelată și mințită. Ochii i s-au umplut de lacrimi și s-a simțit dintr-odată pierdută. Cum a putut să se întâmple asta? Nu era Nick lumea ei? Sau credea că Nick e lumea ei? S-a terminat totul atât de stupid. S-a grăbit să creadă că îl iubește, că vor fi mereu amândoi, că vor îmbătrâni împreună. Printre lacrimi, în luminile înserării, și-a dat seama că nu s-a întrebat niciodată serios dacă Nick o iubește. De câte ori îi venea în minte, alunga acest gând neinvitat. Probabil că simțea că nu o iubește, dar nu a vrut să își confirme asta niciodată.

Cu cât se gândea mai mult, cu atât își dădea seama că se înșelase nu doar în ceea ce îl privește pe Nick, ci în special în privința sentimentelor ei. Până și ideea de a se muta împreună de unde apăruse? A crezut că ăsta este pasul firesc în relația lor. Nici măcar nu s-a gândit vreodată serios la asta. De fapt nici nu voia să se mute cu el și nu își spunea asta pentru că s-au despărțit acum. Ea se simțea bine singură, în locuința ei, îi plăcea intimitatea, îi plăcea cum își aranjase apartamentul. Nick era foarte neglijent și împrăștiat. Observa asta ori de câte ori rămânea peste noapte la ea. Probabil că locuind împreună ar fi ajuns să o exaspereze. Povestea asta ar fi trebuit să se termine demult, bine măcar că s-a terminat acum. Incredibil cum își imaginase că îl iubește și că vor rămâne împreună.

Știa, și acum trebuia să accepte, că „Nick al ei” era, în mare parte, un personaj al imaginației. Îl „îmbrăcase” pe Nick cu o mulțime de calități, astfel încât să fie iubitul ei ideal. Era doar frumos și plin de viață. Atât. Ea se gândea sau spera să fie atent și iubitor și tandru. Așa cum de fapt visase să fie el, iubitul ei. Și abia atunci lacrimile au reflectat tristețea și golul, nu cel lăsat de Nick, ci de cel care nu fusese niciodată iubitul ei.

Avea să afle zilele următoare de ce avea nevoie Nick de o pauză. Pauza se numea Amanda, o colegă nouă transferată de câteva săptămâni din alt oraș. Era veselă, plină de viață și superficială ca Nick. Se potriveau de minune.

Da, realitatea era chiar mai urâtă decât bănuia. Arăta jalnic. Se târa de la facultate acasă și de acasă la facultate. Își luase un scurt concediu de la job. Noroc că nu era mare lucru și nu ar fi ratat decât un salariu derizoriu, dacă l-ar fi pierdut. Se săturase de ea, de cât de proastă fusese și de cum pierduse timpul.

Ana era nemiloasă, ca de obicei:

– Dacă ai realizat și tu, în sfârșit, că e un bou, de ce suferi în halul ăsta după el?

– Nu sufăr după el. Ți-am spus. Sufăr după ce-ar fi putut fi.

– Cu idiotul ăsta?

– Nu, nu cu el. Sau, mă rog... cu el, dacă ar fi fost altfel.

Visa la o poveste de dragoste romantică, în care el era înalt și frumos și îndrăgostit nebunește de ea. Visa să fie centrul lumii pentru cineva și acel cineva să fie centrul lumii ei. Știa că e un basm, dar era visul ei frumos și îi plăcea să viseze. Nu trebuia să știe nimeni asta. Nici măcar Anei nu-i povestea ce-i trecea prin minte, pentru că Ana părea să își dorească altceva de la o relație. De altfel, vedea bine în jurul ei, lumea nu prea mai era interesată de iubire. Relațiile se legau, se consumau, se desfăceau și începeau altele. Ca și cum nimeni nu ar mai fi fost interesat de ceva complet, profund și deasupra existenței banale de zi cu zi. Știa că fusese o prostie din partea ei să creadă că Nick ar putea fi altfel. Îl văzuse, chiar atunci când erau împreună, cât e de superficial, de grăbit să le bifeze pe toate, *să mergem și acolo, să facem și aia, să ne întâlnim și cu ceilalți*. Obositor, repezit să ia câte puțin din toate, nu avea răbdare și nu se gândea la nimic prea mult. Toate erau simple și dacă nu erau simple atunci să le facă alții, să fie pentru alții, nu pentru el. Se întreba cum de avusese ea atâta răbdare să fie cu el, să îi suporte superficialitatea. De fapt știa. O ajuta să nu se mai gândească ea atât de mult la toate, să nu mai întoarcă tot pe toate părțile. Știa că ea își pune prea multe întrebări și tot timpul are nevoie să anticipeze ce va urma. Dacă el era atât de superficial și supraviețuia, și încă atât de bine, și ea putea să mai slăbească din când în când controlul, să nu mai știe totul în detaliu. Dar nu se putea baza pe el, asta îi era clar.

Când se gândea la Nick și la cât timp pierduse cu el, înțelegea cât de mult își dorea o poveste de iubire, cât de disperată era pentru asta, dacă și Nick i se păruse suficient de bun.

III

Ceața plutea în nori groși. O urma pe cărarea îngustă. Din când în când, se întorcea spre el, privindu-l fericită și luându-l de mână. Îi zâmbea. Se îndreptau spre capătul lumii, unde iubirea era fără de sfârșit. Fericit. Fericit că o iubea. Fericit că îl iubea. Nebun de noroc, că e aici și ochii albaștri îl privesc.

Cu un chicotit, și-a întors privirea de la el și a început să grăbească ritmul, în pas săltat de copil. Oricât de mult se grăbea, nu reușea să o ajungă. Îi mai auzi chicotitul și țopăitul copilăros o vreme, apoi tăcerea care s-a lăsat îl sugrumă. *Katalin! Katalin!* Dar glasul îi era mut, ca și cum n-ar fi putut nicicând să o strige.

S-a oprit, ascultând, sperând, cu simțurile încordate, dar ceața era singura care îl aștepta, îl învăluia și îl asurzea. A început să alerge, urmând cărarea cu inima bătându-i nebunește, ca o tobă asurzitoare în tâmple. Prăpastia s-a căscat brusc și și-a simțit pașii călcând în aer, descoperind sub cortina de ceață prăpastia ce dădea în mare. *Katalin!*

Propriul strigăt l-a trezit, ridicându-l brusc și trântindu-l, după câteva respirații prelungite, la loc în așternuturi, în confortul trist al realității monotone. Realitatea pustie. Pustie fără ea, fără ea reală, pentru că nu era pentru el mai mult decât o imagine. În depărtare, în centrul orașului, se auzea suspinul vieții de noapte. Pe stradă, din când în când, trecea câte o mașină, doar ca să te întrebi de unde venea și spre ce se grăbea cel care o conducea, atât de târziu, în noapte.

De când o iubea? De când credea că o iubește? De când se întreba, cutremurat de dor, de dorință și de teamă, dacă ea ar putea, sau nu, să fie Ea? Cât de mult a încercat să se vindece de această obsesie? Cât a sperat, cu fiecare încercare, cu fiecare schimbare, că va scăpa? Atunci când nimic nu a avut succes și a obosit tot încercând, și-a acceptat soarta, resemnat, ca un bolnav muribund și, acum câteva luni, a supralicitat o sumă enormă, inacceptabilă și penibilă, doar ca să locuiască în același bloc cu ea. Să fie la câțiva metri de ea. Și nicăieri. Nicăieri în viața ei. Nu-l vedea, nu-l știa, nu-i vorbea. Nici măcar nu-l saluta, ca pe un vecin oarecare, pentru că nu știa că-i este vecin.

Secătuit de această obsesie, îi era teamă de viața cu sau fără ea. Realiza că s-a îndrăgostit de o nălucă, de o imagine, că își construise singur un ideal dintr-o femeie reală. O femeie în carne și oase, pe care nu îndrăznea să o cucerească. Și-o dorea, iubind-o nebunește de ani de zile, de la distanță, și se trezea sufocat de spaima că atunci când ar cunoaște-o și-ar putea da seama că nu o iubește și nu o va iubi, că totul a fost o iluzie și că tot ce a crezut că e pasiune și dragoste a fost o nebunie istovitoare.

Cât a încercat să o uite, fără să o fi cunoscut măcar. Toate iubitele trecătoare îi aminteau de ea, fără să-i fi semănat. Plecau triste sau rănite, isterice sau disperate, privindu-l cu milă uneori, după ce le striga rătăcit *Katalin* sau le spunea cât de dor îi e de Katalin. Cât de stupid, trist și inutil i se părea că e. Blestemat. Incapabil să iubească. Vedea cum îi cad toate femeile în brațe, atât de ușor și fără ca el să și-o dorească. Singura, pe care o dorea și o iubea, nu îndrăznea să o aibă. Tot ceea ce făcea în viața lui nu reușea să compenseze faptul că se simțea defect, nebun, obsedat și posedat.

În toți acești ani nu reușise să se apropie de ea sau să îi vorbească. Decât atunci când o salvase, cu ani în urmă, disperat, din mâinile a doi nenorociți. Orbit de furie și năucit de teamă pentru ce i s-ar fi putut întâmpla, a lovit la nesfârșit în cei doi, până când în parc nu se mai auzea decât gâfâitul lui epuizat și pașii ei alergând la capătul străzii. Teama că i-ar fi putut omorî nu era mai puternică decât spaima că ea era atât de fragilă și în nesiguranță și frustrarea că nu o putea apăra dacă nu era a lui.

Nick a fost cel mai cumplit coşmar. Modelul clasic de bărbat uşuratic, care le iubeşte pe toate şi pe niciuna. Nu putea să nu se îndoiască de ea, de capacităţile ei, gândindu-se că a căzut în braţele unuia ca Nick. Nu ştia dacă e mai frustrant faptul că îl iubea pe unul care nu o iubea, pentru că era atât de vizibil îndrăgostită, şi el atât de evident superficial, sau banalitatea relaţiei celor doi şi sfârşitul ei rapid şi inevitabil. Venise într-adevăr sfârşitul lor aşa cum prevăzuse de la început, ba poate chiar mai repede. O vedea suferind, dezamăgită şi tristă. Când el era aici şi o iubea, sau credea că o iubeşte, ca un nebun. El nu ar fi făcut-o niciodată să sufere. Aşa credea.

Se simţea atras de ea, inexplicabil, pentru că nu o cunoştea, şi fascinat ca de o minune, dar în acelaşi timp temător să afle dacă sclipirea este reală sau doar orbitoare.

Era permanent într-o stare de nesiguranţă şi incertitudine în ceea ce o privea. Era la câţiva metri distanţă, la capătul celălalt al palierului. *Ce mă opreşte să îi bat la uşă şi să îi spun că o iubesc?* Ştia ce. Teama că de fapt nu o iubeşte şi e doar o atracţie obsesivă, cu care a fost blestemat. Teama că ea e la fel de superficială şi falsă, ca majoritatea celor din jur şi că e atras inexplicabil doar de o imagine. Nici măcar cea mai frumoasă. O privise de sute de ori cu veneraţie, ca pe cea mai desăvârşită perfecţiune, dar ştia că de fapt nu e aşa. Atrăgătoare, da, poate chiar frumoasă, dar nu desăvârşită. Dar nu din înfăţişarea ei se născuse iubirea lui inexplicabilă. *Atunci din ce?* s-a întrebat de mii de ori. *Ce se întâmplă cu mine atunci când o văd?* Şi se analizase apoi de mii de ori, ca să înţeleagă şi ca să îşi răspundă. Şi înţelegea din ce se năştea totul. Din vraja care îl cuprindea atunci când o vedea. Ca un copil, pentru prima oară într-un carusel cu lumini strălucitoare, culori fantastice, oglinzi imense şi cântece vrăjite. Şi de fiecare dată era pentru prima dată. Din suferinţa şi fericirea care îl cuprindeau, auzindu-i vocea, agonizând şi sperând împreună. Din toată inspiraţia de care se simţea cuprins de fiecare dată după ce o vedea. De fiecare dată înţelegea mai mult şi mai clar ce îşi doreşte de la el şi de la viaţă. Ca şi cum ea era muza lui. Și din toată tristețea nesfârșită care îl copleșea atunci când recunoștea că nu e a lui.

În liniștea asurzitoare a nopții, își amintea discuția avută recent cu Patrick, partenerul lui de afaceri și de ceva vreme un bun amic. S-a trezit povestindu-i la un pahar de vin cât e de îndrăgostit de o femeie cu care n-a avut niciodată curaj să vorbească. Avea nevoie să își mărturisească infirmitatea rușinoasă, să o descopere, ca să-i minimizeze grozăvia.

– Ce ai de pierdut? l-a întrebat Patrick după ce a realizat că lucrurile sunt serioase și și-a șters zâmbetul de pe față.

Alexander era un tip echilibrat, sau cel puțin așa i se păruse până acum. Echilibrat, ancorat în realitate, destul de serios și trist uneori. L-a văzut plictisit de majoritatea tipelor care îi cădeau la picioare și i-a trecut de câteva ori prin minte că e gay. Nu era gay. Era un romantic.

– Adică?

– Ce ai de pierdut dacă încerci să o cucerești? Îți vei da seama dacă este sau nu iubirea vieții tale. Și dacă nu e, eu zic că cel puțin vei fi vindecat. Ești liber să îți cauți adevărata jumătate.

– Și dacă nu reușesc să o cuceresc?

– De ce n-ai reuși? Haide! Când nu ai reușit tu să cucerești o femeie? Nici măcar nu ai încercat, dacă stau să mă gândesc bine. Cad singure în brațele tale.

– Acum e diferit. Doar gândul că aș încerca asta mă face să mă simt nesigur.

De fapt, îl speria de-a dreptul. Se gândise de nenumărate ori să încerce să se apropie de ea, dar mereu îi fusese teamă. Teamă că nu va ști să vorbească cu ea, teamă că ar fi paralizat de emoție în preajma ei, teamă că nu ar putea să o cucerească, teamă că ea n-ar merita. Știa că trebuie să scape de obsesia asta, că trebuie să îi pună capăt, mai devreme sau mai târziu. Să se apropie de ea era singura soluție. Mai știa că atunci când totul ar fi fost real, nimic nu ar mai fi putut fi evitat, amânat, înfrumusețat. Niciunul dintre ei și nimic din ce ar fi simțit.

IV

– Hey!

– Neața!

– Doamne, ce vecin ai! a șoptit Ana cu un zâmbet larg.

– Ce vecin am?

– Închide ușa! Ce faci?

– Voiam să văd și eu vecinul.

– Ce tâmpită ești! Ne-a auzit! Cum îi mai zâmbesc eu acum când mai vin pe la tine dacă m-a auzit?!

– Cu atât mai bine!

– Nu! Păstram avantajul de superioritate. Nu știa că îl plac.

– Dar el te place?

– Nu știu.

– În orice caz, ce vecin e asta de nu îl știu eu?!

– Păi cum să știi, când doar îți plângi de milă? Că te-ai despărțit de Nick și ce-ar fi putut fi.

– Nu e vorba de Nick.

– Da. Da. Am înțeles. E că ai pierdut timpul și că l-ai idealizat și că nu știi dacă poate exista dragostea adevărată. Hai să lăsam asta. Ai un vecin, să te lingi pe degete!

– De ce să mă ling pe degete? Ce? E ciocolată topită?

– Ești scârboasă!

– Eu? Cine a zis să ne lingem pe degete?

– TACI! Înalt, brunet, ochi negri, corp a-tle-tic!

– Nu știu unde îi vezi, dar nu cred că la mine în bloc.

– E chiar aici, pe palier.

– Mda. Foarte bine. Hai să mergem. Pierdem și cursul de azi.

Ana era, în special în momentele de criză, cum ar fi fost despărțirea de Nick, vocea obiectivă și rațională a tot ce se întâmpla. Katalin știa și ea și era de acord cu tot ce critica Ana, doar că fără ea nu ar fi recunoscut niciodată.

Se simțeau bine împreună și reușeau mereu să se distreze oriunde ar fi fost, cu toate că păreau destul de diferite. Katalin era rezervată și timidă, în timp ce Ana era foarte directă, gălăgioasă, amuzantă în cercurile de prieteni și serioasă în afara lor.

— Acum, că ți-ai revenit după acest Nick... apropos, ți-am spus cu cine e?

— Nu. Astăzi nu mi-ai spus. În rest, cred că mi-ai spus de o sută de ori. Și exagerezi. Mai greșește omul. Doar n-o să-mi reamintești toată viața.

— Păi mai greșește, dar să persiști în greșeală aproape un an... Și dacă o să fim toată viața împreună, iubito, de ce nu?!

— Mda. Treci la alt subiect.

Katalin încerca să rămână serioasă, dar Ana reușise, din nou, să o distreze. Amuzate, au traversat campusul, îndreptându-se spre aripa veche din clădirea universității. Pălăvrăgind mereu, niciuna dintre ele nu observase că, la scurt timp de la ieșirea din clădirea Anei și până la universitate, au fost însoțite de o privire întunecată, furioasă și copleșită, ocrotitoare și nehotărâtă.

De câțiva ani evita să o mai urmărească. Știa că acum nu mai sunt doi copii și îl înspăimânta ideea că i-ar putea trezi suspiciunea și teama că este urmărită. În plus, maturitatea îl ajuta să își controleze mai bine impulsurile. Faptul în sine îi repugnase dintotdeauna, i se părea umilitor pentru el și dezonorant pentru ea. Dar simțea mereu că e ceva mult mai puternic decât el. Nevoia de a o vedea. Obsesia, mai bine spus. Nu găsea nimic murdar în ce făcea, dar era ceva ascuns, ca o slăbiciune și el nu putea avea slăbiciuni. Era mai presus de orgoliul lui și reușea cu greu să își înfrâneze tendința. Gândul că altcineva ar urmări-o îl înnebunea și îl revolta. Știa că pentru el gestul era dictat de iubire și nu de perversitate, dar tot i se părea anormal și simțea că îl înjoseşte. Nu i se părea normal nici că a făcut totul ca să se mute în aceeaşi clădire cu ea, dar faptul că o ştia aproape îl ajuta să se controleze mult mai bine. Nu o mai urmărea pentru că încerca să se mulţumească cu gândul că e aproape, fizic, de el.

Comportamentul lui în tot ceea ce era legat de Katalin nu avea nicio legătură cu modul lui de a fi în rest. Calm, echilibrat, sigur pe el, le impunea celorlalţi respect prin prezenţă, dar şi prin modul de a vorbi şi de a acţiona. Era o inspiraţie pentru ceilalţi sau, cel puţin, reuşea să le trezească invidia. Tot ce avea legătură cu Katalin îl năucea şi îl făcea nesigur. Inclusiv propria persoană şi modul în care se comporta.

După coşmarul din noaptea trecută, simţea nevoia disperată şi de necontrolat să o vadă. Să ştie că e bine, că are aceeaşi prospeţime şi acelaşi aer fragil dintotdeauna şi că nu e pierdută definitiv în marea de ceaţă din visul lui.

Coborâse la ora la care bănuia că ar trebui să plece de acasă. A văzut-o pe prietena ei urcând şi a auzit uşa ei deschizându-se. Doamne, cum şi-ar fi dorit să se întoarcă şi să o vadă! A continuat în schimb să coboare treptele, încleştându-şi maxilarul şi izbind cu putere uşa de la intrare. Nu era el! Nu putea fi el cel care se postase la intrarea parcului, aşteptând-o să apară. Era o nebunie! De ce făcea asta? De ce se oprise în locul ăsta, aşteptând-o, când ar fi putut să îşi vadă de treburile lui? Era o femeie ca oricare alta. Şi avusese atâtea. Poate de mii de ori mai frumoase. Poate că de mii de ori mai interesante. Ce îl lega de fiinţa asta ca un blestem? Se revolta, dar în acelaşi timp o aştepta, încremenit, să apară.

Toate întrebările care îi construiau frustrarea şi îi accentuau neputinţa, ca un castel întunecat, şi îi înteţeau orgoliul, ca un monstru înfricoşător s-au năruit imediat ce a apărut sub privirea lui. Bineînţeles că nu l-a văzut, aşa cum nu-l vedea niciodată şi, în acest moment, nu se putea gândi dacă asta e bine sau rău. Ştia doar că e frumoasă şi ireală şi avea asupra lui efectul unui drog. Şi râsul ei, vesel şi subţire, îi ştergea orice gând. Făcea gropiţe mici în obraji şi

nasul i se încreţea uşor atunci când râdea. Până şi vocea ei, uşor răguşită, îl zăpăcea. Uneori, i se părea că nu ar putea fi cu ea din simplul
motiv că prezenţa ei îl făcea să îşi piardă minţile. Era pentru el ca un
miracol şi reacţiona ca în faţa unui miracol. Şi totuşi era o femeie
obişnuită, şi-a spus, strângând din ochi cu putere şi întorcându-şi
capul. Dar paşii îl purtau în urma ei. Aşa cum nu te poţi desprinde
dintr-un vis frumos, şi deşi simţi cum te trezeşti, te agăţi cu disperare
de ultima imagine, îi construieşti conştient urmarea, doar ca să nu se
termine. Visul lui cel mai frumos. Asta era. Visul lui cel mai frumos
şi mai fantastic, care, din fericire, dar şi ca o pedeapsă, exista în realitate. Respira, trăia şi păşea pe pământ. Şi el era atât de năucit
încât nu reuşea să facă nimic ca să fie a lui. Şi-a întors spatele, dezamăgit, trist şi furios. Neputincios şi frustrat, simţea că nu va reuşi
să se apropie singur de ea.

Seara de început de noiembrie era rece şi burniţa uşor. Vântul
bătea rar şi scurt, dar tăios.

Nu fusese o idee prea bună să iasă la alergat. Dar dimineaţa n-ar
fi reuşit să iasă din casă şi nu mai alergase de mult, aşa încât a profitat de orele libere.

Aerul rece şi înţepător nu-i făcea bine. Dimineaţa simţise începutul unei răceli, dar îl ignorase sperând că va trece de la sine. Acum
nu mai era de ignorat. Îi era frig, obrajii îi ardeau, gâtul o ustura.
Încercă să păstreze un ritm alert pe ultimele sute de metri spre casă,
cu gândul la un ceai fierbinte.

Cu coada ochiului a văzut umbra care se apropia de colţul intersecţiei, de pe o stradă perpendiculară. Tipul era înalt, cu o glugă pe
cap şi alerga cu uşurinţă, ignorând vremea rece.

Nu. Nu acum. Mai avea puţin până acasă. Bărbatul alerga în urma
ei şi nu părea că intenţionează să o depăşească, cu toate că ar fi putut
să o facă foarte uşor.

S-a hotărât să alerge ea mai repede, cu toate că ştia că nu e o idee
bună. Aerul rece îl trăgea direct în piept, pentru că era obosită şi

nu-şi mai regla bine respiraţia. Bărbatul păstra distanţa dintre ei egală, alergând relaxat.

Simţea că ceva nu e în regulă şi, pe lângă efortul fizic, începuse să intre în panică. De ce e tipul ăsta în spatele ei şi ce vrea? Cu coada ochiului, a încercat să evalueze distanţa dintre ei şi a estimat câţiva metri. Pe care el i-ar fi putut recupera din câteva salturi. *Şi nu e nimeni pe stradă. Pe strada asta, unde e mereu cineva la orice oră.*

În sfârşit se apropia de bloc. Nu mai era o soluţie să se oprească acum.

A încetinit în apropierea intrării, cu inima bubuind asurzitor în urechi. Nu i-a mai auzit paşii şi şi-a dat seama că bărbatul s-a oprit şi el, dar îi era teamă să se întoarcă şi să-l privească. Cu mâinile tremurând, încerca să îşi dea seama care este cheia. *Ce fac acum? Intru sau rămân afară? Îl întreb ce vrea?*

Mai mult intuitiv, simţea că are mai multe şanse să scape dacă intra în bloc. Tipul era în spatele ei, aşteptând. I s-a părut că a salutat-o sau a spus ceva, dar ţiuitul din urechi era prea puternic ca să-l audă. Intrase în alertă şi era agitată. Doar a descuiat şi a apăsat clanţa. Umbrele serii au început să crească rapid, devenind imense şi neregulate, simţurile s-au înceţoşat şi şi-a dat seama că îşi pierde cunoştinţa pentru că picioarele se înmuiau şi vedea că e în cădere, după cum se dezvăluia imaginea din ce în ce mai amplă şi apoi completă a cerului de deasupra ei. I s-a părut că îşi aude numele şi a simţit cum se opreşte brusc în aer, pentru că cineva a prins-o.

Mirosea a cald şi a cărţi sau a ziare. O vază de cristal cu forme din dreptunghiuri asimetrice. O petală roz din floarea de magnolie cădea legănat, într-un răsfăţ leneş. Aleargă. Aleargă mereu pentru că e cineva în spate. Cineva. Şi aici e cineva. Nu reuşesc să deschid ochii. Ştiu că e aici. Îl aud. E în stânga mea. Stă pe jos. Îi văd umbra siluetei, dar ochii şi trupul nu mă ajută şi nu mă pot trezi. Îmi aud respiraţia. Îmi aud paşii pe asfalt. În parc au căzut frunze galbene şi copiii se dau pe tobogan. Nisipul e moale, rece şi umed. Pe stradă trec cupluri râzând. Am

urcat ultima treaptă în turn. Sunt mulți turiști și toți vor să se fotogra-
fieze. Hai! îmi șoptește tandru. M-am întors, dar s-a întors și el cu
spatele și se strecoară printre grupuri. Mă duce de mână. Are o mână
caldă, puternică, cu degete lungi și subțiri. Nu-i văd fața. Unde mă
duce? Au căzut toate petalele magnoliei din vază. Toate într-un dans
încetinit, răsucit, învăluindu-se în cădere, în lumina monahală a soa-
relui. În față am un buchet cu trandafiri albi. Sunt reci. Parfumați.
Fini. Cerul e albastru sub norii încărcați. E aici. Și îmi dă liniște. Si-
guranță. Încredere. Iubire. Strâng în pumn un boboc de trandafir și
parfumul țâșnește sclipitor, în stele mici și colorate, ca într-o magie.

În timp ce deschidea ochii, încerca să pună în ordine gândurile și întrebările care se năpusteau agitate.

Era într-un apartament cald, spațios și luminos. Soarele era la răsărit și avea strălucirea rece și ascuțită a dimineților de toamnă târzie. Prin fereastră vedea aceeași clădire pe care o vedea și din apartamentul ei, dar dintr-un alt unghi. Era liniște și părea că e singură. Se trezise pe o canapea și era învelită cu o pătură. Pe măsuța de cafea alăturată era un joc de șah început și câteva ziare. În mulțimea de lucruri noi și necunoscute, i-a trecut prin minte întrebarea *Cine mai citește ziare în ziua de azi?* Camera avea puține piese de mobilier, dar suficiente pentru ceea ce părea o cameră de zi.

Undeva se auzea apa curgând, ca și cum cineva ar fi fost la duș. *Deci nu sunt singură aici... Probabil că sunt la un vecin...* Tipul de aseară era de fapt un vecin, de asta alerga în urma ei și aștepta să intre în bloc. Din ușa camerei de zi și-a dat seama că apartamentul este elegant și părea locuit de un bărbat, pentru că era liber, fără nimicuri și cu puține decorațiuni. Se oprise apa de la duș. Speriată, a decis rapid că e mai bine să plece și să nu dea ochii cu vecinul în a cărei casă petrecuse o noapte și pe care nici măcar nu îl știa, pentru că nu reușea să își dea seama cine e. Pantofii de alergat erau lângă canapea. I-a încălțat grăbită și a respirat ușurată că ușa era descuiată și nici nu făcea zgomot, ca ușa ei. Cumva rușinată, nedumerită de ce fuge, *era clar că nu îi făcuse niciun rău și probabil nici nu i-ar fi*

făcut, a intrat și a încuiat ușa de la apartamentul ei, hotărâtă să nu
îi deschidă dacă tipul ar fi venit după ea. După ce a leșinat, a prins-o
în brațe și a dus-o în apartamentul lui. A descălțat-o, i-a dat căciula
jos, (și-a dat seama că și-a uitat căciula la el), și a culcat-o pe canapea.
Nu a dezbrăcat-o nici măcar de hanorac, deci nu era vreun pervers.
Cum de nu s-a trezit toată noaptea?! Probabil că răceala și sperietura
puternică au fost de vină. S-au poate i-a dat el ceva? În afară de ră-
ceală, nu i se părea să se simtă în vreun fel ciudat.

Era sâmbătă. Și-a făcut un ceai și a luat ceva pentru răceală. S-a
băgat în pat, moleșită, preocupată de ce i se întâmplase și curioasă
cine era vecinul ei... *Da! Vecinul ăsta trebuie că e simpatia Anei. Stăm
pe același etaj și locuiește în singurul apartament în care nu știu cine
stă!* Înalt, atletic, dacă a dus-o în brațe pe scări și a descuiat și ușa cu
ea în brațe, nu că ar fi fost ea grea, dar oricum, și simpatic, după
spusele Anei. Dar nu îi era clar cât glumise și cât de serioasă fusese
Ana atunci.

A adormit, având în minte imaginea unei magnolii căreia îi că-
deau petalele lângă vaza în care era așezată, în lumina soarelui.

A plecat! Sigur că a plecat! Era trist și cumva ușurat, pentru că îi
era teamă de acest moment. Dar mai mult trist. Supărat. Nemulțu-
mit. Iritat că o speriase. Nici nu și-a dat seama că a speriat-o, decât
după ce s-a trezit cu ea leșinată în brațe. Nu i-a trecut prin minte că
ar putea să o sperie atunci când a întâlnit-o în drumul lui de întoar-
cere de la alergat. Normal că a speriat-o. Ea nu știe cine e. Pentru ea
era un necunoscut care alergase după ea și care o aștepta să deschidă
ușa blocului. Pentru ea, el nu era cel care o iubea mai mult decât
orice, care ar fi făcut totul ca să o protejeze. A dus-o sus speriat și
rugându-se mereu să își revină. În casă și-a dat seama că respiră greu,
dar liniștit, și că avea febră.

A așteptat răbdător lângă ea, fără să se sature să o privească. Și-a
dat seama că din leșin trecuse în somn și acum dormea agitat. Pro-
babil că era răcită, pentru că respira cu dificultate. I s-a părut că

noaptea a trecut într-o clipă. Soarele răsărea leneş. A plecat la duş să se învioreze. Dar asta era doar o scuză. La lumina zilei, cu ea aici, începuse să intre în panică. În curând avea să se trezească şi va trebui să vorbească cu ea. Nu-şi dădea seama dacă va reuşi să păstreze un ton calm, firesc. Aproape că-şi dorea să nu mai fie aici. Să nu o mai găsească aici. Şi aşa a fost, iar acum se simţea gol şi neputincios, ca un învins. Întors la viaţa lui atât de plină şi atât de fără rost.

Secătuit de emoţie şi de noaptea nedormită, se plimba prin apartament. Ajuns în uşa deschisă a biroului, a ridicat distrat privirea, a văzut-o şi a simţit cum i se taie respiraţia şi i se înmoaie picioarele. Tot peretele din faţa biroului de lucru era acoperit cu patru tablouri mari. Portretele ei. Fotografiile cu ea, pentru care plătise o avere şi fuseseră făcute fără ştirea ei. Oricum îl minţise pe fotograf că e iubita lui, de care se despărţise temporar, pentru că altfel nu ar fi reuşit să le obţină. Imaginile erau prelucrate, sub forma unor tablouri, în nuanţe diferite de sepia şi alb-negru. Nu păreau fotografii cu imaginea cuiva, ci mai degrabă tablouri artistice. Deşi nu multă lume avea ocazia să le vadă, celor care le vedeau le spunea că nu ştie cine este în imagini, dar că îi plac şi că ar putea fi muza lui, dacă ar avea nevoie vreodată de o muză. Cum ar fi fost dacă ea le-ar fi văzut, dacă ar fi văzut în casa unui străin patru portrete imense cu zâmbetul şi privirea ei? *Dar poate că le-a văzut! Poate că de asta a plecat, pentru că le-a văzut! Dumnezeule! A fost o prostie...* O prostie că o adusese aici, că a lăsat-o singură. Că avea fotografiile ei pe pereţi. O prostie de la început, că a urmărit-o aseară. O văzuse cu mult înainte de a ajunge în intersecţie, de fapt mai mult o simţise, pentru că ştia întotdeauna când o va vedea, înainte de a o avea în faţa ochilor. Agitat, măsura cu paşi mari, toate camerele apartamentului. Nu mai avea nicio şansă. I se părea că ce se întâmplase era un noroc nebun, urmat de un ghinion idiot. O avusese în braţe, a adus-o aici, şi totul a fost o prostie. Cum de a uitat de tablouri? Pentru că era ea aici... a uitat de tot şi de toate pentru că ea era aici şi nu mai conta nimic. S-a lăsat neputincios pe canapea, acceptând totul, aşa cum înţelegea, de fiecare dată, că totul i se întâmplă cu un rost. Căciula ei era pe brațul canapelei. Era un pretext bun să îi bată la ușă, să îi dea căciula, să o întrebe cum se simte și să își ceară scuze că a speriat-o. Bănuia că își va da seama rapid dacă a văzut sau nu tablourile. Sau poate că nici nu-i va deschide.

S-a întins pe canapea, liniștit, cu gândul că se va duce la ea. Canapeaua mirosea a ea, așa cum toată casa i se părea că miroase a ea. Era un parfum ușor, ca o părere, de floare de magnolie. Și închizând ochii a adormit, cu imaginea unei magnolii căreia îi cădeau petalele lângă vaza în care era așezată, mângâiată de lumina soarelui.

V

Ploua şi se întunecase. I s-a părut că o trezise ceva, când s-a auzit un ciocănit. A aprins câteva lumini pe drumul spre uşă.

– Cine e?

– Iubirea vieţii tale!

După ce i-a deschis, Ana a intrat veselă, cu o sticlă de vin şi un pachet de cumpărături.

– Doamne, ce faţă ai! Şi să ştii că încă nu e Crăciunul să umbli cu nas roşu de Rudolf.

– Sunt răcită...

– Iartă-mă! Am adus vin, să vezi cum te pune pe picioare...

– Mi-e rău... vin îmi trebuie mie?

– Eşti praf! a complimentat-o Ana uitându-se la ea cu înţelegere.

– Da. Şi am tras o super-sperietură cu simpatia ta, vecinul meu. Aşa o sperietură că am dormit la el noaptea trecută.

– Uau! Stai aşa! Ia-o încet! Ce-ai făcut?! Stai să deschid sticla de vin! Calm, nu face faţa asta, beau io! Tu povesteşte cum mi-ai suflat superbunăciunea.

Cu răbdare pentru pauzele de suflat nasul, Ana a aflat cum îşi petrecuse noaptea pe canapeaua vecinului.

– Şi? Am avut dreptate că e supersexi?

În locul unui răspuns, Katalin a afişat un aer nedumerit şi întrebător.

– Ce? Cum? Tu nu l-ai văzut?

– Nu.

– Păi n-ai spus că ai stat până dimineaţă acolo? Dormea sau ce?

– ...nu dormea. Sau nu ştiu. Cred că era la duş.

– Și ai plecat?! Ești incredibilă! Omul te cară până sus, te culca la el în casă, cu fața asta și cu căciula ta de alergat, mă mir că nu te-a lăsat jos sau cel mult la tine la ușă, și tu pleci pe furiș?

– Bine! Bine! N-am știut cum să reacționez...

– Și ai plecat!

– Dacă îmi făcea ceva?!

– Îți făcea pe naiba. Omul te-a descălțat și te-a culcat pe canapea. Dacă voia să îți facă ceva îți făcea demult. Cât ai zăcut tu cu limba scoasă. Da' chiar, ți-au curs balele la el pe canapea, cât ai dormit? Sau poate mucii, că văd că ești în formă pentru asta.

– Ești o tâmpită.

– Dacă îți aduce căciula aia stupidă eu zic că e de bine. Că nu ți-a curs nimic.

– Te-ai îmbătat.

– Exclus! Nici n-am apucat să beau, că am fost prinsă de poveste. Doamne! Cum de nu leșin și eu așa peste noapte în brațele cui trebuie?!

– Nu glumi cu asta! M-am speriat groaznic!

– Te-ai speriat degeaba.

Bătaia în ușa le-a dus cu gândul la aceeași persoană.

– Ocazia ta să faci cunoștință cu superbunăciunea, a încercat Katalin să fugă din nou de acest moment.

– Poftim? Glumești!

Ana, cu privirea serioasă, de profesoară care te scoate la tablă, i-a indicat ușa, fără să îi lase nicio scăpare.

În timp ce descuia, i-a trecut prin minte că arăta ca dracu', dar era prea târziu să mai facă ceva. Tipul din ușă era înalt și brunet, cu părul scurt și ciufulit. A ridicat spre ea o pereche de ochi negri și pătrunzători, în timp ce buzele conturate încercau un zâmbet șters. *Doamne, a avut dreptate că e frumos. Ce frumos? E superb!*

– Bună!

– Bună...

– Ai dormit la mine...

– Da, știu.

– Îmi pare rău. Cred că te-am speriat aseară. Nu mi-am dat seama...

– ...

– Ţi-am adus căciula.

Oribila căciulă. Şi o uitase la el.

– ...noapte bună!

– Noapte bună!

În timp ce se împleticea spre apartamentul lui, simţea că e beat de fericire. Se dusese să bată la uşa ei în grabă, de teamă să nu se răzgândească şi să dea înapoi. Era atât de emoţionat încât simţea că ceva îl sugrumă. Însă după ce i-a întâlnit privirea, a simţit cum liniştea pune stăpânire pe el, ca un anestezic care se răspândeşte rece şi plăcut, în tot corpul. Dar tot a uitat ce voia să-i spună. Trebuia să se prezinte. Voia să o întrebe cum se mai simte. Era prietena ei acolo, cea care îi zâmbeşte pe sub gene când îl vede. Şi el îi zâmbeşte, doar pentru că ştie că e prietena ei. Acum era atât de fericit. I-a vorbit. Şi ea i-a vorbit. Nu mai ştie acum ce şi-au spus, dar a fost doar a lui pentru câteva secunde, pentru că s-a uitat la el şi i-a vorbit lui.

– Eh?

– ...ce?

– Este un zeu sau nu?

– Da, este un zeu... şi eu sunt zeiţa încâlcită a nasurilor roşii. Arăt oribil şi m-ai trimis aşa la uşă.

– Pentru că asta era civilizat să faci. Dacă tot ai plecat ca un hoţ din casa lui. Lasă, când îţi revii, te aranjezi şi te duci pe la el să te prezinţi. Că tot încă n-am aflat cum îl cheamă.

– Păi de ce nu te duci tu? Parcă ţie îţi plăcea...

– Mda, dar când se uită la mine nu i se aprind ochii precum luminiţele de Crăciun... aşa cum s-a întâmplat când s-a uitat la tine.

– Sunt de sezon. S-a lăsat inspirat de nasul roşu de Rudolf... a încercat să glumească Katalin, dar căzuse deja pe gânduri.

Ceva o tulburase şi o preocupa, dar nu reuşea să îşi dea seama ce şi de ce. Era sperietura din seara trecută? Faptul că dormise la el? Că plecase pe furiş şi acum se simţea prost? Că arăta aşa de bine sau că știa că ea arată ca dracu? Sau privirea lui? Ochii aceia negri și pătrunzători, în care a avut senzația că se va pierde și că timpul a rămas în loc pentru câteva momente. A fost ceva rupt de realitate, de viață, de lume, imperceptibil, trăit în fracțiuni de secundă infinite. Ca într-un neant, în care oscilezi fascinat de atracția în necunoscut și te frângi în despărțirea de tot ceea ce e pământesc.

VI

InKIn era o tipografie pe care o înființase în urmă cu câțiva ani. După ce a înțeles că nu poate face față unui job, nu pentru că nu ar fi fost competent, dimpotrivă, ci pentru că nu era capabil să se conformeze, indiferent de cerințe și de consecințe, a luat un împrumut și a deschis o afacere. I s-a părut cel mai bun început, un punct de plecare de unde să poată construi, pentru că nu s-a oprit aici. Tot pentru că nu se putea conforma, nu-i plăcea să stagneze și nu-i plăcea rutina. Investea în diferite afaceri, testând ce are succes și ce eșuează. Curios în ceea ce privește creativitatea altora și principiile de business adoptate de alții, urmărea să identifice elementele care dau succes unei afaceri.

InKIn devenise rapid un business profitabil, avea o mulțime de comenzi și nu-l mai solicita ca la început. Încerca însă să păstreze un echilibru și să nu piardă din calitate și asta l-a adus rapid în top 3 tipografii din regiune. Prefera să amâne clienții sau să-i redirecționeze către alți furnizori, dacă nu le putea onora comanda la standardul cu care îi obișnuise deja. Clienții preferau să aștepte, dacă se putea, sau să-și planifice cât mai devreme comenzile. Și se întorceau de fiecare dată. Era un colaborator important pentru majoritatea agențiilor din zonă și nu-și mai căuta de mult contracte, pentru că apăreau singure, atrase de reputația firmei.

Oamenii, sau mai degrabă curiozitatea în ceea ce îi privește pe aceștia, îl țineau aproape de firmă, cu toate că și-ar fi permis să nu se mai implice atât de activ. Era mereu fascinat de modul în care se comportă oamenii și de mecanismele care îi determinau să acționeze într-un anumit mod. Era curios să înțeleagă de ce unii vor să se dezvolte și alții nu. Oare aceștia din urmă își găseau împlinirea în viața personală și erau, prin urmare, mai fericiți? Automulțumirea era generată de înțelepciune sau de faptul că erau limitați? Atât de limitați încât nici nu realizau că sunt limitați? Lipsa lor de energie și interes la job era compensată de o viață personală plină de satisfacții? Nu avea răbdarea să afle pentru că nu avea răbdare să îi păstreze prea mult pe lângă el. Îl inspirau cei energici și ambițioși să se dezvolte, cu toate că bănuia că ascund de fapt neîmpliniri personale și frustrări și viața lor era lipsită de iubire și monotonă. Așa cum era și viața lui, în care atâtea gânduri îl oboseau și își dorea uneori să fie lipsit de profunzime și să nu-și mai pună întrebări. Probabil că îi invidia pe cei superficiali, mereu atât de plini de încredere. Și de prostie. Invidios pentru mulțumirea lor, totuși îl deprima ideea că ar putea fi vreodată atât de banal.

Pentru angajați părea un tip destul de închis, dar echilibrat și corect în ceea ce îi privea. Se încrunta câteodată și ăsta era indiciul că ceva nu merge bine și e nemulțumit. În rest, nimic nu trăda ce se întâmplă în interior.

Trecuse în ultimele săptămâni de la extaz la agonie. Și-a dat seama că s-a întors de unde plecase și i se părea că nu e cu nimic mai aproape de ea. Când începuse să se gândească ce să facă ca să o cucerească și înțelegea că e incapabil să se apropie de ea, soarta a decis pentru el, trimițându-i-o în brațe. N-a făcut însă nimic cu această șansă. Se simțea din nou complet inutil și lipsit de speranță.

Tocmai când era mai nefericit, a fost provocat din nou.

Începuse să ningă, dar asfaltul încă era curat, așa încât își continua alergările de seară și de dimineață, înverșunat și nervos pe el, cu pumnii strânși, gluga trasă și privirea în pământ. Nu era singurul care făcea asta. În seara rece, cu fulgi rari și apoși, soarta a hotărât ca cei doi să se ciocnească din nou. La propriu. A apucat doar să o cuprindă de umeri încât să n-o răstoarne, speriat de ea și de întâmplarea neașteptată. Căștile îi săriseră din urechi, așa încât și-a dat seama că muzica o făcuse să nu fie atentă pe unde aleargă. El își asculta doar gândurile. Doar gândurile care îi vorbeau despre ea.

– Hey...

– „Hey", de ce nu te uiți pe unde... mergi?... alergi...

După ce a recunoscut ochii negri, prin ploaia de zăpadă, și-a pierdut elanul de a-i face morală și sprâncenele arcuite nervos s-au întins surprinse.

– Dar mi se pare că nici tu nu m-ai văzut! *De ce nu mă vezi?*

Avea un zâmbet amuzat și ochii negri sclipeau luminoși. De data asta zâmbea și părea un zâmbet complet. *Ca un model într-o reclamă la o viață fericită...* Dar nu și-a mai urmat gândul, ușor ironic, *oare îl ironiza ca să nu se intimideze?*, pentru că a continuat să o surprindă.

– Ți se pare o idee bună să începem să alergăm împreună? Văd că alergăm la aceleași ore. Am putea evita... evenimentele ca acesta. Sau ca cel de data trecută.

A zâmbit! A zâmbit la ce i-am spus. Păstrează-ți cumpătul. Vorbești prea mult. Să nu spui o tâmpenie!

– Eu sunt Alexander.

– Katalin.

Simțea pentru prima oară, după ce urmărise de atâtea ori, mâna mică și rece și fină și nu voia să-i mai dea drumul. Fulgii i se lipeau de gene ca și cum ar fi avut mici aripi albe în jurul ochilor. Ochii albaștri cu irizații cenușii, mari și rotunzi, îl priveau fix, ca și cum totul s-ar fi oprit în loc. Se simțea dezgolit sub privirea ei, vinovat că îi ascunde existența ei din viața lui.

Avea acum o căciulă albastră pe care se întindea o dantelă de perle străvezii, din fulgi topiți. Pielea ei albă, văzută atât de aproape, părea ireal de transparentă, încadrată de buclele subțiri ce scăpau de sub căciulă. Ca un portret dintr-o pictură, rătăcit în lumea reală. Era atât de frumoasă și dureros de aproape.

Doar fulgii mari care îi ningeau erau dovada că nu sunt încremeniți în timp. Erau ca două figurine într-un glob de sticlă. Mai mult o senzație, decât o amintire, îi spunea că mai trăise un moment asemănător. Nu reușea și nu voia acum să își amintească. Știa doar că nu își poate lua privirea din ochii negri. Până când a văzut o tresărire dureroasă în ei, ca și cum ceva sau cineva, poate ea, l-ar fi copleșit. Când i-a dat drumul la mână și s-a îndepărtat puțin de ea, a fost ca și cum o vrajă s-ar fi destrămat.

Fără să-și spună nimic, s-au îndreptat amândoi spre casă.

– Locuiești de mult aici?

Făcea un efort să își stăpânească mulțimea de emoții care îl sufoca. Îi venea să o rupă la fugă și totuși nu-și dorea să fie în alt loc. Ar fi vrut ca drumul spre casă să nu se mai sfârșească. Nu-i venea însă nicio idee despre ce să vorbească cu ea. Nu știa de fapt nimic despre cum era ea.

– De anul trecut.

– Ești studentă?

– Da. Tu?

– Dacă mai sunt student?

A izbucnit într-o cascadă de chicote cristaline, în timp ce nasul i s-a încrețit ușor și în obraji i-au apărut gropițele.

– Ce? Nu mai pot fi student? Arăt așa de bătrân?

Reușise printr-o minune să anime atmosfera dintre ei și simțea că se destinde.

– Nu, nu arăți bătrân, i-a răspuns zâmbind timid și el s-a întrebat dacă într-adevăr a observat-o roșind sau doar i s-a părut. Doar că nu arăți ca un student.

– De ce? Cum arată studenții?

– Nu știu. Dar nu pari student... și nu te-am văzut nici prin campus, și cum e un singur centru universitar...

– Poate că nu m-ai văzut tu!

A părut că vrea să-i dea replica, dar a renunțat. De parcă un bărbat ca el ar fi putut trece neobservat, dar nu-i putea spune așa ceva.

Da, acum se înroșise cu adevărat. Oare ce a vrut să îi răspundă?! Dar trebuia să înceteze cu tachinatul. Unii nu reacționează prea bine când sunt tachinați, poate și ea este din categoria lor.

– Nu sunt student. Am terminat facultatea de câțiva ani, dar nu am fost student aici, ci în alt oraș.

– Și cum ai venit aici?

Pentru că am intuit bine că tu vei urma facultatea aici.

– Orașul ăsta oferă foarte multe oportunități.

– Locuiești de curând în blocul asta?

– De opt luni.

– E aproape de job-ul tău?

Nu chiar, e tocmai în celălalt capăt al orașului.

– Nu. Dar îmi place zona asta.

Nu e nimic să îmi placă la zona asta.

– Ce îți place în zona asta? Eu nu găsesc nimic să îmi placă, dar e foarte aproape de facultate.

Era rândul lui să se amuze și a început să râdă.

– Păi nu știu... are farmecul ei. *Stai tu aici și chiar nu contează ce mai e în jur pentru că toată lumea mea e aici.* Are parcul în apropiere și mie îmi place să alerg zilnic.

– Știi că nu e singurul parc din oraș?!

– Știu. Dar îmi place mie ăsta.

Nu era convinsă. Sigur pe el și relaxat, nu părea genul care să aleagă altceva decât ce era mai bun. Se vedea asta după cum arăta și după hainele de pe el, chiar dacă erau haine sport. Realiza că se simte ciudat lângă el, ca și cum ar fi fost în siguranță, ca și cum între ei era ceva familiar. În același timp era intimidată de statura și de siguranța lui și de faptul că era atât de frumos. Se simțea ocrotită și parcă îi amintea de cineva, dar nu se putea concentra acum la asta.

Se simțea privit de câteva momente și iarăși avea senzația că e dezgolit și descoperit până în adâncuri. S-a întors și el să o privească și a trăit din nou revelația că e copleșit, sufocat de tot ce simte și tot ce ar putea simți.

– În zona asta, care ție nu-ți place deloc, există o cafenea foarte bună, unde am putea merge odată, dacă vrei.

Uimit că a reușit să pună întrebarea, și-a ținut respirația în așteptarea răspunsului.

– ... da... cred că putem face asta.

Nu se așteptase la întrebare și a simțit cum i se înroșesc obrajii. Și nu era prima dată în ultimele cinci minute. Fir-ar...

– Păi... ne mai vedem. La revedere, Alexander!

– La revedere...

Era timidă. Îi plăcea asta. Și el nu se descurcase prea rău. Nu va mai da înapoi. Trebuia să fie a lui sau se convingă că nu e pentru el.

Cine era tipul ăsta și ea de ce era așa de tulburată? Doar pentru că era așa de frumos? Îi amintea de cineva. Dar nu se putea concentra să își amintească de cine. După primele câteva minute în casă, și-a dat seama că nu se putea concentra la nimic și se gândea doar la el, la ochii aceia negri și la zâmbetul luminos și... ușor melancolic.

VII

Timpul era atât de scurt și erau atât de multe lucruri de aflat, de văzut, de făcut. Dar fără presiunea timpului nimic nu s-ar mai fi întâmplat. Și nimic nu și-ar mai fi dorit. Viața, așa cum se întâmpla ea, aproape la fel pentru toți, viața asta nu putea fi de acceptat, nu putea fi de dorit. Cu toate lucrurile care se li se întâmplă tuturor la fel și apoi vezi cum ți se întâmplă și ție. Ușurat că ești și tu la fel ca toți ceilalți. Înspăimântat că nu ești diferit. Te trezești că începi să arăți ca părinții tăi și să te porți și să vorbești la fel ca ei. Ajungi să trăiești și să faci toate lucrurile care te îngrozeau și în care nu ai fi crezut că vei crede vreodată.

Nu putea accepta asta. Nu putea accepta ciclicitatea și monotonia vieții. El va fi altfel și va face lucrurile altfel cât de mult va putea. Se împotrivea mereu și tot i se părea că are cea mai banală existență. Era implicat într-o mulțime de afaceri și vizitase până la treizeci de ani toate orașele și locurile lumii care meritau a fi văzute și tot simțea că nu era destul. Căutase mereu să fie altfel și i se părea că e același. Încercând să fugă de ea, o căutase mereu.

Tot așteptând cel mai potrivit moment în care să-i reamintească de invitația lui, s-a trezit că o vede cu altcineva. Tipul venise de două ori cu ea săptămâna trecută și l-a văzut ieșind din casă zilele trecute... într-o dimineață. Cât de fraier se simțea. Și cum era ea? Cum era femeia asta care îl obseda și pe care o pierdea printre degete ca pe un nisip fin, fără să o fi avut vreodată, în fața primul venit?

Ce a așteptat? Ce moment potrivit? Ăsta era momentul, acum, pentru orice ar fi fost. Asta era viața lui, acum, chiar acum, când ar trebui să o trăiască. Și era singura, nimeni nu i-a promis, nimeni nu i-a garantat că va avea o alta. Nimeni nu trăia nimic pentru el. Chiar clipele în care înțelegea asta se duceau. Se duceau naibii și nu le primea înapoi. Ce aștepta? Ce aștepta ca să-și trăiască viața? Viața care se întâmpla chiar acum, pe când medita la ea.

Mâine. Într-o zi. Toate indefinite, undeva în viitor, atemporale și pierdute, nu aveau să se întâmple dacă el nu le făcea să se întâmple. Poate că nu va mai fi niciun alt mâine și ea nu știa cât e de iubită. Poate că o pierde pentru totdeauna, pentru că nu și-a făcut curaj să trăiască odată. Era momentul să înțeleagă că tot ceea ce își dorea nu avea să se întâmple dacă el nu făcea nimic. Era timpul să înțeleagă că amânând totul, la nesfârșit, nu va mai fi niciun moment.

Era orbit de furie. Scârbit de ea, de el însuși și de toți cei din jur. S-a încurcat cu prima față drăguță și zâmbitoare care i-a ieșit în cale, doar ca două zile mai târziu să o ignore și să îi spună *„Fugi, baby, că sunt un blestemat!"*.

S-a suit în mașină și s-a oprit, după patru ore de condus, în fața unei case albe, fără etaj, cu acoperiș verde-închis. În spate, se întindea o livadă îngustă. Undeva, în spatele livezii era un pârâiaș mic, apărut ca de niciunde și curgând spre nicăieri, cu un susur ascuțit. De câte ori venea, Alexander își amintea zilele petrecute aici ca și cum le-ar fi retrăit acum din nou. Cunoștea livada în cel mai mic detaliu. Fiecare scobitură în scoarța de copac, fiecare picătură de clei prelinsă din ea și fiecare foșnet al frunzelor care cădeau. Și susurul pârâiașului. Diferit în fiecare zi cu ploaie și în fiecare zi cu soare arzător. I se întipăriseră toate în minte când nici nu știa că le aude sau le vede. Le revedea și le reauzea și, deși erau atât de familiare, încât i se părea că e din nou copil, nu mai erau la fel. Se repetaseră de atâtea ori, la nesfârșit, încât își pierduseră farmecul impunător din copilăria sa și trezeau în el doar nostalgia.

Ușa s-a deschis până să apuce să bată.

– Ma... ce faci?

– Alexander, nepotul meu favorit! a fost el întâmpinat cu entuziasm. Shhh, să nu ne audă Tina, că e aici, l-a avertizat tot ea. Inutil, pentru că toată familia știa că Alexander este nepotul favorit. Hai! Hai în casă! Rămâi la mine, da?

Ma, cum o alinta Alexander, avea șaptezeci și cinci de ani, dar era o bunicuță sprintenă și vioaie. Mereu cu un zâmbet senin, cu ochii de un albastru spălăcit și cu un păr alb sidefat, de când și-o putea aminti, de parcă ar fi fost dintotdeauna bunică, Ma era pentru Alexander un refugiu. Ea era cea care îl înțelesese întotdeauna și în casa ei, plină de dantelă, porțelanuri și o mulțime de decorațiuni oriunde te-ai fi uitat, își petrecuse Alexander o mare parte a copilăriei. Și Ma și casa ei erau aproape neschimbate, lucrurile nu fuseseră mutate nici măcar o jumătate de centimetru, dar erau toate mai mici, mai vechi și pline de o senzație de tristețe nedefinită și apăsătoare. Ca în oricare loc în care bătrânețea amintește tăcut, de sfârșit.

– De ce fața asta tristă și privirea asta întunecată? l-a întrebat Ma, atunci când au rămas singuri după cină.

În poala ei se odihnea nelipsitul Tom, motanul roșcat, gras și leneș. În cei aproape treizeci de ani, părea să fi fost mereu același motan, dar Alexander știa că era al patrulea și era singurul lucru straniu și de neexplicat la Ma, că își alegea mereu același fel de motan. Ce era și mai straniu, era că aceștia ajungeau să se comporte cu toții la fel. Fie avea mereu aceeași sursă de unde își lua motanii, deși greu de crezut pentru un timp atât de lung, sau ea reușea, cu răbdarea de neclintit, să îi facă pe toți la fel de grași, de leneși și de nepăsători, căci invariabil nu-i dădeau decât ei atenție, orice s-ar fi întâmplat sau oricine ar fi fost lângă ei.

Ma era cea cu care Alexander știa că poate vorbi oricând și îi poate spune orice. Simțea că e singura care nu-l judecă, nu-i cere mai mult, care nu pune presiune, așa cum simțise mereu din partea părinților și care-l iubea mai mult decât orice, fără să-i ceară nimic în schimb. Știa de obsesia lui pentru Katalin, știa că o iubea de când era un puștan și ea un copil.

– Alexander, de ce te grăbești să tragi concluzii? Nu știi cine este tânărul care o însoțea.

– Ma...

– Şi dacă este cine crezi tu, dragul meu, iartă-mă că îţi spun, poate că ai lăsat să treacă prea mult timp.

– Nu vreau să grăbesc lucrurile, a încercat el o explicaţie, fără să fie convingător.

– Alexander, femeile sunt vulnerabile şi au nevoie de atenţie, de protecţie, de iubire. Această tânără nu ştie că tu o iubeşti, nu ar trebui să ai pretenţia să te aştepte şi să reacţioneze pe măsura sentimentelor tale, pentru că ea nu le cunoaşte. Ştii şi tu că pentru ea eşti un străin. Poate că e un lucru nebunesc, dar te-ai gândit cum ar fi să-i spui ce simţi pentru ea?

– Nu pot să fac asta. O să creadă că sunt un obsedat.

– Orice femeie ar fi măgulită să afle că e iubită de atâta timp, cu atât de multă răbdare.

– Poate că nici nu o iubesc. Poate că totul este o iluzie.

– Poate fi, dar când te-ai mai înşelat tu, vreodată, Alexander? Şi dacă decizi să nu îi spui asta, pentru că ar putea să o sperie, sau nu e ceva real, poţi începe o relaţie cu ea, să o cunoşti şi, dacă este cazul, să o faci să înţeleagă, în timp, care sunt sentimentele tale.

– Cred că din nou am ratat ocazia, i-a replicat el obosit, şi ea probabil că e o uşuratică, a continuat scârbit.

– Alexander! Uiţi că dacă ar fi fost uşuratică, ar fi putut fi şi cu tine aşa.

– Poate că pe mine nu mă place, a încercat el, dar fără un ton convins.

Distrat, ciufulindu-şi uşor părul de pe frunte, îşi amintea cum se îmbujora atunci când vorbea cu el. Şi da, nu fusese niciun moment uşuratică.

– Eu zic să ai răbdare şi să nu te grăbeşti cu concluziile. În plus, ştii că niciodată nu te-am împins să faci nimic, pentru că nici nu a fost cazul; acum îţi spun însă, nu mai visa şi nu-ţi mai imagina lucruri, trezeşte-te şi trăieşte-ţi visul, nu mai pierde timpul. Dacă ea nu este cea la care visezi, nu ai de unde să ştii până nu te convingi de asta sau de contrariu. Ești un tânăr inteligent, frumos, de succes, îți pui singur limite și nu ai de ce. Ai ridicat această fată pe un piedestal și te-ai îndepărtat tot mai mult de ea, doar pentru că n-ai avut curaj să te apropii. De ce ai nevoie de curaj? E o femeie ca toate celelalte. Și nu cred că este prima, a completat cu ironie.

– Ma!

– Nu trebuie să intrăm în detalii, dar nu m-am născut ieri și bănuiesc că ai ceva experiență. Ar fi cazul, la vârsta ta...

– La vârsta mea?

– Alexander, ai treizeci de ani, ești tânăr, dar timpul nu te așteaptă nici măcar pe tine.

Privind-o, se simțea din nou un copil, în ciuda a ceea ce îi spunea Ma acum. Toată povestea asta, care îl făcea să se simtă stupid în fața oricui, era atât de serioasă pentru Ma. Știa că ea înțelege și încă o dată îi spunea ceea ce trebuia să audă.

– Și apoi?

– Apoi trăiește povestea asta de iubire atâta timp cât va putea fi trăită. Știu deja că nu vrei o familie și probabil că nu îți vei face una.

– Dar Ma..., a încercat să o oprească, cutremurat că a intuit ce a încercat mereu să îi ascundă, pentru că știa că asta ar fi îndurerat-o.

– Nu! Nu! Sunt lucruri pe care nici măcar nu trebuie să mi le spui, atât de bine te cunosc. Nu crezi în dragostea care durează toată viața, nici în familie, nici în căsătorie și, după câte bănuiesc, nu crezi nici în copii. Și nu, nu voi încerca să te conving altfel. Trebuie să-ți trăiești singur experiențele și să îți faci singur alegerile, ca să poți fi fericit.

A privit-o cu tristețe, rușinat și înduioșat, dar nu o putea minți.

VIII

Avea picioarele lungi și groase. Statura masivă era în contradicție cu fața senină și cu privirea naivă. Părul blond-auriu, zburlit, ochii albaștri și buzele cărnoase făceau din el un fotomodel perfect. Altfel, Tommy nu își trăda cu nimic originea. Era un băiat greoi la trup și la minte, care vorbea rar și simplu, așa cum se vorbea în zona în care trăise și avea să trăiască toată viața, în câmpiile cu pășuni întinse, împânzite cu ferme de vaci. Era mult peste ceea ce oricine din familia lui reușise, faptul că Tommy venise la oraș să își dea examenele finale pentru a fi asistent veterinar. Pentru ai lui era o afacere bună pentru că economiseau o mulțime de bani dacă nu mai apelau la alți asistenți pentru fermă. În plus, putea ajunge și la fermele din jur și să câștige niște bani și acolo.

Katalin era exasperată de acest văr îndepărtat pe care îl găzduia cât își dădea examenele, la insistențele părinților ei. Îl întreba aproape zilnic cât mai stă și îl suspecta că picase o parte din examene și acum le tot repeta. I se părea tâmp și greoi și se împiedica peste tot de el.

De câte ori trecea pe la ea, Ana îl urmărea cu o privire umedă și excitată până îl auzea vorbind, sau mai degrabă mormăind, și atunci pleca cu o mină scârbită și dezamăgită:

– Ți se pare corect să irosești atâta frumusețe pe un om și să nu-i dai niciun strop de minte?

– Încetează te rog, că dacă n-are stropul ăla de minte își va da examenele la infinit și nu mai scap de el de aici!

După două săptămâni chinuitoare, o anunțase, vag fericit, pentru că era complet inexpresiv, că și-a luat examenele și va pleca luni, după ce-și va ridica certificatul.

– Nu mi-aş da vaca pe mâna lui! îi spunea Ana de fiecare dată când pleca de la ea, fără să se ferească măcar, pentru că Tommy nu înţelegea că despre el vorbeşte.

Când nu se mai aştepta la asta, deşi şi-o dorise în fiecare zi, dar sperase să o evite cât timp vegeta Tommy în apartamentul ei, s-a trezit cu Alexander la uşă. La fel de frumos şi cu o privire mai întunecată. *Nu, nu acum, când e pămpălăul ăsta aici!* Dar simţea în acelaşi timp cum inima îi bate cu putere de bucurie. Se gândise la el şi sperase că invitaţia lui nu fusese o vorbă-n vânt.

– Bună!

– Bună!

Nu m-a invitat înăuntru, dar a ieşit ea afară şi a închis uşa. Asta e mai mult decât încurajator! E şi ciudată pe deasupra! L-a văzut şi pe tip, până să închidă uşa, aşezat la masa din bucătărie, înalt, arătos şi bine făcut. *Ce dracu caut eu aici? Ma şi sfaturile ei de bătrânică naivă!*

Ar fi vrut să plece, dar ea aştepta, privindu-l bucuroasă, emoţionată, dar şi uşor iritată, ca şi cum ar fi fost surprinsă într-o ipostază nefericită.

– Cred că nu am nimerit într-un moment foarte bun!

– Ba da!

– Poate ar fi bine să revin altădată... şi s-a dat puţin înapoi, ca şi cum ar fi vrut să plece.

A văzut-o cum îşi pierde entuziasmul, cum se întristează parcă şi o sclipire de nemulţumire în privire i-a arcuit uşor sprâncenele. A ezitat câteva momente, apoi şi-a făcut curaj:

– Este un moment la fel de bun ca oricare altul... Aa, mh, vărul meu este în vizită la mine de câteva zile, şi a schiţat cu mâna un gest incert spre interior... a stat aici cât timp şi-a dat nişte examene. Trebuie să plece luni.

Ezita dacă să creadă, dacă să înţeleagă sau nu. Ar fi vrut să o întrebe de ce nu le-a făcut cunoştinţă, dar şi-a dat seama că nu are niciun drept şi ar fi fost bădăran. În plus, începuse să fie iritat, îi părea rău că venise şi nu mai avea răbdare.

– Mă gândeam dacă vrei să ieșim la o cafea, cum am vorbit? a întrebat-o cumva grăbit, ca să bifeze asta și să poată pleca.

Situația asta neclară, pentru că n-o credea, îl făcea să nu mai fie atât de emoționat și nesigur pe el. I se părea că ceva este în neregulă în toată povestea, dar el nu avea nimic de pierdut. Se hotărâse să-și rezolve problema într-un fel sau altul. Cel mult urma să îl refuze, ăsta ar fi fost momentul în care să înțeleagă și el că nu are niciun rost, după care probabil că va reuși, sau spera că va reuși să pună punct acestei obsesii.

– Sigur! Mi-ar face mare plăcere! și după ce a izbucnit într-un zâmbet fericit, cu fața luminoasă, s-a fâstâcit și a roșit ușor, pentru că s-a dat de gol și pentru că el avea aceeași privire întunecată.

Se pregătise pentru un „nu" și încă o privea încruntat, până a înțeles. Nu era pregătit și nu se grăbea să se bucure.

– Mâine seară ar fi în regulă?

– Mâine seară este foarte bine, a răspuns ea ceva mai egal.

– Vin să te iau la șapte. La revedere!

– La revedere!

A închis ușa și s-a rezemat cu spatele de ea, gânditoare. Îi plăcea tipul asta, o tulbura, o intimida și o atrăgea în același timp. Îi era însă teamă să nu-l înfrumusețeze și pe el cu o mulțime de calități, așa cum făcuse cu Nick. Totul era atracție deocamdată. Nu îl cunoștea și spera să aibă răbdare să îl cunoască, înainte de a simți ceva. Era însă deja prinsă, ca într-o vrajă. Nu înțelegea ce i se întâmplă, pentru că nu se putea îndrăgosti atât de repede, știa asta cu siguranță. Sau se încăpățâna să creadă asta. Se gândea însă la el tot mai des, ca și cum așteptase mereu și se pregătise dintotdeauna pentru sentimentul care se năștea în ea și pe care nu voia să îl accepte.

Ridicând privirea, a dat cu ochii de Tommy care, în sfârșit, se făcea util și își strângea din lucruri.

IX

A doua zi, la șapte fix, a bătut la ușa ei. Încerca să își stăpânească pulsațiile agitate ale inimii, fără să bănuiască că și el făcea același lucru. În timp ce îl lăsa să o conducă, îi arunca priviri scurte, pe furiș. Deși o intimida, i se părea că privirea ușor încruntată îl face și mai atrăgător. Rezista cu greu tentației de a-i mângâia fruntea pentru a-i îmblânzi privirea. Totuși, nu se vedea făcând asta. Avea un aer atât de inabordabil. Acum părea că nici nu mai e lângă ea și că e departe, cu gândurile lui. Începuse să se simtă stângace și stingheră și pe undeva se întreba de ce acceptase invitația. Și atunci când a invitat-o era la fel de încruntat și a primit răspunsul la fel de rece. Probabil că fusese o greșeală că a invitat-o și o greșeală din partea ei că a acceptat. Îl lăsa să o conducă, dar deja începuse să regrete ieșirea lor.

Ningea din nou și în lumina felinarelor, fulgii mari de zăpadă dansau vesel, ca într-o perdea de stele căzătoare. În ciuda ei, că e aici, cu tipul ăsta frumos și întunecat și tăcut.

Tăcut pentru că îi era teamă. Întunecat pentru că nu era sigur nici de ea, nici de el, nici de acest moment. I se părea că de întâlnirea asta va depinde totul. Să înceapă să o cunoască, să o înțeleagă, să înțeleagă dacă o poate iubi și dacă îl va lăsa să o iubească. Totul era aici, în ce-i va spune și în ce va face și nu era pregătit. Știa că n-ar fi fost niciodată pregătit. Și spaima cea mai temută, ce se căsca ca o prăpastie înaintea lui, era aceea de a nu o mai iubi. Simțea că viața lui ar fi în continuare goală fără ea și imposibilă dacă ea nu ar putea umple acest gol.

Până acum fusese doar o imagine care exercita asupra lui o atracție nebună, și cu această imagine își construise un ideal, pentru că nu o ştia şi putea fi oricum. Putea fi a lui. Acum era aici şi era atât de reală. Încă necunoscută, dar reală. În trupul subţire şi în spatele chipului angelic cu ochii albaştri erau o mulţime de gânduri, de dorinţe, de speranţe. Îi trebuia timp să le afle pe toate pentru că toate puteau fi ale lui şi el putea fi în ele. Ţinea doar de el să le afle, să le înţeleagă şi să le câştige dacă ar fi meritat. Spera cu putere să merite şi să le merite.

Cafeneaua era mult mai aproape decât se aştepta. Era în drumul ei zilnic, dar nu o remarcase. De afară părea o căsuţă cu uşă sculptată de lemn şi geamuri mici şi joase. În interior se păstra aerul rustic de la exterior, dar cu un aspect foarte îngrijit. S-au aşezat la o masă retrasă, aproape de fereastră. Fiecare geam mic şi pătrat din fereastra mare era conturat cu zăpadă pe margini şi părea că fac parte dintr-o imagine de poveste. Lumina difuză din tavan şi din colţurile încăperii, împreună cu lumânarea aprinsă pe masă completau atmosfera de poveste.

Câteva minute au verificat meniul în linişte, fără să fie atenţi. Ea se tot gândea că e o greşeală şi că ar trebui să plece, el nu ştia cu ce să deschidă discuţia. A privit-o şi a realizat că ceva nu este în regulă. Atent la ea în gândul lui, a ignorat-o în realitate şi o observa acum că stă ca pe ace. S-a aplecat uşor peste masă ca să îi atragă atenţia.

– Bună! i-a spus zâmbind.

I-a zâmbit rapid şi fals, de complezenţă, după care şi-a întors privirea spre fereastră ca şi cum ar fi vrut să vadă cum ninge.

– Cred că nu am început seara prea bine! Iartă-mă că am fost tăcut!

– Poate că trebuia să o lăsam pe altădată.

O spusese atât de repede de parcă o repetase în minte de mai multe ori şi era, acum, inevitabil să o rostească.

– De ce spui asta? Din cauza mea? ... Ai dreptate! Am fost un nesuferit! Hai să luăm câte o ciocolată caldă cu rom. E cea mai bună băutură de aici şi cea mai bună ciocolată pe care am băut-o vreodată. Îţi promit că n-o să-ţi pară rău, chiar dacă eşti într-o companie ne-suferită. După ce o bei, şi eu o să-ţi par simpatic.

A reușit să o facă să zâmbească. Dar scurt și mai mult de formă, ca și cum ar fi confirmat cu indulgență că îi acordă o șansă.

Deși știa despre ea tot ce se putea ști în ceea ce privește orașul natal, la ce liceu a mers și ce facultate urmează, a chestionat-o interesat despre ele, în speranța că ar putea ajunge curând să afle mai multe despre cum e ea.

Îi răspundea scurt și rezervat și încă nu părea în largul ei. Nu știa însă că, indiferent de cum ar fi început seara, i-ar fi luat mult timp să se simtă în largul ei și uita că e timidă. Așa încât acum punea totul pe seama lui.

– Îmi pare rău că m-am purtat așa! Uite... adevărul este că atunci când l-am văzut pe tipul ăla la tine, nu am știut ce să cred și m-am gândit că invitația mea este deplasată și că nu mai are rost să te întreb. De fapt, mă așteptam să mă refuzi...

– Tommy chiar e vărul meu, i-a răspuns ea repede, pe un ton scăzut.

Ar mai fi vrut să îi spună că abia aștepta să o invite și că s-a temut că Tommy o să îl facă să dea înapoi. A intuit corect că așa va fi.

– Am crezut că e iubitul tău.

– Aa, nu, nu, în niciun caz! i-a răspuns ea grăbit, cu un ton categoric ce nu mai lăsa loc niciunei interpretări. Și nu aș fi acceptat invitația ta, dacă aveam un iubit, a completat încet, ezitând.

– De ce nu?

– Pentru că nu mă caracterizează așa ceva. Nu cred în asta. Ești cu cineva sau nu. Îl iubești sau nu. Punct. Nu cred în jumătăți de măsură.

Părea foarte convinsă de ce susținea.

– Și dacă ești cu cineva și nu-l mai iubești? Dacă nu vrei, sau ți-e greu să renunți la o relație?

– Care merge din inerție?

– Da, cam așa ceva.

– Nu știu. Dar în orice caz mi se pare de neiertat să înșeli sentimentele persoanei iubite. Cred că îl rănești mai mult pe celălalt dacă îl trădezi decât dacă te desparți.

O privea lung și i se părea că e gânditor. Ca și cum ar fi vrut să memoreze ce îi spunea. A realizat atunci că prin ce i-a spus se putea înțelege că s-a întâlnit cu el în calitate de potențial iubit. A simțit cum se înroșește de rușine și a băut repede din cană ca să treacă peste moment. I se părea iar căzut pe gânduri și melancolic și simțea dintr-odată că ar vrea să îl strângă în brațe și să îi sărute linia dintre sprâncene. La ideea asta a roșit din nou și și-a întors stingheră capul spre fereastră.

Se întreba distrat ce o tot face să roșească, dar îi stătea atât de bine. În profil, nasul mic era echilibrat de fruntea ușor bombată și relieful buzelor conturate. Buclele aurii, prinse lejer la spate, îi conturau capul că și cum ar fi avut o aură. Și-a întins mâna peste masă și a cuprins-o pe a ei.

Ea a tresărit și a ezitat, dar și-a lăsat mâna în mâna lui. Avea degete lungi și subțiri. I-a privit mâna, cum îi ținea mâna ei și o fracțiune de secundă a avut o senzație de deja vu. Dar nu știa dacă a mai trăit sau a visat asta.

— Te-ai gândit însă că atunci când înșeli ești în continuare acolo? Poate că pentru celălalt durerea este mai mare să te piardă decât să te împartă.

O privea fix cu atâta intensitate încât se simțea copleșită.

— Dar dacă înșeli, a încercat ea pe un ton slab, încercând să îi susțină privirea, e ca și cum te-a pierdut deja. Și atunci, adaugi în plus și trădarea și minciuna.

— Katalin, atunci când nu știi ceva, e ca și cum nu ar exista.

— Dar asta nu înseamnă că nu există!

— Dacă tu nu știi, și nu știi, pentru tine e ca și cum nu ar exista.

— Nu sunt de acord!

— Katalin, dacă cineva pe care nu îl cunoști te iubește acum și tu nu o știi, oare iubirea asta poate exista pentru tine?

— Dacă nu îl cunosc și nu mă cunoaște, cum mă poate iubi? Asta nu poate fi iubire, e cel mult o obsesie.

— Oricum ar fi ea, căci și obsesia e un fel de iubire, există pentru cel care o trăiește și pentru tine nu există.

– Cât timp nu o cunoşti...

– Poftim?

– Cât timp nu o cunoşti, dar într-un fel sau altul, întotdeauna un sentiment atât de puternic, dacă este cu adevărat iubire, iese la iveală.

A privit-o lung şi întrebător, ca şi cum ar fi vrut să îşi dea seama ce poate şti, dar a întâlnit doar privirea ei senină aşteptând. Aşteptând următoarea replică. A întrebat aproape fără voia lui. Se auzea vorbind şi nu-i venea să creadă.

– Ar trebui mărturisită această iubire? Cum crezi că ar primi această declaraţie persoana iubită de la un necunoscut?

– Ar fi speriată. Măgulită, în cel mai bun caz, dar cu siguranţă speriată. Asta e o nebunie, o obsesie. Nu poţi iubi un om pe care nu-l cunoşti!

– Şi dragostea la prima vedere?

– Nu e dragoste, e o atracţie.

– Şi atracţia e fără valoare?

– Nu e fără valoare, dar nu e iubire.

Nu voia să mai continue. I se părea riscant şi s-ar fi dat de gol. Ea era atât de hotărâtă, de categorică, trasând totul în alb şi negru, fără nicio îngăduinţă, încât îşi dădea seama că e naivă şi că în toată povestea ei cu Nick niciunul nu iubise cu adevărat, orice ar fi crezut ea.

Se bucura să înţeleagă asta. Şi se temea întrebându-se dacă e pregătită pentru iubire. Şi dacă şi-o doreşte. Şi dacă e capabilă să o trăiască. Şi dacă ar putea fi el primul bărbat pe care să îl iubească cu adevărat. Tot nu o cunoştea după această seară, dar tânjea în continuare să o iubească. Înverşunarea ei nu-l iritase; vedea că e naivă pentru că e lipsită de experienţă şi era uşurat că în această întâlnire nimic nu i-a umbrit iubirea şi dorinţa de a o iubi.

Îşi retrăsese de ceva timp mâna din mâna lui, ca şi cum, pentru a-şi putea susţine argumentele, trebuia să se îndepărteze de el. Simţea, fără să aibă nicio dovadă, că el aşteaptă să îi confirme ceva. Nu înţelegea ce şi de ce şi nici dacă vrea să facă asta. Privirea lui mereu cercetând-o, aşteptând parcă, o presa.

Se simțise ciudat când o ținea de mână. Ciudat de familiar, ca și cum acolo ar fi fost locul mâinii ei. Se abținuse să nu exploreze, însă ar fi vrut să își încrucișeze degetele cu ale lui, să îi mângâie podul palmei și liniile adânci și drepte. Imediat ce și-a retras palma din mâna lui, a simțit în mod straniu că îi este deja dor de ea. Îi rămăsese impregnat parfumul lui, atât de subtil și în același timp puternic.

Ningea în continuare când au plecat. Fulgii veseli și obraznici se lipeau de ei, parcă ar fi vrut să îi atragă în joaca lor.

Ușor și tandru, dar ferm în același timp, a apucat-o strâns de mână în timp ce se îndreptau spre casă. Surprinsă de hotărârea din atingerea lui, nu a încercat să i se împotrivească. Nici nu ar fi putut. Era atâta tandrețe și magie în această atingere, că n-ar fi vrut să îi dea drumul niciodată. Simțea că e fermecată ca într-un vis. Nu înțelegea de ce e tipul ăsta cu ea. Era atât de frumos, de intens și intimidant.

După ce au mers o vreme, s-a oprit în fața ei privind-o lung, cercetând-o din nou, cu iubire, ca și cum ar fi vrut să memoreze fiecare detaliu al chipului ei. S-a aplecat încet și la fel de încet i-a cuprins capul în palme, strecurându-și degetele prin buclele ei. Ochii mari și albaștri îl priveau surprinși, uimiți și speriați, așteptând. Și-a lipit fruntea de a ei și a închis ochii, inspirând parfumul de magnolie și respirația de ciocolată. Stelele fulgerau în culori amețitoare, în timp ce simțea că se dispersează în mii de cioburi rătăcite în univers. Aerul rece l-a readus la realitate și, sufocat de atâtea emoții, a deschis ochii și s-a retras brusc de lângă ea. I-a prins mâna și a reluat drumul spre casă, fără să o mai privească.

Se lăsă condusă, amețită ca și cum ar fi fost deșteptată din somn, dar visând în continuare. Ar fi vrut să nu-i dea drumul niciodată. Deși o intimida, atât de aproape de el a simțit cum totul se învârte amețitor în jurul lor, ca într-un vârtej cu lumini orbitoare. De obicei nu-i plăcea să fie prea aproape de altcineva, mai ales de cineva străin, i se părea că se sufocă și se simțea în nesiguranță. Aproape de el, se simțea diferit. Se simțea ocrotită, mâinile lui îi mângâiau obrajii cu tandrețe, îi inducea o stare de calm, liniște și seninătate. Dar nu se putea pierde în liniștea odihnitoare, pentru că în același timp fiorii atracției erau atât de puternici, încât tot trupul tremura încordat, așteptând. Buzele lui erau atât de aproape, iar respirația lui dulce o atrăgea ca un magnet. Aproape că nu se mai putea stăpâni să nu le afle gustul. Desprinderea lui a fost dureroasă, ca și cum firele magice care îi legau ar fi fost vii și prin capetele lor rupte se scurgea acum seva sufletelor lor. Încercând să își păstreze picioarele pe pământ, îl urma năucită. Dacă nu ar fi dus-o de mână, s-ar fi pierdut în zăpadă și în noaptea sclipitoare. Tipul ăsta o făcea să își piardă mințile când era în apropierea lui. Se dezmeticea spunându-și că trebuie să își păstreze mintea limpede, ca atracția să nu o împiedice să îl vadă așa cum era în realitate. Bărbatul asta nu era Nick, era mult mai profund, mai serios, mult mai complicat, dar nu voia să îi atribuie și lui calități pe care nu le avea de fapt. Nu se putea îndrăgosti până nu îl cunoștea cu adevărat. Și până când nu o iubea și el. Asta credea. Atât de neștiutoare era.

X

Dacă până acum totul fusese o visare dureroasă, ca o icoană care îl urmărea obsedant şi era mereu acolo chiar şi când uita de ea, prezenţa ei reală era ca un drog. Se gândea tot timpul la ea, fără să se poată concentra la nimic. Nu-şi amintea nici ce făcea, nici ce ar fi trebuit să facă. Paşii îl conduceau inconştient către uşă şi se oprea mereu, pentru că nu reuşea să găsească niciun motiv credibil să se ducă până la ea.

Era atât de dulce, de fragilă şi de frumoasă. Nu putea sta departe de ea. Golul era mai mare ca oricând. Nu ştia ce a fost până atunci, dar acum simţea că îşi pierde minţile. Se trezea rugându-se să aibă răbdare şi să fie a lui. Acum nu mai putea concepe să nu fie a lui. Se înfiora amintindu-şi că încă nu o cunoaşte şi ar putea fi dezamăgit, dar alunga repede acest gând. Se despărţise de ea de câteva ore şi era sfârşit. Noaptea fusese o zvârcolire de coşmar, cu miros de magnolie şi bucle aurii care se pierdeau ca un abur pentru că „era o obsesie" şi „o speria", aşa cum îi şoptea un glas nevăzut.

Dimineaţa însorită i-a adus alinarea zilei. Se întrebase mereu de ce la lumină toţi demonii nopţii îşi pierdeau puterea şi se retrăgeau, ca şi cum dimensiunile lor năucitoare de la adăpostul nopţii se micşorau de mii de ori, până când îi vedea, la lumină, firavi şi caraghioşi, ca pe nişte caricaturi.

Trebuia să aibă răbdare şi să îşi stăpânească orice impuls. Nu voia să o sperie şi să o îndepărteze de el. Nu era un obsedat. Era de neconceput să îi facă vreodată rău sau să o facă să sufere. Nu era vinovat şi nu îşi dorise patima pe care o trăia. Încercase mereu să scape, revenind de fiecare dată în apropierea ei, bolnav.

Spre seară nu a mai putut răbda. A bătut la ușă ei cu curaj, înarmat cu cele mai stupide întrebări: ce face și dacă ar vrea să facă o plimbare împreună.

I-a deschis ușa bine dispusă, zâmbitoare, cu ochii strălucitori și alunecoși. Prietena ei era acolo și atunci când a văzut-o s-a grăbit să își ceară scuze și să le lase singure. Ea l-a prins însă de mână și l-a tras veselă înăuntru. I-a făcut cunoștință cu Ana, dar abia a reușit să se adune și să dea mâna cu ea, rostind câteva banalități amabile. Katalin era atât de luminoasă și se învârtea vioaie pe lângă ei încât nu-și putea lua ochii de la ea. Era mult mai vorbăreață și îndrăzneață decât de obicei. Curând, a observat paharele și sticla de vin începută și a înțeles amuzat de ce. Deși aparent Katalin i se adresa ei, Ana începuse să se simtă în plus, pentru că Alexander o privea fascinat pe Katalin și aceasta devenise foarte vorbăreață, semn că de fapt era agitată și cele două pahare de vin doar o ajutau să se exteriorizeze. O cunoștea bine și își dădea seama că e mai mult decât interesată de tipul ăsta. Acum era atât de jovială pentru că avea curajul alcoolului, dar altfel ar fi fost tăcută și timidă. După cum o privea năucit și el părea pierdut pe același drum.

– Bine dragilor, eu v-am lăsat!

– De ce nu mai stai puțin?

Katalin fusese efervescentă doar pentru el, dar avea curaj pentru că era Ana aici. Ana și-a dat ochii peste cap, cu spatele către el și cu o privire sugestivă pentru Katalin.

– Trebuie să îmi fac câteva cumpărături. Vă las. Printre dinți i-a șoptit Katalinei înainte să iasă pe ușă: Vezi ce faci, că ești cam amețită, să nu profite tipul ăsta de tine. Protecție! Oricât ar fi de frumos, și el te poate lăsa însărcinată!

– Taci! i-a șuierat Katalin înroșindu-se.

Era ușor amețită, dar asta nu însemna că s-ar fi culcat cu un străin. Oricât ar fi fost el de frumos. Și de atrăgător.

– Vrei un pahar de vin? a întrebat ea după ce a plecat Ana, amintindu-și că e gazdă.

– Nu, mulțumesc!

Era suficient de îmbătat de prezența ei, nu mai avea nevoie de altceva.

Nici ei nu-i mai trebuia nimic. Băuse și așa prea mult și trebuia să fie atentă în preajma lui. Alexander se așezase pe canapea, după ce își luase la revedere de la Ana, și din dreptul mesei, acolo unde se oprise ea acum, îi vedea din spate, deasupra spătarului canapelei, umerii puternici cu mușchi lungi. A trecut prin spatele lui atingându-i ca din întâmplare un umăr, întrebându-l dacă vrea apă sau altceva. Nu voia nimic. Decât să fie în preajma ei. Se așezase lângă el pe canapea și simțea cum atmosfera devine electrizantă. Era prea aproape, prea senzuală și erau singuri. I se părea că liniștea foșnește încărcată de energia și atracția dintre ei. A respirat adânc, așteptând.

– Am un film înregistrat. Vrei să îl vedem?

Își dorea doar să alunge atenția lor către altceva. Altceva care să nu presupună să vorbească cu el. O intimida și se simțea emoționată în preajma lui, cu tot curajul din paharele de vin. Își bloca aproape orice gând pentru că orice îi trecea prin minte i se părea prea naiv, prea stupid, prea prostesc de rostit în fața lui.

– Sigur! Facem ce vrei tu!

Orice doar să rămână aici, lângă ea.

Nu înțelegea prin bine la ce se uitau. Era aproape de el și de câteva ori își lăsase buclele pe umărul lui, în timp ce își înclina capul râzând. A luat-o de mână ușor și și-a încrucișat degetele cu ale ei. A sărutat lung și cu tandrețe dosul mâinii, pe care a păstrat-o apoi la el. Asta a făcut-o să se apropie și era acum lipită de umărul și coapsa lui.

După câteva momente s-a trezit cu ea în brațe, cu genunchii pe canapea, de o parte și de alta a picioarelor lui și sprijinindu-se moale, cu mâinile ei mici pe umerii lui. Chiar dacă îi simțea fundul așezat pe genunchii lui și palmele rotunjite pe umeri, se așezase la distanță de el. Aștepta surprins, fără să știe ce urmează și cum să reacționeze.

– De ce ești aici? l-a întrebat ea șoptit, așteptând cu teamă răspunsul.

– Aici vreau să fiu! i-a răspuns tot în şoaptă.

– De ce? a continuat iscodindu-l cu ochii albaştri.

– Pentru că îmi place să fiu cu tine! *Pentru că te iubesc!* i-a spus în gând.

I-a cuprins şi el uşor umerii. De teamă să n-o cuprindă de talie şi să o tragă în poală şi să o sărute până li s-ar fi sfârşit respiraţia, aşa cum îşi dorea de fapt să facă.

Îl mângâia cu degetele subţiri pe umeri, desenând distrată cerculeţe şi linii. Era serioasă, în ciudă îndrăznelii de a i se fi suit pe genunchi. S-a aplecat uşor în faţă, privindu-l fix:

– Eşti atât de frumos! Ai cei mai negri şi mai frumoşi ochi pe care i-am văzut vreodată.

Şi rostind asta şi-a amintit ca prin vis de alţi ochi negri şi pătrunzători care o urmăreau, dar amintirea a zburat ca o părere. Nu se putea opri din interogatoriul ei, dând glas întrebărilor care i se tot învârteau prin minte de când îl cunoscuse.

– De ce eu?

Pentru că tu eşti totul!

– Pentru că TU eşti atât de frumoasă şi ai cei mai albaştri şi mai frumoşi ochi din lume!

– Nu sunt!

A văzut cum se încruntă şi privirea i se întunecă:

– Mă contrazici? Cred că nu realizezi că eşti periculos de aproape de mine! i-a şoptit.

– Şi sunt în pericol?

Doar în pericol să te iubesc mai mult decât orice şi decât oricine de pe lume.

– Cu mine nu eşti şi nu vei fi niciodată în pericol! tonul coborâse greu şi ocrotitor, învăluind-o.

I-a apăsat umerii înspre el, lăsându-şi fruntea pe fruntea ei. După ce a privit în ochiul mare şi albastru, şi-a rotit uşor obrazul astfel încât să îl atingă pe al ei. Era mic şi fierbinte şi îi simţea respiraţia precipitată. I-a mângâiat uşor cu buzele vârful nasului şi scobitura fină dintre sprâncene. Apoi a ridicat-o cu tandrețe și a așezat-o lângă el, pe canapea. Începuse să fie copleșit de senzualitatea ei dulce, de care nici măcar nu era conștientă, și se stăpânea cu greu să n-o strângă în brațe și s-o sărute. Nu știa cum să se poarte cu ea. Cu oricare altă femeie nu s-ar fi gândit prea mult, dar cu ea nu-și dădea seama ce ar fi potrivit sau nu să facă, ca să n-o sperie și s-o îndepărteze. O iubea și o dorea atât de mult, străduindu-se să ascundă totul până ar fi fost potrivit să își dezvăluie sentimentele.

Ce era cu tipul ăsta de se tot îndepărta de ea? O plăcea sau nu? Oare ea a fost prea îndrăzneață să i se suie în brațe? A vrut doar să îl privească în ochi, să înțeleagă, să îl domine, așa încât să nu mai simtă că o intimidează. Ochii negri o cercetau întrebător printre genele dese și răsucite. Avea nasul drept și subțire, deasupra buzelor fine și conturate. Obrazul neras, pomeții și maxilarul puternic îi conturau în linii drepte trăsăturile masculine. Sclipiri de entuziasm și raze de tristețe îi străfulgerau aproape imperceptibil privirea.

S-a ridicat în genunchi lângă el pe canapea și i-a prins fața în palmele ei mici. S-a aplecat spre el, învăluindu-l într-o cascadă de bucle moi și parfumate. I-a sărutat buzele încet, mușcându-l tandru cu buzele ei. A simțit cum o încătușează cu putere în brațele lui. O săruta însă lent, cercetându-i cu răbdare și tandrețe gura. Avea gust de fericire, mirosea a dragoste și stele colorate îi traversau fulgerător prin minte.

– Katalin, i-a șopti printre sărutări, Katalin! și o îndepărtă ușor de el.

– Da?

– Ne grăbim? Nu vreau să ne grăbim, vreau să ne bucurăm de fiecare moment în parte, i-a șoptit sărutându-i obrajii, copleșit.

– Nu ne grăbim nicăieri. Unde crezi tu că ne grăbim? Vreau doar să te sărut. Ești așa de dulce și nu mă satur de gura ta și de ochii tăi întunecați și tot nu știu de ce ești aici.

– Ți-am spus!

– Da, da, mi-ai spus, dar nu m-ai convins, i-a șoptit și i-a închis gura cu sărutări.

Sunt aici pentru că te iubesc și tu ești toată lumea mea, dar nu ești pregătită să auzi asta. Cuvintele astea de iubire ar putea să te alunge din brațele mele. Cât de ciudat i se părea atunci când realiza asta. Că îl sărută, curioasă și atrasă el, mai mult de imaginea lui, pentru că era un necunoscut și, dacă i-ar spune acum că o iubește, simțea cum s-ar îndepărta de el, speriată și neîncrezătoare sau jignită ca după o glumă proastă.

Era caldă și subțire. Îl săruta pe îndelete, ca și cum s-ar fi jucat cu buzele lui. A tras-o înapoi pe picioarele lui ca să îi poată cuprinde și el fața în palme. Era oare aici? Cât a așteptat acest moment? Cum a avut puterea să aștepte? A îndepărtat-o din nou de el ca să o privească și ca să creadă.

În ochii negri era un univers întunecat și nesfârșit. Privirea lui era atât de intensă, că nu-și putea lua ochii din ea. În prăpastia adâncă care se căsca în ei intuia că atunci când se va arunca i se va da toată viața peste cap. Era nerăbdătoare să se arunce, dar încă temătoare.

Se țineau strâns în brațe legănându-se ușor. Setea sărutărilor le alinase dorul și le hrănea durerea așteptării. Aștepta să fie iubită. Aștepta să o poată iubi.

Cheia din ușă a sfărâmat magia. Uitaseră de existența lui Tommy, așa cum uitaseră de orice altceva, în afară de celălalt.

XI

Din fericire fusese o zi lungă și grea și ajutat-o faptul că n-a avut timp să se gândească la el și la ce se întâmplase. Tommy plecase de dimineață, cu bagaje cu tot și se simțea ușurată că scăpase de el. Întoarsă acasă, singură, nu mai avea unde să fugă de amintirea lui Alexander și de gândul la el.

Era copleșită de rușine pentru cum se purtase și nu se recunoștea. Cum a îndrăznit să i se suie în brațe și să-l sărute? Își amintea că i-a spus că e frumos și strânse din pleoape, stânjenită și cu obrajii în flăcări, că a avut atâta îndrăzneală. Ea nu era așa. Cum de nu s-a putut stăpâni? Era o atracție atât de puternică? Adevărul era că doar dacă se gândea la el și simțea că își pierde mințile.

– Ai făcut tu chestia asta? a auzit în telefon, atunci când nu mai răbdase să se certe singură și o sunase pe Ana. Și ce e așa de grav? Măcar sărută mișto?

– Nu înțelegi, o să creadă că sunt o ușuratică.

– Deci sărută mișto!

– Aaaaa! Nu mă ajuți deloc! a izbucnit Katalin iritată.

– Azi a dat vreun semn?

– ...nu...

– Mda, asta nu-i prea bine!

– Tu ești prietena mea, sau ce naiba? Ajută-mă cu un sfat, cu o minciună, cu ceva. Simt că înnebunesc. Cum am putut să mă aprind așa după tipul asta? Nici nu îl cunosc, e super întunecat și mă intimidează.

– Hei! Ia-o ușor! Deci te-ai suit în brațele lui și l-ai sărutat! Tu pe el! Bun! Dacă asta ai simțit că trebuie să faci, nu te mai gândi atât.

Dacă te place, bine, dacă nu, așa a fost să fie. În plus, n-am mai auzit de un tip căruia să nu-i placă să sari pe el.

– Dar știi că eu nu sunt așa!

– Știu, K, dar a fost ceva atât de puternic că nu ai putut să oprești impulsul ăsta. Te gândești prea mult.

– Și dacă n-o să mă mai ia în serios?

– Poate că nici nu trebuie. Ai răbdare. Vezi ce se întâmplă. La urma urmei, sunteți doi oameni maturi și v-ați sărutat. Nu e ca și cum l-ai fi violat. Până la urmă, cum v-ați despărțit? Ați stabilit când vă mai vedeți?

– Nu. Nu știu. A venit Tommy și atunci l-am condus la ușă. N-am stabilit nimic.

– Te-a sărutat când a plecat?

– Da...

– Și cum a fost?

– Ca și cum ar fi vrut să păstreze asta pentru totdeauna...

– Uau, ce drăguț! Atunci te agiți degeaba! Ai răbdare, o să dea și omul un semn. Poate are și el un serviciu, o treabă, ceva.

În toată nebunia frumoasă și neașteptată a serii, uitase că a doua zi avea o întâlnire într-un oraș situat la două sute de kilometri, unde trebuia să conducă negocierile pentru o achiziție importantă. Trebuia să plece foarte devreme, nu-i luase numărul de telefon și uitase să-i spună că pleacă. Nici nu stabiliseră când se vor mai vedea. Era iritat din cauza asta și se gândea tot timpul ce o să creadă ea acum. A reușit totuși să se adune și a încheiat afacerea așa cum sperase. S-a terminat totul târziu și au fost nevoiți să onoreze cina pentru a celebra succesul. La întoarcere a condus ca un nebun, dându-i emoții lui Patrick, care învățase să nu întrebe și să nu comenteze când îl vedea atât de preocupat. Cursa a fost însă degeaba. Luminile erau stinse la ea și era prea târziu să mai bată la ușă. Ar fi vrut să o vadă. Și nu știa dacă dimineața la prima oră ar fi fost o idee bună. Nici nu știa dacă e matinală sau nu. Nici dacă ea vrea să îl vadă.

Nu a reușit să o găsească nici a doua zi și era disperat. Ea deja se resemnase că a dat-o în bară. A decis să rămână peste noapte la Ana, ca să nu mai fie singură și să se gândească la el, convinsă că a fost nesăbuită și a făcut o tâmpenie.

— Te chinui prea mult cu chestia asta. N-ai greșit cu nimic. Dacă nu i s-a părut în regulă, să fie sănătos. Ce bărbat îți spune să o luați mai încet și să nu va grăbiți?

— Un bărbat care te apreciază sau ar vrea să te aprecieze, dar tu ai sărit pe el?

— Exagerezi!

— Nu înțeleg de ce îmi place așa de mult și mă gândesc doar la el!

— Pentru că te-ai îndrăgostit?

— Nu, nu se poate să fie asta. Nu mă pot îndrăgosti așa de un tip pe care nici nu-l cunosc. Dar când sunt cu el, totul e diferit. Simt că sunt în siguranță și în același timp că nu sunt.

— Adică?

— Adică e ocrotitor, mă simt protejată, dar când mă uit în ochii lui simt că o să sufăr, că dacă mă îndrăgostesc de el nu o să fie simplu.

— Tâmpenii! așteaptă să te îndrăgostești de el. Poate că e doar atracția dintre voi.

— Nu, e altceva. Simt că îl știu, că a fost tot timpul cu mine, nu știu cum să îți explic asta. Într-un fel parcă îl așteptam. Când mă uit în ochii lui am senzația că am mai trăit asta. Adică e ceva nou, intens, mă înnebunește apropierea lui, dar... în același timp parcă e ceva firesc, familiar...

— Mă ierți, dar nu pricep!

— Uite, când mă ia de mână, mă înfioară chestia asta, dar parcă m-a mai luat de mână de alte zeci, sute de ori. Mână mea parcă recunoaște mâna lui. De asta cred că l-am și sărutat, parcă îmi era dor să îl sărut, fără să știu cum va fi. Și a fost fantastic.

— Așa, ca și cum v-ați fi iubit în altă viață și acum vă regăsiți din nou?

— Asta e o prostie. Nu cred în reîncarnare.

– Bine, bine, tu nu crezi decât în ce ai tu chef. Atunci v-aţi iubit într-un univers paralel.

– ...aşa ceva...

– Nu crezi în reîncarnare, dar crezi în ceva mult mai abstract şi care nu poate fi dovedit.

– Ba poate fi dovedit, în schimb nu ştiu să fi dovedit nimeni până acum că reîncarnarea există.

– Ha, ha! Bine că eşti tu deşteaptă!

– Hei, poate că ne iubim deja în alt univers, într-o dimensiune paralelă.

– Mda! Alte chestii care pot fi demonstrate mai ai?

– Îmi place tipul asta, Ana, se cuibări Katalin tristă în canapea, şi mă tem c-am dat-o-n bară cu el.

– Stai calmă, că şi el te place. Nu îşi lua ochii de la tine când te-a văzut, cred că nici nu a clipit. Ce o fi fost pe el că l-ai încălecat şi l-ai sărutat!

– Faci să sune totul foarte vulgar.

– A-ha!

– Când eram adolescentă era un tip care mă urmărea, cred că ţi-am mai zis de el.

– Parcă...

– Îmi aminteşte puţin de tipul ăla, adică nu mai am imaginea lui foarte clară în minte, dar e mai mult senzaţia că totul se opreşte în loc atunci când ne privim, aşa mi s-a întâmplat şi cu băiatul ăla.

– Ce era cu el?

– Nu ştiu bine. Mă plăcea sau nu ştiu. Mă trezeam că e şi el cam peste tot pe unde eram eu. Ceea ce m-a salvat, la un moment dat.

– În ce fel sau la ce te referi?

– M-au agresat nişte tipi într-o seară... în fine, nu-mi place să vorbesc despre asta, nu s-a întâmplat nimic, pentru că a apărut tipul asta, de nicăieri, şi i-a bătut. Dar dacă nu era el, nu ştiu ce s-ar fi întâmplat.

– Ce romantic! Şi ce s-a întâmplat mai departe?

– Nu s-a întâmplat nimic, pentru că nu l-am mai văzut.

– N-ați vorbit?

– Niciodată. Doar atunci când m-au atacat idioții aia și el a venit și i-a luat la bătaie a țipat la mine să fug. Mi s-a părut de câteva ori că îmi vorbește sau că ar vrea să îmi vorbească din priviri.

– Păi și el e?

– Nu știu. Nu cred. Alexander e dezinvolt, sigur pe el, aranjat. Băiatul ăla era mai ciudățel așa, avea o barbă lungă și plete, doar ochii îi avea la fel de negri. De fapt cred că o perioadă începusem să mă gândesc la el, după ce m-a salvat în noaptea aia, dar nu aș fi recunoscut pentru nimic în lume. Mi se părea romantic că mă urmărește, îmi imaginam că e îndrăgostit de mine.

– Îți imaginai! E clar că te iubea, asta dacă nu cumva era un obsedat.

– Nu cred să fi fost obsedat. Adică doar se uita la mine, nici măcar nu se apropia.

– Auzi, dar de ce nu îl cauți tu pe Alexander? Nu e ca și cum nu știi unde stă.

– Glumești? Eu mă gândesc că am fost prea îndrăzneață și tu mă trimiți la ușa lui, în caz că n-a fost suficient?

– Dacă te caută în seara asta și tu nu ești acasă?

– Nu mă caută. Nu o să mă mai caute. Nu m-a căutat nici luni seară, nici ieri.

– Mda, cred că l-ai cam speriat. O fi virgin! Se teme că dacă vă mai vedeți odată îl dezvirginezi! a remarcat Ana, distrându-se de minune.

– Ești oribilă! și o pernă a aterizat cu putere în capul Anei.

Adevărul era că își dorea să îl vadă, dar într-un fel se temea să dea ochii cu el. Poate și ăsta era un motiv să nu doarmă acasă, dar nu ar fi recunoscut-o nici față de ea însăși. Nu știa cum ar fi fost potrivit să se poarte când îl va vedea. Îi era dor să îl sărute și să o țină în brațe și așa și-ar fi dorit să facă, dar nu-i era clar care era relația dintre ei. Încă nu se cunoșteau.

Acum nu mai era el cel nesigur, care să-și pună întrebări și să facă scenarii. Știa exact că atunci când o va vedea o va strânge în brațe și o va săruta. Era năucit că ea a avut inițiativa și îl sărutase prima. Nu sperase și nu se gândise la asta când s-a dus la ea. Era doar fericit că reușise să o găsească și să rămână puțin cu ea. Departe de el să se gândească că fusese prea îndrăzneață. Îl speriase doar interogatoriul în ceea ce privește motivele pentru care era acolo. Întrebările erau atât de directe, de serioase și de sincere și îl privea până în adâncul sufletului, descoperindu-l și dominându-l, încât nu mai era nimic senzual în faptul că stătea așezată pe genunchii lui.

Sărutările ei fuseseră atât de tandre, aproape inocente, încât nu ar fi îndrăznit să creadă altceva, oricât de fierbinte, senzual și dulce simțea că ar putea fi trupul ei. Și apoi, el nu se grăbea cu nimic. A așteptat atât, era absurd să se grăbească acum. Și spera, cu greu îndrăznea să se gândească la asta, spera ca și ea să îl iubească puțin. Își amintea mâinile ei mici și fierbinți pe umerii lui, cuprinzându-i fața și nu i se părea imposibil. Nu voia să se gândească acum de ce îl sărutase. I se părea că nu e atât de simplu și că nu putea fi un moft. Îl întrebase de ce e acolo și de ce ea. Adică nu avea încredere în ea? L-a sărutat ca să se convingă de asta, de răspunsurile lui? Sau îi era și ei dor? Nu înțelegea cum îi putea fi dor de sărutările ei înainte de a-l fi sărutat. Sau poate era așteptarea, ce părea că va fi fără sfârșit, a acestui moment?

Joi seară trebuia să ajungă acasă. Ana voia să iasă în oraș cu niște amice care nu erau pe gustul Katalinei și nu voia nici să rămână singură la Ana.

Era în capul scărilor, așezat pe ultima treaptă. Avea aceeași privire intensă, care o făcea să se simtă nesigură și stângace, și un zâmbet răbdător și senzual în colțul gurii. În timp ce urca, fără să își poată luă ochii de la el, simțea cum i se înmoaie picioarele și inima îi zvâcnește. *Nu, nu, nu! Mă îndrăgostesc de el și e o nebunie!*

Când a ajuns sus, o aștepta în picioare, zâmbind. S-a depărtat ușor de el ca să poată lupta cu atracția incredibilă. El a observat că se îndepărtează de el și și-a pierdut zâmbetul, devenind nesigur.

– Bună!

De ce mi se pare mereu că o pierd, că îmi scapă printre degete? Acum ce s-a întâmplat?

– Bună!

– Te caut de câteva zile..., *asta a sunat destul de prost, de parcă îmi e datoare cu ceva și trebuie să știu unde a fost...*, am vrut să spun că mi-am dorit să te văd. Și pentru că nu am numărul tău de telefon, te-am căutat acasă, dar nu am reușit să te găsesc.

Ea era rece și parcă tristă.

– Am fost pe aici... dar nu am fost tot timpul acasă!

– Da. Înțeleg.

Înțelegea și simțea și că momentul era forțat și artificial între ei. Își dorea să o ia de mână, să o ia în brațe și să o sărute. Și atunci a îndrăznit. A luat-o de mână și a reușit să o facă să îl privească.

– Mi-a fost dor de tine, i-a șoptit și s-a apropiat pe nesimțite de ea. A atins-o pe bărbie și i-a ridicat încet fața spre el. Mi-a fost dor de tine!

De la înălțimea lui o intimida și o domina, nemilos, fără să o știe măcar. Ar fi vrut să fie rece și rezervată, să nu creadă despre ea că e atrasă de primul venit, dar nu putea să îi reziste. Simțea cum se pierde, ca și cum nu ar mai fi fost ea, ci doar ei împreună, și cum totul în jurul lor se descompune. Nu mai erau decât ochii lui negri care o atrăgeau ca un magnet. A închis ochii și a renunțat. Sărutul lui era mângâietor, ca o izbăvire. S-a agățat de el, strângându-l cu putere de mâini. Cădeau într-un abis nesfârșit, unde nu existau decât uniți prin sărutul lor.

XII

Au decis să își petreacă seara împreună, în apartamentul ei. Alexander ar fi vrut într-un fel să evite aceste apropieri, în singurătate, atât de devreme. Alungă din minte motivele.

L-a rugat să o aștepte până își făcea duș. Ar fi putut să aștepte la el, dar era prea curios să afle mai multe despre ea și să fie mai aproape de ea, aruncându-și o privire prin locuință.

Așa cum bănuia, avea o mulțime de fleacuri decorative peste tot. Biblioteca era plină de cărți și, cum stătea singură, bănuia că sunt ale ei. I-au plăcut albumele despre Univers și planete, pe care le-a răsfoit.

Pe o tablă de plută avea fotografii prinse cu bolduri, unele peste altele. Cele mai multe erau cu ea sau se vedea din ele doar partea în care era ea. În unele era alături de Ana și în altele alături de un cuplu, despre care își amintea că sunt părinții ei. În colțul din stânga sus al tablei, acoperită de alte fotografii, se vedea imaginea, în culori șterse, a unei fetițe cu bucle blonde. Katalin, în jurul vârstei de trei ani, îmbrăcată într-un paltonaș roz, cu genunchii în nisip, într-un loc de joacă, râdea fericită, distrugând castele de nisip. Fotografia era făcută din partea dreaptă și Katalin părea că râde către cel sau cea cu care se juca, aflat în fața ei. Nu se vedea cine era cu ea în fotografie, pentru că deasupra era prinsă o alta, cu Katalin într-un grup de fete vesele, probabil la liceu. Nu-și putea lua privirea de la fetița care se juca fericită. I se părea că aude frunzele foșnind în lumina soarelui de toamnă, copiii țipând în joaca lor și chicotele ei vesele. Nisipul era moale și umed și fetița râdea mereu, înfigându-și mânuțele ei mici și dolofane în castelul de nisip. Pe paltonaș avea cusut un ursuleț albastru. O privea mereu și nu-și dădea seama dacă mintea îl ajută să își imagineze totul în detaliu sau dacă de fapt își amintește acest moment.

Dar nu a mai avut timp să se gândească pentru că s-a întors Katalin. Acum erau amândoi stingheri și nu știau ce să își spună.

– Nu mi-ai spus cu ce te ocupi tu, a început Katalin, făcându-și curaj să spargă gheața.

– Am o afacere.

– Ce afacere? a urmat ea curioasă.

Acum vrea să afle lucruri despre mine sau ce e cu întrebarea asta? s-a întrebat el blocându-se ușor.

– O tipografie, i-a răspuns sec și închis.

– Și cum merge?

– Merge...

Făcea un efort considerabil să treacă peste timiditatea înnăscută, peste faptul că se simțea încă rușinată de cum se purtase ultima dată cu el și peste stângăcia accentuată atunci când era în preajma lui. Nu observa asta, prea stresat dintr-odată de posibilul sens al întrebărilor ei, amplificând deja totul într-un ritm nebunesc, și nu o ajuta cu replicile lui seci. A renunțat să îl mai întrebe ceva. Și de data asta a observat.

– Îmi pare rău! Nu-mi place să vorbesc prea mult despre mine și nu cred că ar putea interesa pe cineva cum merge o tipografie.

Poate că mă interesa pe mine, urâciosule!

– Ce coincidență! Nici mie nu-mi place să vorbesc despre mine!

– Nu sunteți deloc originală, domnișoară! a glumit el amuzat.

– În general nu sunt deloc originală! a răspuns ea serios.

– Cum așa?

– Nu ies cu nimic în evidență! i-a răspuns ea cu sinceritate, dar încă iritată.

– Asta crezi tu!

– Așa este!

– Atunci o să vorbesc eu despre tine, dacă ție nu-ți place, și tu-mi confirmi dacă este așa sau nu.

Intra pe un teren periculos, riscând să dezvăluie că știe mult mai multe despre ea, dar voia să își repare gafa.

– Ești pasionată de tot ce înseamnă Univers, stele, planete, galaxii și alte absurdități abstracte.

Glumea, pentru că și el era fascinat de ele.

– Da!

Era simplu, căci văzuse enciclopediile.

– Îți place să pictezi și să faci tot felul de lucruri artizanale.

– Mda!

Era ciudat că se prinsese că sunt făcute de ea, dar poate doar își încerca norocul.

– Îți place muzica rock.

– De unde știi?

Asta o intriga, pentru că nu era ceva evident la ea.

– De unde știu? Detectiv este al doilea nume al meu, a zâmbit el larg.

– Serios acum, de unde știi asta?

Nu putea risca să se dea de gol:

– Atunci când ne-am ciocnit, în timp ce alergam, din căștile tale se auzea muzică rock. Și ai prin bibliotecă albume de muzică rock. *Și te-am însoțit fără să știi la câteva zeci de concerte de muzică rock, până când a început să îmi placă și mie.*

– Aha! Și? Ce mai știi despre mine?

– Cred că ești singură la părinți.

– De ce spui asta?

– Fără motiv, i-a răspuns el și știa deja toate răspunsurile. Așa pare. Am dreptate?

– Da, ai dreptate!

– Ești timidă. Te înroșești uneori și eu nu-mi dau seama dacă e ceva ce am spus sau ceva la care te gândești tu. Și, ca toate persoanele timide, ai accese de curaj neașteptate, pe care probabil că după aceea le regreți.

– Cum adică? și a simțit cum îi ard obrajii.

Chiar credea el asta sau făcea aluzie la ultima dată când s-au văzut?

– Nu știu. Mi se pare specific persoanelor timide. Ca niște răbufniri care să compenseze faptul că în rest sunteți introvertiți.

Iritată, ar fi vrut să îi răspundă, dar după cum se purtase în ultima lor întâlnire știa că nu are niciun argument suficient de puternic. Și a roșit din nou.

– Ca acum! a șoptit el tandru, și temător, să nu o supere.

Ar fi vrut să îi răspundă ceva, dar s-a abținut, ca să nu-i confirme și ipoteza legată de răbufnirile de curaj.

– Credeam că îmi spui cu ce ies în evidență, că de la asta am plecat.

– Ieși în evidență pentru că ești frumoasă, i-a răspuns răsucindu-i o șuviță rebelă pe degetul lui. Dar nu e numai asta. Trebuie însă să aflu mai multe despre tine ca să îmi pot da seama ce e acel ceva care te scoate în evidență.

Nu e nimic! i-ar fi răspuns. Sau poate faptul că era atât de stângace și de nesigură. Asta era atât de evident.

– Da, e ceva pe care nu îl pot observa sau înțelege acum, a completat ca și cum i-ar fi auzit gândul, pentru că nu te cunosc. Încă.

Dar lumina ei îl orbea. Își simțea sufletul tocmai în gât, acolo unde nu mai avea loc și îl sufoca, îl îneca de atâta fericire.

Și-l dorea aici. Îi aducea, în mod inexplicabil, liniște. O intimida și o domina, dar nu putea să nu perceapă că, dincolo de asta, îi dădea liniște și siguranță. Era ca și cum doar mintea ei îi punea piedici și o făcea să fie nesigură, în timp ce toate celelalte simțuri îi confirmau că e în regulă.

Era ușor ciufulit, neras și părea obosit. Ar fi vrut să îl întrebe dacă e obosit, dar n-a îndrăznit. Dincolo de armura lui de încredere și superioritate, i se părea că existența lui nu e atât de relaxată pe cât părea să o arate. Ea nu reușise să afle prea multe despre el și emoțiile avute mereu în preajma lui nu au ajutat-o să adune prea multe indicii.

– Și tu cum ești?

– Despre mine ţi-am spus că nu-mi place să vorbesc, i-a zâmbit el şiret.

– Eu nu am reuşit să aflu prea multe despre tine.

– Încearcă! Sunt curios să aflu cum mă vezi tu, a rugat-o nerăbdător.

– Joci şah! a început ea, entuziasmată că şi-a amintit ceva.

– Da! Mă ajută să îmi iau gândul de la alte lucruri care mă preocupă. Şi de la tine, *uneori!*

– Citeşti ziare!

– Da...

– Tipărite! l-a întrerupt ea. Cine mai citeşte astăzi ziare tipărite?

– Eu citesc! Îmi place mirosul ziarelor tipărite.

– De asta ţi-ai deschis o tipografie?

– Posibil! a izbucnit el în râs. Am deschis tipografia pentru că nu era niciuna de calibrul ei în zonă şi pentru că e suficient de multă cerere, a continuat după câteva momente.

Îi părea rău pentru cum îi răspunsese mai devreme şi se gândea că poate s-a grăbit cu presupunerile.

– Eşti un adevărat om de afaceri, după câte văd, a constatat ea, satisfăcută să mai afle ceva.

– Da, sunt, a răspuns el de parcă nu ar fi avut prea multă importanţă.

– Ai foarte multă încredere în tine, a continuat ea.

– Adică sunt arogant?

– Nu...

– Sunt arogant cu tine? a întrebat el şocat.

– Nu. Nu cred. Dar eşti foarte sigur pe tine.

A privit-o trist şi surprins. *Dacă ai şti doar cât de nesigur sunt în preajma ta!* Orice întâlnire cu ea era o luptă cu el însuşi, să fie cât mai dezinvolt, cât mai stăpân pe el, cât mai controlat. Cum altfel ar fi putut să ascundă anii întregi în care a urmărit-o, visând-o şi dorind-o, bolnav după ea? Cum altfel ar fi putut ţine în frâu emoţiile care îl sufocau uneori? Cu ea aici, vorbindu-i, sărutându-l, nu-şi permitea nicio clipă în care să slăbească controlul. Fiecare moment petrecut cu ea era epuizant. Se simţea stors, stors de putere şi de emoții. I se părea că în public, cu oameni în jurul lor, ar fi fost mai puțin expus. De asta ar fi vrut să evite să fie cu ea aici. De asta. Și pentru că fiecare minut îi aducea mai aproape de final. Dar nu voia să se gândească la sfârșit acum, când nu erau nici măcar la început.

– Da, sunt sigur pe mine și arogant. Toate astea vin din ceea ce știu și ce fac, pentru că întotdeauna obțin ceea ce vreau, întotdeauna câștig și întotdeauna am succes.

Nu se aștepta la replica asta. Privirea îi devenise neagră și tăioasă. Nu înțelegea de ce, dar nu voia să accepte. A întins mâna și a mângâiat linia care îi apăruse între sprâncene. A continuat să îi mângâie conturul feței și el a închis ochii, lipindu-și obrazul de mâna ei rece. I-a sărutat apoi lung căușul palmei și a ridicat către ea privirea îmblânzită. I-a așezat mâna pe umărul lui și, cuprinzând-o de talie, a tras-o în poala lui, ascunzându-și fața în scobitura gâtului ei subțire.

Ar fi vrut să i se împotrivească, să nu mai stea în brațele lui, dar trupul nu o asculta, nu voia să i se supună. Și-a înfășurat timid brațele în jurul gâtului lui, în timp ce el își ridica fața spre ea. O ținea strâns de talia subțire și simțea, înăuntrul ei, cum i se zbate inima cu putere. Avea un tricou moale de bumbac și, acolo unde i se odihnea pe sâni, se ghiceau sfârcurile mici și probabil rozalii, pe pielea ei albă. Atât de fragilă, aproape de el, o privea, uimit că poate fi în brațele lui. Se îmbujorase și se citea limpede pe fața ei că ar vrea să i se împotrivească, dar nu reușește. *Oare ar putea fi a mea acum dacă aș vrea?* i-a fulgerat un gând nebun prin minte. Să fie atât de vulnerabilă? Să fie atât de ușoară? Îl tenta gândul să riște doar ca să înțeleagă, să o cunoască. Sigur că o dorea, dar nu așa, nu acum, mai ales dacă i s-ar fi dat oricum. Cum ar fi putut afla, fără să fie el vulgar? A privit-o lung, cercetând-o atent, până când obrajii ei au început să ardă.

Se petrecea ceva în mintea lui, parcă ar fi trebuit din nou să îi confirme sau să îi infirme ceva.

– Te rog! Nu mă mai privi așa! l-a rugat ea blând, lăsându-și fruntea pe obrazul lui.

– De ce?

– Nu știu. Mă sperii. Parcă ai vrea să afli ceva despre mine doar privindu-mă. Și mă intimidezi.

– Și cum pot afla lucruri despre tine?

– Întreabă-mă! Nu-mi place să vorbesc despre mine, dar îți voi răspunde.

– Nu-mi dau seama dacă acum vrei să fii sau nu în brațele mele.

– Nici eu nu-mi dau seama, a răspuns ea zâmbind, ascunzându-și fața în obrazul lui.

– De ce?

– Pentru ca îmi place de tine și cred că îmi place să fiu în brațele tale, i-a răspuns ea șoptit, dar abia te cunosc și...

– Și?

– ...și mor de rușine că m-am așezat în brațele tale data trecută când ne-am văzut și te-am sărutat, i-a răspuns ea șoptind rar. M-am tot gândit la ce ai crezut tu despre asta. Am crezut...

– Ce ai crezut? a întrebat el intrigat.

– Am crezut că nu mai m-ai căutat pentru că ai considerat că sunt o ușuratică, i-a mărturisit șoptind încet, rușinată.

A strâns-o cu putere în brațe, răsuflând ușurat.

– N-am crezut nimic. Nu mă așteptam să mă săruți, dar mi-a plăcut. Aș vrea să mă mai săruți, i-a spus, așteptând.

S-a jucat cu el apropiindu-și buzele și apoi retrăgându-se.

– Deci așa! a zâmbit el satisfăcut și cuprinzându-i spatele și umerii a tras-o spre el și a prins-o cu dinții de buza de jos.

Doar ca să o dezmierde, apoi cu sărutări ușoare, ca o mângâiere.

XIII

– Deci? a început Ana, după ce și-a trântit rucsacul pe bancă lângă Katalin.

Fața tristă, plictisită și nedumerită a Katalinei s-a strâmbat într-o întrebare nerostită de „Ce vrei?", însoțită de o mișcare moale din umeri că vrea să fie lăsată în pace.

– Deci de ce fața asta lungă? În locul tău aș începe să vorbesc, că știi că nu scapi de mine așa de ușor!

– Nu e nicio față lungă!

– Începe să vorbești!

– Ce stil încurajator ai! Se deschide omul cu adevărat în fața ta!

– Dă-le naibii de introduceri! Spune ce ai!

– Nu știu. Nu am chef de nimic.

– Pentru că... și a ridicat din umeri, așteptând continuarea.

– Pentru că Alexander... și pentru că nu văd să se lege lucrurile între noi...

– De ce?

– Are tot timpul un aer de superioritate, e foarte sigur pe el, destul de des arogant, ți le trântește în față când are chef că „el are succes". Acum are o privire tăioasă, întunecată, zici că trece prin tine și acum te îmbrățișează, tandru și ocrotitor și simt că îmi pierd mințile.

– E bipolar? a glumit Ana râzând.

– Nu e bipolar! Nu înțelegi nimic!

– Păi nu știi tu să mă faci să înțeleg.

– Are o personalitate foarte puternică. Și e foarte pretențios.

– Cu tine?

– Nu ştiu dacă şi cu mine. Tot timpul mă simt de parcă trebuie să îi confirm ceva, sau nu ştiu.

– Îţi place?

– Asta e cel mai enervant: că îmi place! Îmi place foarte mult! Mă gândesc tot timpul la el şi mi se pare că nu avem nimic în comun. Am momente în care mă întreb dacă îmi place pentru că e aşa de arogant. Pentru că avem tendinţa naturală de a fi atraşi de cei nepotriviţi nouă, în ideea inconştientă şi stupidă că îi putem schimba, că datorită nouă nu ar mai fi aşa.

– Ca după aceea să nu ne mai placă.

– Exact!

– Te enervează că e arogant şi sigur pe el şi îţi doreşti, inconştient, să schimbi asta?

– Nu ştiu dacă vreau să schimb asta. Dar mă intimidează cu atitudinea asta. Şi dacă mă intimidează, nu înţeleg de ce în acelaşi timp mă atrage.

– Poate că nu asta te atrage la el. Poate faptul că e sigur pe el îţi lansează provocarea să vezi dacă îl poţi cuceri.

– Nu mi-am pus problema să îl cuceresc. De fapt nu-mi doresc nimic. Atât, că mă gândesc mai tot timpul la el. Şi în preajma lui mă simt atrasă ca un fluture de noapte de lumină. Şi fii atentă! Are afacerea lui. Şi e plin de el din cauza asta!

Ştia că exagerează şi o făcea doar pentru că era iritată şi pentru a da farmec povestirii.

– Ce afacere?

– O tipografie!

– Cum se numeşte?

– Nu ştiu. Nu am întrebat pentru că a devenit foarte sobru când am încercat să vorbesc despre asta.

– Poate a crezut că eşti materialistă şi te interesează banii lui, mai exact cât de mulţi are.

– Atunci e un idiot.

– Tare! Asta că are afacerea lui!

– Mda. L-am văzut când a plecat de dimineață, îmbrăcat la patru ace și l-a luat o limuzină.

Katalin nu știa însă că, de obicei, Alexander nu se îmbrăca la patru ace și folosea foarte rar limuzina, dar în ziua aceea participa la o conferință în afara orașului și, în aceste ocazii, ținea foarte mult la imaginea lui, pentru că își reprezenta firma.

– Și de ce atâta iritare?

– Pentru că nu văd cum mă integrez eu în viața acestui tip care pare a fi perfect. Și cred că e totul o greșeală, a continuat cu glas slab, coborându-și privirea.

– Nu crezi că e prea devreme să te gândești la asta?

– Adică?

– Abia îl cunoști. Nu contează lucrurile astea. Ai răbdare să vezi cum evoluează totul. Și oricum îți faci probleme degeaba. Important este cum se poartă cu tine.

– Nu știu. Nu știu cum e cu mine. Știu că nu va merge nicăieri relația asta. Și încerc să mă împotrivesc, dar nu pot. Nu reușesc. Parcă ar fi o vrajă când sunt cu el.

– Trăiește momentul! Nu te mai împotrivi! De ce ți-e teamă?

Ana a înțeles că prin tot ce îi spunea, Katalin încerca de fapt să se convingă singură că Alexander nu e potrivit pentru ea și că lucrurile nu vor merge între ei.

– Mi-e teamă, evident, că o să sufăr, a răspuns Katalin exasperată. Nu vezi că mă îndrăgostesc de el?

– Și ce e așa de rău în asta?!

– Că o să sufăr? a întrebat Katalin ironică.

– Nu, că o să te îndrăgostești. De ce trebuie neapărat să suferi?

– Pentru că tipul ăsta, cu aerele lui de superioritate, o să mă domine. Știi cum sunt eu! O să mă trezesc că îi accept toate rahaturile pentru că sunt îndrăgostită de el până peste cap.

– Te grăbești cu chestiile astea. Mi se pare că te alimentezi singură, fără să ai motive. Că încerci să te convingi singură, fără să ai argumente. De ce ți-ar face rahaturi? Și tu de ce le-ai accepta?

Katalin a lăsat capul în jos, învinsă în discuție, dar încăpățânată în ceea ce credea. Trebuia fie să se îndepărteze de el, fie să își păstreze mintea limpede și să vadă cum e de fapt, până să se îndrăgostească de el. Ușor de hotărât când nu era în preajma lui.

Sunetul telefonului i-a întrerupt gândurile și așteptarea Anei.

– Nu! Nu! Nu! Nu vreau! a reacționat atunci când a văzut cine sună.

– Dă-mi să văd! Aaaa! Sună domnul patron de tipografie. De ce te uiți urât la mine? Parcă nu ne mai plăcea! Sau ne place? Ne hotărâm astăzi? Hai, răspunde-i, că nu o să se oprească din sunat!

– Bună!

Katalin avea tonul neutru și egal de „nu-mi pasă de tine și nici nu mă impresionezi că ai sunat".

– Am terminat cursurile și trebuie să ajung la serviciu.

Tonul ei își pierduse din indiferență și devenise iritat.

– Nu am timp astăzi! pe un ton de „fac ce vreau eu și nu am chef de tine astăzi", ce a fost urmat de o față lungă și privirea de „și mie mi-e dor de tine".

– Poate când ajung acasă, dacă am timp, și a închis telefonul.

Expresia întrebătoare și nedumerită a Anei era suficient de expresivă ca să nu mai fie necesar să rostească întrebarea.

– Îi e dor de mine și abia așteaptă să mă vadă, a mormăit Katalin.

Alexander nu era nici arogant, și cu atât mai puțin sigur pe el. Cel puțin nu atunci când era în preajma ei.

Relația asta aflată la început sau, mai simplu spus, Katalin era singurul lucru nesigur din viața lui. Reușise întotdeauna tot ce își propusese și nu concepea să nu obțină ce își dorea. Toate încercau să compenseze faptul că nu o avea pe ea. I se părea că până și viața lui, fără să fie nimic planificat, confirma convingerea la care revenea destul de des că în toate există un echilibru. Se hotărâse cu greu că avea să obțină și cel mai important, așteptat și dorit lucru din viața lui și miza asta îl înspăimânta. Nu putea fi decât nesigur în fața ei. Și nu concepea să îi arate lucrul asta.

Aproape inconştient, hotărâse să îşi ascundă sentimentele. Simţea că, în ciuda aparenţelor, el era cel vulnerabil, el era cel care avea cel mai mult de pierdut. Aşteptările lui înalte îl făceau să o cerceteze mereu cu atenţie, să afle în ce măsură ea, cea reală, se ridica la înălţimea celei visate. Era o prostie. Din fericire realiza asta. Deşi nerăbdător să o cunoască, era mereu tentat să o măsoare cu cea din mintea lui. Ştia că totul era din cauză că o iubea deja şi aştepta să se convingă de asta mai degrabă decât să se îndrăgostească de ea.

Ştia că trebuie să fie răbdător, să nu mai aştepte confirmări, să se lase surprins. În ciudă timidităţii ei, ştia că îl poate surprinde, aşa cum o făcuse deja.

Dar astea erau doar o parte din gândurile lui şi încă nu cele mai importante. Ceea ce îl măcina acum cu adevărat era ce putea face mai departe şi cum o putea cuceri.

Se hotărâse să o invite la una dintre numeroasele petreceri la care era invitat la final de an, cea dedicată oamenilor de afaceri şi investitorilor din regiune. În plus, şi-ar fi dorit să petreacă cu ea Crăciunul şi Anul Nou, dar nu îşi făcea mari speranţe. Bănuia că le va petrece acasă, cu părinţii ei. Poate ar fi fost o idee să se ducă şi el acasă, să fie în apropierea ei, cu toate că avea o relaţie rece cu părinţii lui şi petreceau puţin timp împreună.

S-a întâlnit cu ea întâmplător, la intrarea în clădirea în care locuiau. Îi spusese că nu crede că are timp să se vadă astăzi. I-a trecut prin minte că îl evită şi asta l-a nedumerit şi l-a durut.

Era tot în ţinuta de dimineaţă, de om de afaceri de succes şi arăta impecabil. A pus-o din nou în dificultate, pentru că era atât de frumos şi de stilat şi ea îl minţise, încercând să îl evite, că nu are timp să îl vadă. Văzându-l, simţea din nou că nu e la nivelul lui.

– Hei!

– Bună!

– Ce noroc să te întâlnesc! reuşise să nu sune ironic. Şi-a dat seama că ceva se petrece şi nu ar fi vrut să îi dea motive în plus să îl evite. Te grăbeşti?

– Nu chiar. S-au schimbat puțin planurile mele de când am vorbit.

Ar fi putut să mă anunțe că ne putem vedea și nu a făcut-o. Deci ar fi preferat să nu mă vadă. Totuși acum îmi spune că are timp. Era mai complicată decât sperase.

– Și e posibil să mă regăsesc și eu în noile tale planuri?, iar zâmbetul lui de cuceritor a urmat întrebării.

Știa că nicio femeie nu rezistă acestui zâmbet. Și da, zâmbetul ei ca răspuns i-a confirmat asta. Nici ea nu putea rămâne indiferentă.

– Depinde.

– De ce depinde?

– Depinde de tine!

– Și ce ar trebui să fac?

Se vedea că o amuză jocul ăsta și el era fericit să îi facă pe plac.

– Nu să faci, ci să îți placă ceva.

– Și ce ar trebui să îmi placă?

– Să îți placă să privești...

Hohotul lui de râs, care a izbucnit sincer amuzat a făcut-o și pe ea să radă.

– Să privești peștii! a completat ea rapid, ca să ignore sensul inspirat de cuvintele ei răstălmăcite.

– E și mai pervers decât mi-am imaginat, a continuat el să râdă molipsitor.

– Vreau să merg la acvariu! s-a grăbit ea să pună punct amuzamentului.

– Doar asta! a mimat el dezamăgirea. Și eu care credeam că, în sfârșit, descopăr un club bun de perversități.

Ochii ei măriți l-au făcut din nou să râdă:

– Glumesc! Glumesc! Sigur că vreau să merg să văd peștii. Am timp să mă schimb? Nu de alta, dar nu cred că peștii ar fi impresionați de costumul meu.

Știa deja că îi place să viziteze acvariile și mai știa că le văzuse doar pe cele din regiunile învecinate, care erau departe de a fi impresionante.

– Și? De ce la acvariu? a întrebat-o pe drum.

Reușise să o convingă să meargă cu mașina lui și se îndreptau spre centrul acvatic aflat într-un alt oraș, la treizeci de kilometri. Habar nu avea că era o ocazie bună să o facă să înțeleagă că nu merge cu o limuzină cu șofer peste tot. Altfel, ea nu ar fi adus vorba despre asta ca să se lămurească. Cine știe ce și-ar fi putut imagina, așa cum îi atrăsese atenția Ana.

– Îmi place. Mă liniștește să văd peștii, să îi urmăresc.

– Știi că sunt în captivitate?

– Serios? l-a întrebat ironică. Asta e captivitate?

– Da. Nu sunt liberi să plece când vor și unde vor, a zâmbit el copilăros.

– Probabil că ai dreptate într-un fel, dar cred că o duc mai bine decât în libertate, așa cum îi spui tu.

– Nimic nu e mai important decât libertatea! a continuat el să o tachineze.

– Exact! Te rog să întemeiezi mișcarea pentru eliberarea peștilor din acvarii! i-a răspuns ea amuzată.

Era seară și nu era foarte multă lume. Era și motivul pentru care prefera să vină la acvariu seara. Cele mai multe bazine erau mici și aveau pești mulți și colorați.

S-au plimbat de mână, în tăcere. Cel mai mult au zăbovit la acvariul cu meduze fosforescente. Își deschideau și închideau umbrelele, încet, fără grabă, înălțându-se sau plonjând în adâncurile superficiale ale bazinului.

Katalin s-a oprit pe o bancă să urmărească peștii-pisică din bazinul mare, central.

– Aș putea să îi privesc la nesfârșit, i-a șoptit. Până când nu-mi mai dau seama dacă înoată sau zboară.

Viețile care înotau indiferente adânceau, prin lentoarea mișcărilor, liniștea dimprejur.

– Mi se pare că aşa suntem şi noi. E ciudat că vin aici să îi privesc, să uit de lume şi de viaţa de zi cu zi şi până la urmă tot la asta ajung să mă gândesc.

Alexander a privit-o lung, aşteptând să îi povestească în continuare.

– Înotăm în propria viaţă, fără o direcţie clară, decât pe termen scurt. Ne ducem şi ne întoarcem, ne ascundem şi îi urmărim pe ceilalţi în funcţie de interesele trecătoare. Captivi în viaţa noastră, în gândurile noastre, în aşteptările noastre şi ale celorlalţi. Nu suntem liberi cu adevărat nicicând. E o iluzie că suntem stăpânii propriilor noastre vieţi.

– De ce spui asta?

Gândea şi el la fel, doar era prizonierul obsesiei inspirate de ea, dar voia să ştie ce o făcea pe ea să spună asta.

– Pentru că toată viaţa noastră e un lung şir de reguli şi convenţii şi aşteptări cărora trebuie să le răspundem. Desigur, fără ele, viaţă în sine probabil că nu ar mai putea exista. Dar cât de mult mergem purtaţi de val şi cât de mult avem puterea să alegem? Câte din alegerile noastre sunt libere şi câte sunt dictate de moment, de împrejurări, de nevoie?

– Dar sunt momente sau emoţii în care suntem liberi, a provocat-o el să îi spună mai multe.

– Da, de scurtă durată. Cred că putem fi liberi în gândurile noastre. Şi cam atât.

– Şi atunci când iubim? În iubire suntem liberi?

Erau învăluiţi de linişte şi calm. Peştii din acvariu se mişcau silenţios, cu încetinitorul, ca într-un film vechi. Din când în când, câte un peşte mic străbătea fulgerător apa, ca şi cum şi-ar fi amintit ceva şi asta l-ar fi făcut să se grăbească.

– Nu ştiu dacă suntem liberi atunci când iubim. Aş spune mai degrabă că nu. Cred că eşti un sclav, al celuilalt, al iubirii pe care i-o porţi. Gândeşte-te că nu decizi niciun moment şi nu alegi să te îndrăgosteşti. Cum poate fi asta libertate?

– Dar libertatea dictată doar de raţiune ar putea fi libertate?

– Probabil că nu. De fapt... mă gândeam la ce ai spus tu, că peştii sunt captivi aici. S-ar putea să fie mai fericiţi decât noi.

– Şi noi? Noi cum putem fi fericiţi? a întrebat-o moale, aşteptând curios.

Îşi aşezase bărbia deasupra capului ei, în timp ce ea stătea rezemată cu spatele de pieptul lui şi o ţinea în braţe.

– Ar trebui să ne dăm seama ce ne dorim. Nu ştiu dacă libertatea este cel mai important lucru. Poate că e mai important să ne descoperim pe noi, să aflăm care sunt lucrurile care ne aduc împlinire. Şi să nu uităm de noi. În viaţa asta, care ne înghite, să nu ne lăsăm duşi de val şi să facem lucrurile doar pentru că trebuie făcute. Măcar din când în când să ridicăm capul la suprafaţă şi să înţelegem ce ni se întâmplă şi încotro ne îndreptăm. Din păcate, eu simt că nu reuşesc să fac asta. Conştientizez ce mi se întâmplă, dar nu reuşesc să schimb cursul. Să fac ceea ce simt că vreau să fac. Mă gândesc la ce vor spune sau vor crede ceilalţi. Aşa mă pierd deseori în rutină şi mă trezesc făcând lucruri în care nu cred sau care nu mă reprezintă. De asta spun că nu suntem stăpânii propriilor noastre vieţi. Pentru că trebuie să trăim într-o lume cu reguli, cu legi şi norme, făcute spre binele nostru şi care ne sufocă. Ştiu că nu există o soluţie pentru asta, dar visez la o viaţă cu cât mai puţine constrângeri.

Alexander înţelegea că ea era peştele din acvariu. Care înota în siguranţa iluzorie a regulilor şi normelor şi care tânjea şi se temea de viaţa liberă din ocean.

Străbătură în tăcere drumul spre casă.

Katalin regreta că vorbise prea mult şi nici nu fusese amuzantă. Oricum nu se considera o persoană amuzantă în general. Câteva momente s-a gândit că lui Alexander nu i-a plăcut asta sau poate că nu a înţeles-o şi acum abia aştepta să scape de ea. După care a realizat, cu linişte şi spaimă în acelaşi timp, ca într-o revelaţie, că asta era ea şi, dacă nu o plăcea, era mai bine să se termine acum.

Conducea uşor încruntat, luminat doar de bordul maşinii. Liniile drepte ale feţei îi dădeau un aer aspru. În maşină mirosea a el, un miros senzual, subtil și amestecat, care o ducea cu gândul la pământ umed, la mosc și la ploaie rece de toamnă. S-a cuibărit mai bine în scaunul din dreapta, privindu-l. Nu părea atât de superficial încât să n-o înțeleagă, dar părea destul de pretențios încât să evite complicațiile. Poate că asta era ea, „o complicație complicată", și gândul ăsta a făcut-o să zâmbească.

Alexander era fericit să o descopere. Surprins, dar fericit. Se gândise mereu că e banală, la fel că majoritatea femeilor pe care le întâlnea de obicei. Era, în mod inconștient, felul lui de a se proteja, pentru că nu era a lui, și atunci își spunea că nu e suficient de bună. Deci și ea își pune întrebări. Și ea e o rebelă, care nu vrea să se supună vieții cu orice preț. Ce existență tumultoasă, plină de întrebări, de încăpățânări, de confruntări și dulci împăcări ar putea avea împreună. Poate că... poate că așa iubirea lor ar putea trăi mai mult. Dar nu voia să se gândească la asta acum. A simțit-o că zâmbește și i s-au destins și lui liniile feței.

– Ce?

– Ce ce?

– De ce zâmbești?

– Tu! l-a mințit ea. Conduci așa de serios! Întotdeauna ești așa de serios? În tot ce faci?

– Întotdeauna! a confirmat el, răspicat și ironic. Mă întrebam care este cel mai frumos acvariu pe care l-ai văzut.

– Păi... cel pe care tocmai l-am vizitat?!

– Hm! a mormăit.

– Ce s-a întâmplat? a întrebat ea intrigată.

– Trebuie să facem ceva în privința asta, a răspuns mai mult pentru el. Dar până atunci am o mare rugăminte.

– Da?

– Am nevoie să mă ajuți cu ceva.

Era, din nou, foarte serios, fără să mai fie încruntat și întorcea din când în când priviri scurte și rapide către ea, să se asigure că îl urmărește și să o convingă că era un subiect foarte important.

— Săptămâna viitoare...

— Da...

— Dar trebuie să mă ajuți! Crezi că poți?

— Nu știu! Spune-mi despre ce este vorba!

— Sigur că poți să mă ajuți! Trebuie doar să spui da!

— Nu spun da, până nu știu despre ce este vorba, i-a răspuns ea râzând pentru că începuse să o amuze agitația lui evident exagerată.

— Te rog! Doar tu mă poți salva! E aproape pe viață și pe moarte!

— Dacă îmi spui despre ce este vorba, a continuat ea încăpățânată, dar râzând.

— Ideea este că am nevoie de tine. Să mă ajuți. Să mă salvezi, de fapt. Să mă însoțești la o petrecere, săptămâna viitoare.

— Și asta e de viață și de moarte? a chicotit ea.

— E de viață! Și de moarte! Moarte de plictiseală, dacă nu ești tu acolo! Te rog!

— Nu știu, nu sunt o fată prea petrecăreață. Nu cred că sunt cea mai bună alegere.

— Nici eu nu sunt! Jur că nu sunt o fată petrecăreață, dar trebuie să fiu acolo.

Știa că dacă o face să râdă este cea mai sigură cale pentru a câștiga complicitatea ei, după care nu va mai putea da înapoi. Râdea în continuare, așa încât spera că e aproape să o convingă.

— Te rog! Te rog!

— Nu știu ce să-ți spun.

— Spune da!

— Nu mă simt în largul meu la petreceri. Nu o să știi pe nimeni acolo.

— Mă știi pe mine! Mă rog, puțin, dar mă știi!

— Chiar trebuie?

— Trebuie! E important să particip și ar fi bine să fiu însoțit. Și aș vrea să fii tu acolo, a continuat coborând glasul, pentru că îmi place să fiu cu tine.

Avea o voce caldă, joasă, care o învăluia. Ca și cum ceea ce îi spunea era grav, important, profund. Nu putea să îl refuze, oricât de mult ura evenimentele astea. Simțea că e pierdută, că nu se mai poate întoarce de pe acest drum, ca și cum ar fost prinsă într-o cursă.

Între timp ajunseseră acasă și el parcase mașina. O privea nerăbdător, ținând-o de mână și așteptând. Îl privea și ea lung, deținând, iluzoriu, puterea. Știa că nu are nici cea mai mică putere să îi spună nu. Realiza că simte pe pielea ei ce îi spusese mai devreme, că atunci când iubești devii un sclav.

– Și mie îmi place să fiu cu tine! i-a șoptit privindu-l fix, avertizându-l parcă, rugându-l, fără glas, să nu o facă să sufere.

El a confirmat înclinând ușor din cap, s-a apropiat de ea și i-a mângâiat obrazul. Sclav al propriilor temeri, îi spunea, doar din priviri, că o iubește.

A sărutat-o lung și tandru, până când palmele ei i s-au așezat pe piept. O simțea neliniștită și speriată.

– Iarăși nu mai știu dacă vrei să fii aici cu mine, i-a șoptit. De ce te temi?

De tine, de mine, de noi. Că o să sufăr. Că nu știu cine ești și mă îndrăgostesc de tine și nu pot să opresc asta.

Trăia fiecare dintre ei, egoist, doar propria frică, absorbit și copleșit de ea, fără să perceapă teama celuilalt. Orgolioși, făceau tot ce se putea, astfel încât să nu le scape indicii despre ceea ce simțeau și le aducea teama. Ea era prinsă deja în mrejele unui iubiri ale cărei dimensiuni nu le putea încă bănui, cu un bărbat frumos, despre care nu știa mai nimic, dar pentru care presupunea că nu e potrivită. Se temea că sentimentul nu este reciproc și că va avea doar de suferit. El, iubind-o irațional, de la distanță, de atâta timp, își confirma acum obsesia, îndrăgostindu-se din nou de ea, acum atât de reală, temându-se că ar putea să îi dezvăluie prea mult și să o sperie. Simțea că asta ar putea fi singurul lucru care să o îndepărteze de el. Acum, că începea să o cunoască, își dădea seama că temerea lui ca ea să nu fi fost la înălțimea imaginii construite de el era departe de realitate.

Era încântat să afle lucruri despre ea, când credea că știe aproape totul, să o descopere, să completeze părțile lipsă din puzzle.

Acaparat de propriile temeri și sentimente, nu reușea să înțeleagă de ce o simțea uneori atât de speriată. Era timidă, asta înțelesese de la început, probabil vulnerabilă și emotivă, dar nu pricepea motivele. O intimida? Cu ce o speria? Nu lua în calcul ca ea să se fi îndrăgostit de el, pentru că evita acest gând. O iubea atât de mult, încât se temea să se întrebe dacă ea l-ar putea iubi, pentru că, întotdeauna, ar fi trebuit să se gândească și la alternativă. Așa încât prefera să îndepărteze cu totul acest gând, măcar deocamdată, pentru că i se părea oricum prea devreme. Își dorea doar să trăiască din plin aceste momente când era lângă ea, atât timp cât ea își dorea asta. A concluzionat că probabil o intimidează și și-a promis că va face totul ca să evite asta, fără a avea nicio idee clară despre cum ar trebui să se poarte diferit.

I-a deschis portiera și a condus-o de mână până la ușa apartamentului ei.

– Nu mi-ai dat un răspuns. Aș fi foarte fericit dacă ai putea să vii cu mine la petrecere. Dar nu aș vrea să nu te simți în largul tău. Înțeleg dacă nu poți să vii și accept asta. Adică respect asta! s-a grăbit să completeze, pentru că i s-a părut că iarăși a sunat intimidant.

– Voi veni cu tine!

– Vorbești serios? a întrebat-o el cu ochii mari și a zâmbit fericit luând-o în brațe după ce ea a confirmat dând din cap.

Când a aflat detaliile și amploarea evenimentului, a început să regrete. Nici nu știa bine cu ce se va îmbrăca, dar spera că Ana o va scoate din încurcătură. El se gândise la asta, dar, din fericire pentru el, a realizat că s-ar putea să o jignească dacă s-ar oferi să îi cumpere o rochie. Oricum îi păsa prea puțin de aceste detalii, dar își dorea ca ea să se simtă cât mai bine. De fapt, nu era obligatoriu să participe la eveniment, cu atât mai puțin să fie însoțit. Dar s-a gândit că ar putea fi argumente convingătoare.

Stăteau deja de câteva minute în fața ușii, când au realizat că nu e în regulă. Totuși, ea nu voia să îl invite înăuntru acum, atât de târziu. Dacă erau în fața uşii ei şi ea nu-l invita, ar fi fost nepotrivit şi probabil fără succes să o invite la el.

– Când pot să te mai văd? Vrei să alergăm împreună de dimineață?

– Cât de dimineață? l-a întrebat ea zâmbind şi privindu-l doar cu un ochi, ca şi cum atunci ar fi încercat se trezească.

El a râs, lăsându-şi capul pe spate. Era atât de frumos, cu dinții albi şi puternici, aliniați egal în spatele buzelor pline. Părul negru, des şi ciufulit, lucea albăstrui. Era înalt şi de câte ori stăteau în picioare amândoi trebuia să privească în sus spre el. Când se apropiau, capul ei ajungea sub bărbia lui, aşa încât l-ar fi putut rezema pe pieptul lui lat. Toate i-au trecut rapid prin minte şi au făcut-o să roşească şi să îl surprindă din nou. Atât de obişnuit să impresioneze cu înfățişarea lui, pentru că acum era implicat şi nu indiferent, ca de obicei, nu realiza că şi pentru ea era la fel de frumos ca şi pentru celelalte femei.

– Când vrei tu să te trezeşti, i-a şoptit cuprinzându-i fața în palme. O sărută scurt şi des pe buze, vorbindu-i între sărutări: Dă-mi un semn când te trezeşti. Dacă nu vrei să alergăm, şi a sărutat-o lung, hai să luăm micul dejun împreună.

Se prinsese cu mâinile ei mici de gulerul lui şi se înălțase uşor pe vârfuri spre el. A cuprins-o atunci în brațe şi a ridicat-o sus. O ținea strâns, cu picioarele în aer, şi o săruta mereu, fără să se mai sature de ea. Zgomotul făcut de nişte vecini care au intrat în clădire, i-a întrerupt şi s-au îndepărtat ruşinați, că doi adolescenți.

– Îți dau un mesaj când mă trezesc. Noapte bună!

– Noapte bună!

În timp ce intra fericit în casă, îşi stabilea deja paşii următori. Ştia unde o va duce cu prima ocazie. Va aştepta doar momentul potrivit să o întrebe astfel încât să nu o sperie şi să fie de acord. Era atât de fericit şi de fermecat, încât se temea că va pierde controlul. Nu se mai simțise niciodată aşa. Până acum fusese mereu prezentă în mintea lui, obsesiv şi dureros ca o tortură. Acum era aici, reală şi fermecătoare cu timiditatea ei, şi asta îl zăpăcea. Poate că nici nu o iubise cu adevărat şi acum se îndrăgostea de ea. Începuse să fie nerăbdător, să vrea să o vadă şi să fie mereu cu ea, şi în adâncul minţii şi al sufletului asta îl speria, pentru că nerăbdarea îl ducea mai aproape de final.

Îl cutremura convingerea asta, ori de câte ori îşi făcea curaj să se gândească la ea. Fără să fi trăit o poveste de iubire reală, nu credea în eternitatea ei. Ştia şi credea că, inevitabil, toate poveştile de dragoste au un sfârşit, mult mai devreme decât „până când moartea ne va despărţi". Cu cât mai frumoase, cu atât mai dureros finalul. Ştia că nu va accepta să prelungească la nesfârşit agonia şi că îi va pune punct la primul semn de plictiseală, de monotonie, de iritare din partea lui sau a ei. Nu va aştepta ca ea să nu-l mai suporte sau să-l plictisească. Nu va face niciun compromis. Se întreba dacă nu fusese şi ăsta un motiv ca să tot amâne apropierea de ea. Şi simţea uneori că era adevărat. Amânase apropierea, ca să amâne iubirea lor, dar mai ales ca să amâne despărţirea lor. Dintre toate temerile, că poate ea nu e cea aşteptată, că poate el nu o va putea cuceri, că poate nu se vor iubi, ştia că asta îl speria cel mai mult. Că dacă se va naşte, iubirea lor va şi muri. Cu cât se apropia să o iubească, cu atât se apropia iubirea lor de sfârşit. Fără să fi început măcar. Nu credea că, după ce pasiunea se va stinge, vor rămâne prieteni pentru totdeauna. De asta nu credea nici în familie şi hotărâse demult că el nu va avea copii niciodată. Familia i se părea un chin nebunesc, cu relaţii de ură şi iubire, un şir nesfârşit de compromisuri dictate de interes. Nu, nu ăsta era rostul lui pe lume, să procreeze. Rostul lui era să o iubească, atât cât va dura asta. După care nu-i păsa prea mult ce se va întâmpla. Dacă ea îşi va dori altceva, atunci când îşi va dori asta, ei bine, se simţea deja sfâşiat la gândul ăsta, va pleca sau o va lăsa să plece. Orice, dar să nu ajungă să se urască, să nu se suporte. Când se va termina, se va termina şi gata. Prefera o existenţă fără sens şi fără nicio licărire de fericire, decât să ajungă să se urască. Văzuse asta la părinţii lui şi în alte familii. „Nu ne mai iubim, dar suntem împreună pentru copii." „Nu ne mai despărţim la vârsta noastră, ce rost ar mai avea?" Şi privirile pline de ură, de plictiseală, de greaţă, aruncate celuilalt. Îşi imagina împreunările reci, animalice, lipsite de dragoste, în aceste cupluri, mai josnice decât prostituția, pentru că nu erau recunoscute cu onestitate. Prefera să moară decât să trăiască asta vreodată cu Katalin. Prefera de o mie de ori să o piardă sau să nu o aibă vreodată decât să ajungă ea să îl urască sau el să o urască.

Se simțea trist, ca și cum ar fi trăit toată dragostea lor și ar fi ajuns acum la final. Cu fiecare moment sfârșitul se apropia, și temerea asta, oricât de adânc ar fi îngropat-o, bănuia că nu-l va lăsa să se bucure de dragostea lor. Credința asta îl sufoca, ca o certitudine, ca și cum ar fi avut, legată de picioare, o ancoră ce îl trăgea în adâncuri.

XIV

Mergeau cu viteză pe autostradă. Zăpada cădea mereu şi ţâşnea cu putere de sub roţi, împroşcând marginea drumului. Alexander era trist şi toată atmosfera era încărcată, ca şi cum lumea se sfârşise. A oftat şi a simţit durerea din piept. Nu putea să mai spună nimic. Totul era apăsător, dureros şi sfâşietor. Se terminase totul şi nimic nu mai avea rost. A privit-o. Suferinţa şi resemnarea din ochii lui erau copleşitoare. Fulgii cădeau agitaţi în lumina farurilor. Drumul cotea spre stânga, în timp ce în faţă, după parapet, se întindea marea rece şi tăcută ca un mormânt. Maşina nu a mai urmat drumul. Nu a fost surprinsă şi nu s-a speriat. Era ca şi cum ar fi condus împreună. Au izbit cu putere parapetul ce s-a rupt. Au plonjat în mare, cu un salt lung în aer. Totul se derula cu încetinitorul şi avu timp să observe lucid toate detaliile. Pluteau în aer, în timp ce stelele străluceau cu o lumină rece. A încercat să îi găsească mâna, dar se îndepărtase de ea. Şi-a întors privirea înapoi în faţă, urmărind cu calm suprafaţa tremurătoare a mării. Zgomotul a spart legănarea ei lentă, în timp ce maşina a lovit-o şi s-a scufundat în adâncuri, ridicând valuri uriaşe, ce au acoperit cerul înstelat. Apa a năvălit violent înăuntru, asurzindu-i cu liniştea înfundată ce a urmat. Era acum în apă, în afara maşinii, fără să ştie când şi cum au ieşit. De undeva, de sus, trupul lui inert cobora plutind încet şi scufundându-se în adâncuri. Avea ochii închişi şi părea mort. A încercat să îl cuprindă, să îl oprească, dar părea tras în adâncuri de forţa unei ancore imense. Nu putea nici măcar să se agaţe de el, să coboare cu el, pentru că aşa şi-ar fi dorit. Ceva o ţinea legată pe loc şi abia atunci a văzut lianele înfăşurate strâns în jurul trupului. A căscat gura ţipând, dar nu se auzea niciun sunet. Țipătul s-a frânt în suflet, acolo unde durerea a izbit-o violent. Atunci a simțit apa sufocând-o, înecând-o, în timp ce ochii îi ieșeau din orbite.

S-a ridicat țipând cu adevărat în timp ce își simțea fața și trupul ude. Lacrimile se rostogoleau de neoprit, în timp ce transpirația se răcea pe tot corpul ei tremurând. Visase, dar simțise totul atât de real, încât spaima și tristețea o urmăreau în continuare. S-a îndreptat grăbită spre ușă, dar s-a oprit înainte să o deschidă. Nu se putea duce acum, noaptea, la el. S-a lăsat ușor în jos, cu spatele rezemat de ușă, și a închis ochii, plângând. El era alb și nemișcat și se scufunda mereu. Și totul între ei se terminase dureros, dar nu erau ei cei de acum, ci ei după ce au trăit împlinirea unei iubiri unice. Durerea era de nesuportat și tristețea de a-l fi pierdut o copleșea. Mai puternice acum, după visul înspăimântător, decât și-ar fi putut imagina că ar putea simți pentru el în realitate. Ca și cum subconștientul ei știa mai bine decât ea, cea conștientă și rațională, ce simte pentru el.

Nu mai avea putere să se gândească la consecințe și la cum ar putea părea gestul ei. Trebuia doar să știe că e bine, să îl strângă în brațe și să nu-i mai dea drumul. Bătu în ușă încet, dar fără întrerupere, în timp ce plângea în continuare pentru că nu se mai putea opri.

După ce i-a deschis, întâi a zâmbit când a văzut că e ea, apoi s-a albit brusc, ca și cum toată viața s-ar fi scurs din el, atunci când a realizat că plânge.

– Ce s-a întâmplat? Ce-ai pățit, iubirea mea?

Plângea mereu, în timp ce tremura necontrolat. Nu-și găsea cuvintele și nu știa ce să-i spună. Partea ei rațională îi șoptea neauzit că e penibilă că a venit așa, plângând disperată, la ușa lui. L-a luat atunci în brațe, izbindu-se de el, speriată. Era cald, mirosea a liniște și a strâns-o tare în brațe. A luat-o pe sus, în brațe, în timp ce a închis ușa cu piciorul. Ținea ochii închiși, rezemată de pieptul lui, și nu voia să se mai gândească la nimic. S-a așezat cu ea pe marginea patului, legănând-o ca pe un copil, în timp ce ea plângea în continuare. N-a mai întrebat-o ce s-a întâmplat pentru că simțea că nu-i va spune. Știa că trebuie să o țină în brațe până când toată durerea va trece. Era îngrijorat și, inconștient, fericit că venise la el. Spera că nu i se întâmplase nimic. Poate visase ceva. Atât de puternic și de dureros, încât venise până la el?! N-o vedea pentru că o ținea în brațe și era întuneric, dar își amintea vag că era în pijamale, ceva cu un model animat parcă, ca pentru copii, și asta l-a înduioșat puțin. Nu și-o imaginase vreodată așa în visele lui. Dar în visele lui era rece și îndepărtată. De neatins. Și mintea lui i-o plăsmuia întocmai. Acum, cu tot cu pijamalele ei copilărești, cu lacrimile ei care îi udaseră tricoul, cu tremuratul ei, din ce în ce mai slab, era reală. Caldă. Însuflețită. Înțelegea că sentimentele lui sunt la fel. Reale, vii și de necontrolat. O legăna ușor în timp ce îi mângâia părul și ea se mai liniștise.

– Ai pățit ceva? a șoptit el așteptând speriat răspunsul.

A mârâit încet ceva ce semăna cu un „nu".

– Ai avut un coșmar?

Și-a apăsat fața pe pieptul lui și l-a strâns mai tare și atunci nu a mai întrebat-o nimic. Nu ar fi crezut că el ar fi putut fi în visele ei, atât de real și atât de impresionant pentru ea.

Au stat așa o vreme în liniște. Ar fi crezut că a adormit, dar îi auzea pleoapele cu genele încărcate de lacrimi clipind, din când în când. Dintr-odată a realizat unde e și ce făcuse și a sărit încordată în picioare, uitându-se în jur. Și-a dat seama că era în dormitorul lui. Totul era simplu, zugrăvit în alb, cu așternuturi albe și mobilă și podele negre. Era întuneric și undeva pe hol se vedea o lumină ce bănuia că e de la intrare. A vrut să se îndrepte în grabă spre ușă, dar el a prins-o de mânecă.

– Stai!

Și-a tras mâna brusc și s-a dezechilibrat puțin pentru că el îi dăduse deja drumul.

– Nu știu de ce am venit. Scuză-mă! A fost o prostie.

A deschis ușa trăgând cu putere și a fugit fără să se mai uite înapoi, în timp ce el o striga. De ce fugea? Fugea de el? Nu înțelegea. A dat buzna aici, strângându-l în brațe ca și cum ar fi fost sfârșitul lumii, și acum fugea fără să îl privească măcar. Era debusolat și dezamăgit.

Simțea că din nou reușise să fie penibilă. Se ura uneori. Acționa impulsiv și nebunește. Cum a putut să se ducă la el în miez de noapte și să i se arunce așa în brațe? Și el ce putea să înțeleagă din asta? Visul continua să fie atât de real în mintea ei încât încă mai simțea un gol imens în suflet. De ce l-a cunoscut și de ce viața ei devenise atât de complicată dintr-odată? Își dorise asta mereu, să se îndrăgostească complet și fără limite, dar acum nu știa dacă să se bucure. Tipul asta era prea frumos și prea complicat pentru ea, încât nu putea ieși nimic bun din asta. Cum putea să oprească atracția asta inexplicabilă? Cum ar putea să nu se îndrăgostească de el? Încă speriată, a aprins toate luminile. A adormit pe canapea, aproape când se lumina afară, promițându-și cu încăpățânare că se va distanța de el și va fi indiferentă.

Soarele de iarnă strălucea străveziu, dar cu putere, semn că era aproape prânz. Îi promisese că vor petrece dimineața împreună și asta a făcut-o să își trântească dezamăgită perna peste față. Nu suporta să nu se țină de promisiune, indiferent către cine o făcea. Și indiferent ce se întâmplase.

Trebuia să îi dea un mesaj prin care să îi spună că îi pare rău că nu l-a anunțat de dimineață și că nu se mai văd azi, dar să sune în așa fel încât să nu îl facă să vină aici. Ar fi fost o idee bună să se mute de aici, și-a mai spus, în timp ce se gândea și la mesaj, dar îi plăcea apartamentul ăsta. După mai multe ezitări și încercări, a reușit să trimită un mesaj scurt și sec, care începea cu „Bună. M-am trezit târziu. Am dormit prost" și se încheia abrupt cu „Vorbim mai încolo".

Imaginar, și-a dat singură două palme pentru mesajul asta. Detesta că nu era deloc autentică, naturală, în modul în care se purta. De fapt murea să îl vadă, să o ia în brațe, să se sărute. Își dorea să fi rămas peste noapte să doarmă cu el. Dacă ar fi ținut-o el în brațe ar fi dormit liniștită că un copil. Înțelegea, dezamăgită, cât de lașă este.

Cum se contrazice prin comportamentul ei. Că face sau mai exact nu face ceea ce simte și își dorește. Nu-i spusese ea asta? Că nu ar trebui să se lase duși de val, sufocați de regulile societății? Nu făcea asta chiar acum? Și în modul cel mai exagerat cu putință.

De fapt, îl plăcea la nebunie și voia să fie cu el. Își dorea mai mult decât orice să renunțe la control și să se îndrăgostească nebunește. Simțea că asta s-ar fi întâmplat. Părea exact bărbatul de care s-ar fi îndrăgostit nebunește. Era rușinată că simte asta și n-ar fi recunoscut nimănui că îi place atât de mult, când de-abia l-a cunoscut. În schimb, a decis, rațional, că s-ar putea să sufere, că s-ar putea să fie nepotriviți și atunci mai bine rămâne departe de el. Noaptea trecută a făcut „o inconștiență" să se ducă la el așa. „O imprudență" că s-a dezmeticit în dormitorul lui în timp ce el o ținea în brațe. Doar faptul că s-a dus acolo, în miez de noapte, ar fi putut fi interpretat. Nu fusese nimic senzual în îmbrățișarea lor de atunci. Ea era speriată și el a consolat-o. Simțea, mai mult instinctiv decât rațional, că poate avea încredere în el, că pentru el toate regulile astea sunt lipsite de valoare și că nu se va grăbi să o judece. Știa, sau mai degrabă simțea, inconștient și fără explicații, dar de necontestat, că e în siguranță cu el și nu se va întâmpla între ei nimic din ce nu și-ar dori. Totuși, a plecat ca o sălbatică, mai sălbatică decât atunci când s-a dus. Și doar se dusese din dragoste. Coșmarul fusese atât de real, că nu putea să nu se asigure că e în regulă. Își amintea acum că el i-a spus „iubirea mea" când a văzut-o și asta a emoționat-o și a pus-o pe gânduri.

Obosise să se tot întrebe ce o atrage la el, în afară de felul în care arăta și sentimentul de siguranță care i-l trezea, pentru că în rest nu-l cunoștea. Poate nici nu era important să știe ce o atrage la el. Poate că nici nu trebuia să fie un argument rațional. Nu așa era dragostea?

Spera în adâncul sufletului ca mesajul ei să nu fi avut efectul dorit și să vină la ea. Chiar se aranjase puțin, cu un aer aparent neglijent, și își găsea câte ceva de făcut în living astfel încât să audă dacă ar fi venit cineva la ușă. Până a realizat că e penibilă și ipocrită și și-a amintit că el pare destul de orgolios și, dacă e orgolios, nu o să vină.

Bănuiala ei era un fapt cât se poate de cert. Alexander era foarte orgolios şi la acel moment era mai turbat decât un leu în cuşcă. Nu pricepea cum poate fi dorit şi apoi imediat respins, fără să fi făcut nimic, şi nu era prima oară când se purta cu el aşa. Îşi bătea joc de el? Poate că de fapt ştia totul, ştia de când o aşteaptă şi îşi bătea joc de iubirea lui. Putea fi atât de crudă? Totul era un joc pentru ea? O glumă? Nu avea haz! Trecea de la furie la disperare şi de la frustrare la întristare. O dorea, dar nu accepta să se umilească. Zilele trecute o tot căutase în timp ce ea îl evita şi nu va mai repeta asta. Se analiza în fel şi chip, dar nu reuşea să îşi dea seama ce făcuse să merite asta. A speriat-o cu ceva? Aproape că nu au vorbit. Ea a venit la el, ea l-a luat în braţe. Nu a făcut decât să o ţină în braţe, să o consoleze. Nu asta faci când vrei să linişteşti pe cineva? Trebuia să facă mai mult de atât? Dumnezeule, înnebunea! Nu avea niciun indiciu. Poate că a venit aici şi apoi a regretat. Dar nu, nu putea fi asta. Trebuie că era ceva la el sau făcuse ceva nepotrivit. Sau nu a făcut ce trebuia să facă. Poate că venise cu un anumit motiv şi el nu şi-a dat seama. Sau poate că pur şi simplu îşi bătea joc de el. Nu ar fi fost prima dată când ar fi văzut pe pielea lui cât de nesăbuiţi, de răi şi de iraţionali sunt oamenii.

Ar fi vrut să nu se mai gândească la nimic. Îi era silă să iasă din casă, să se vadă sau să vorbească cu cineva. Îi era scârbă de tot, inclusiv de el. Ar fi vrut să cadă într-un somn adânc şi să-şi golească mintea de orice. Dar deschidea ochii brusc, amintindu-şi: „Vorbim mai încolo." *Ah! De parcă vorbim sau nu, îmi este egal! Te văd sau nu, îmi este indiferent.* OK, dacă nu-l place, de ce a venit aici? Ce a fost asta? Sau a fost atât de speriată, încât trebuia să o consoleze cineva, oricine, şi el era cel mai la îndemână?

A ignorat bătăile slabe în uşă. Nu-l căuta nimeni aici şi nici nu avea chef de nimeni. S-au repetat la fel de uşor ca prima dată. *Poate că nu e ea?!* s-a întrebat cu o speranţă slabă, că ar putea fi. *Sau poate că e ea, prostule! Poate că a venit să-şi mai bată puţin joc de tine!*

I-a deschis uşa cu un aer plictisit şi iritat. I s-a părut că vede în ochii lui şi o urmă de furie.

– Bună!

– Bună! i-a răspuns el ușor răgușit.

Răgușit de atâtea întrebări nerostite și repetate mereu în minte.

O intimida deja și uitase ce își propusese să-i spună, după ce repetase asta de atâtea zeci de ori. Începuse să tragă stângace de mânecile lungi ale pulovărului albastru de pe ea.

Și-a amintit că, dincolo de toate, nu este un necioplit prost crescut.

– Te rog, intră! și i-a deschis larg ușa.

O voia și n-o voia acolo acum, când era așa de supărat pe ea. Îl debusola și-l făcea să își piardă și ultimă fărâmă de încredere pe care o avea în preajma ei. Pentru ea însă, reușea să pară complet inabordabil, aproape că o speria puțin.

– Nu intru, mulțumesc! Voiam doar să-ți spun ceva.

Se rezemase cu spatele de peretele din deschiderea ușii, cu mâinile încrucișate la piept, așteptând. Era ciufulit și avea iarăși linia aceea dintre sprâncene pe care ar fi vrut să o mângâie și să o sărute. Era îmbrăcat cu un tricou negru și cu pantaloni de bumbac gri-deschis, care îi atârnau pe șolduri, într-un fel... Cum de se gândise la asta acum?! *Concentrează-te!* Și-a coborât privirea în jos și a văzut că era desculț și până și picioarele lui i se păreau sexy! *Focus! Focus! De ce-ai venit?*

– Am venit pentru că... s-a scărpinat stânjenită în vârful capului și se uita mai mult la ușa deschisă, aruncându-i lui doar priviri scurte.

– Cred că m-am purtat puțin aiurea... și... își înfășura acum neatent o buclă pe un deget de la mâna dreaptă, în timp ce cu stânga se îmbrățișase peste talie, pentru că nu știa ce să facă cu mâna liberă și poate pentru ca să se încurajeze singură.

– Voiam să îmi cer scuze pentru asta. Am avut un coșmar și m-am speriat. Nu i-ar fi spus pentru nimic în lume ce visase. N-am vrut... adică n-am putut să mai stau singură în casă și am venit la tine... îmi pare rău dacă te-am deranjat.

– Nu m-ai deranjat!

Deja uitase cât de supărat și turbat fusese toată ziua. Era atât de dulce acum în fața lui, stângace și stingheră, cum nu-și găsea cuvintele.

Ar fi vrut să o ia în brațe și să o sărute, să pună capăt chinurilor ei. S-a stăpânit însă să aștepte, o vedea cât e de determinată să ducă totul până la capăt. Și-a desfăcut brațele de la piept și le-a rezemat de perete la spate, răbdător.

– Ideea este că atunci când m-am dezmeticit și mi-am dat seama ce am făcut... hm... aaa... mi-a fost foarte rușine că am dat așa buzna la tine! i-a spus repede, înroșindu-se până în vârful urechilor.

Deci asta era! Femeia asta nu înceta să îl surprindă. Să îl șocheze, de fapt! Nu mai era un copil, nu credea că ar mai fi virgină, cum putea însă să se gândească la asta?! Cine-și mai punea asemenea întrebări? Cine mai trăia astăzi pătruns de atâtea prejudecăți? Cui îi mai păsa de așa ceva în secolul ăsta? I-a trecut atunci prin minte gândul, vag și fulgerător, că nu l-ar putea înțelege. Că nu ar putea crede și accepta dragostea lui ascunsă pentru atâta timp. Că i-ar fi imposibil să înțeleagă. Că ar speria-o atât de tare, încât ar pierde-o pe loc. Dar a fost doar un gând fulgerător și nu-l putea explora acum.

– Sper că nu ți-am... adică... nu știu ce impresie ți-am făcut...

– Ce impresie crezi că mi-ai făcut? a întrebat-o el zâmbind ușor, apropiindu-se de ea brusc și privind-o de aproape în ochi, așa încât ea a fost surprinsă și s-a speriat.

– Nu știu! l-a privit fix, temătoare, cu ochii ei mari și albaștri. Cred că a fost nepotrivit!

A cuprins-o ușor, dar ferm, de umeri, ținând-o nemișcată, și se uita la ea blând și tandru pentru că nu voia să o sperie.

– Am avut impresia că ești speriată de moarte și m-am speriat și eu, văzându-te. Am avut impresia că trebuie să te ocrotesc. Am avut impresia că trebuie să te țin în brațe până când toată durerea și frica și tristețea ta ar fi dispărut. Am avut impresia că trebuie să te țin în siguranță până când ai fi simțit-o și tu și ai fi știut că totul este bine.

Toate erau răspunsuri pentru ce căutase și așteptase când a venit la el, fără să o știe măcar, pentru că o făcuse inconștient, și el înțelesese singur totul fără să îi spună nimic și fără să o întrebe nimic, pentru că ea nu ar fi știut ce să îi ceară. Îl privea uimită, șocată și ochii i se umpluseră de lacrimi. Simţea din nou că sunt doar ei doi, că nu mai e nimic altceva şi nu mai contează nimic. În timp ce privea în ochii lui negri (nu înţelegea cum putea fi totul atât de nesfârşit în ei), şi i se părea că totul se roteşte în jurul lor ameţitor şi s-ar fi prăbuşit dacă el nu ar fi ţinut-o cu putere de umeri, atunci s-a hotărât. Atunci a fost momentul în care a înţeles că îl vrea şi dacă îl vrea trebuie să se dăruiască complet. Va renunţa la presupuneri, la constrângeri, la întrebări, la deciziile raţionale, atât de iraţionale în faţa iubirii. Va renunţa la control şi la toate acţiunile şi deciziile cenzurate. Poate risca să n-o înţeleagă mereu sau poate să nu accepte totul, dar dacă nu accepta asta, nu o putea accepta şi iubi pe ea. Simţea, sau poate spera, că el este cel pe care îl aştepta.

– De fapt îmi pare rău că am plecat, i-a şoptit cu vocea gâtuită de emoţie. De asta îmi pare rău! Voiam atât de tare să rămân, era atât de bine cu tine, dar m-am temut că o să mă înţelegi greşit, că o să mă judeci. Acum ştiu că n-ai făcut asta, dar încă nu te cunosc, şi încă nu ştiu, încă mi-e teamă...

Simţea că lacrimile îi alunecau necontrolat pe obraz. Toate emoţiile şi sentimentele ignorate până acum şi dintotdeauna se eliberau. Ştia că nu se va putea schimba peste noapte. Dar mai simţea că altfel s-ar putea să-l piardă, fără să-l fi avut măcar.

Îi ştergea lacrimile grăbit şi speriat. Ce a fost asta? Toate lacrimile fierbinţi i se datorau lui? El era cauza lor? Aproape că nu înţelegea ce îi spune. Se concentra să reţină ce îi spune, ca să se gândească la asta mai târziu, când inima se va opri din zbuciumul ăsta asurzitor, ca să înţeleagă.

Ar fi vrut să o încurajeze, să îi spună să nu se teamă, dar se simţea la rândul lui speriat. Doar pentru asta nu se pregătise. Se gândise la tot, întorsese toate lucrurile pe toate părţile, în atâtea zile şi nopţi de aşteptare, numai la asta nu se gândise. Nu se gândise la singurul lucru pe care şi-l dorea de fapt. La dragostea ei. Şi era acum copleşitoare. Cu adevărat nu poţi fi pregătit pentru fericire şi teama de a obţine ce îţi doreşti este înspăimântătoare. Va putea fi la înălţime?

Va putea fi bărbatul pe care ea şi-l dorea? Să n-o dezamăgească, să nu o facă să sufere. Dacă totul era real, şi părea real, îi era clar până şi lui, care nu ar fi crezut, că se îndrăgostea de el. De el aşa cum îl proiecta în mintea ei, pentru că de fapt nu-l cunoştea.

Ar fi vrut să îi spună totul. De când o visează, că o aşteaptă de când erau nişte copii, că e aici doar pentru ea şi că fără ea viaţa lui nu are niciun rost. Că o iubeşte şi vrea doar să o facă fericită. Toate astea îl sufocau, simţea că i le-ar putea spune pe nerăsuflate. Dar şi lui îi era teamă. Teamă că ar putea să o sperie şi să o îndepărteze. Realiza că va fi prizonierul acestui adevăr, al acestei minciuni pentru ea, pentru că ea nu-l va putea afla. Că nu va fi niciun moment destul de bun să îi spună că ea are un trecut în viaţa lui fără să bănuiască măcar.

– Şi eu îmi doream să rămâi, i-a şoptit şi a strâns-o în braţe. Îmi doream să rămâi cu mine. M-am bucurat când te-am văzut şi apoi m-am speriat când am văzut cum tremuri. Nu voiam să te las să pleci aşa. Aş vrea să... a îndepărtat-o puţin de el, astfel încât să se poată uita în ochii ei. Aş vrea să nu-ţi mai fie teamă de mine sau de ce aş putea crede eu sau că aş putea să te judec. Ştiu că nu mă cunoşti... că nu ne cunoaştem... dar nu o să te judec, nu o să trag concluzii pripite de unul singur.

Nu reuşea să îi transmită ce avea în minte, nu fără să îi spună adevărul. Doar el putea fi fericit şi nenorocit deodată. În timp ce îl măcina neputinţa de a-i spune adevărul, a văzut-o cum se ridică uşor pe vârfuri şi îi mângâie şi îi sărută fruntea, acolo unde se adunaseră toate gândurile lui blestemate.

XV

Dimineața de duminică era însorită. Se simțea atât de fericită încât nu-i mai păsa că e iarnă. Și nu suporta iarna.

I se părea că nu mai luase niciodată o decizie care să o facă să se simtă atât de liberă. Îi era greu să ia decizii, se gândea și se răzgândea, analiza totul și se pierdea în detalii uitând esențialul. Nu se recunoștea și se gândea că „își pierduse mințile". Nu-i venea să creadă că va reuși să nu-și mai impună singură limite. Măcar va încerca să nu se mai cenzureze și să se întrebe cum ar putea fi interpretat ceea ce face și ce spune. Dacă își dorea să fie cu el și să-i arate că se îndrăgostește de el, nu ar fi ăsta cel mai natural lucru pe care l-ar putea face? Să acționeze și să reacționeze așa cum simte. Autentic. Natural. Va încerca, cel puțin. Și-a promis asta. Nu vedea cum se va împăca asta cu nesiguranța care o cuprindea atunci când era în preajma lui. Atunci când tendința spre autocontrol o domina, blocându-i gândurile, vorbele și gesturile.

Își amintea că nu fusese așa cu Nick, dar realiza acum că de la început Nick nu fusese atât de important pentru ea. Nu își analiza atât de mult acțiunile pentru că Nick nu părea să merite lucrul ăsta. Înțelegea că Nick nu o intimida și nu o făcea să se simtă nesigură și pentru că, de fapt, nu-l iubea. Nu realizase asta atunci când era cu el, dar înțelegea acum. Emoțional nu simțise ceva comparabil, cât timp fusese cu el, aproape un an de zile, așa cum simțea de câteva zile de când se întâlnea cu Alexander. Sentimentele inspirate de el o făceau temătoare și nesigură, pentru că erau atât de puternice și de necunoscute. I se părea că totul este intens, profund și complicat. I se părea că ea e cu totul alta când e cu el. Deși o intimida, simțea cum se trezește la viață.

Cum toate lucrurile încep să prindă culoare, lumină și contur așa cum nu le văzuse niciodată. Toate emoțiile și trăirile ieșeau la suprafață și nu avea nicio putere să le ascundă. Și hotărâse acum că nici nu mai voia să le ascundă. Își impusese în mod stupid să stea departe de el, să fie rezervată cu el, când își dorea exact contrariul. Simțea că făcând ceea ce trebuie, nu e și nu va fi fericită. Dacă reușea să facă abstracție de conștiința ei critică, ar fi fost fericită atunci când ar fi acționat așa cum simțea. Prefera să fie sclava iubirii, decât sclava unui comportament în care nu credea și care nu reprezenta ceea ce simțea.

Când i-a deschis ușa, radia de bucurie, cu gura până la urechi. Și el părea la fel de fericit, sau cel puțin avea un zâmbet la fel de larg.

– Bună dimineața, rază de soare!

– Bună dimineața! și l-a luat în brațe, lipindu-se de el și sărutându-l lung.

Se trezea mereu surprins de îmbrățișarea ei. Atât de subțire și de fragilă, cu o energie suavă, ce îl învăluia pe nesimțite. Aproape că încerca să nu se gândească că e ea. Toate îl copleșeau. Și cel mai mult, faptul că nu-i venea să creadă că e ea. Se temea uneori că este tot în visele lui.

– Mi se pare că îmi sunteți datoare cu ceva, domnișoară!

– Cu ce îți sunt datoare? l-a întrebat surprinsă.

– Să iei micul dejun cu mine. Cel pe care trebuia să îl luam ieri, îți amintești? și i-a zâmbit.

Îi plăcea să o tachineze. Să o surprindă. Să vadă expresiile în schimbare în lumina ochilor ei.

– Nu recunosc nimic. Nu era nimic stabilit, decât că trebuia să ne vedem. Și ne-am văzut până la urmă, a continuat pe un ton scăzut și zâmbindu-i timid.

– Hai, îmbracă-te că vreau să te duc într-un loc drăguț! a zorit-o, luându-și o mină serioasă.

– Îți pot pregăti și eu micul dejun, s-a alintat ea.

– Da, îmi imaginez că poți, dar o să faci asta altădată, dacă ții neapărat. Îmbracă-te, te rog!

– Sunt cumva dezbrăcată? a întrebat ea mimând mirarea și l-a făcut să râdă.

Îi plăcea să îl vadă râzând. Era ca și cum tot corpul i s-a fi destins relaxat, fața își pierdea conturul aspru, iar fruntea linia dintre sprâncene; își lăsa ușor capul pe spate și râdea cu gura larg deschisă, lăsând la vedere dantura albă, puternică și ordonată.

– Te rog să îți iei un pulovăr sau ceva mai gros.

– Mâncăm afară?

– Nu mâncăm afară, a continuat el mimând exasperarea. Nu mai pot să păstrez niciun element de surpriză cu tine. Te rog să te grăbești. Nu ne servesc micul dejun decât până la 11.

– Serios?

– Nu, dar nu știu cum să te scot mai repede din casă.

– De ce să mă scoți din casă?

A privit-o lung și senzual:

– Pentru că este o dimineață foarte frumoasă, Katalin! i-a replicat rar și răspicat, neașteptat privirii dinainte. De asta! Și riscăm să o pierdem!

Îl amuza, de fapt. Puțin îi păsa de dimineață sau cât de repede plecau pentru că își dorea doar să fie cu ea. Dar îi plăcea să se joace cu ea. Începea să înțeleagă cât e de timidă, așa încât își dorea să o facă să treacă peste asta.

– Bine! Bine! mă grăbesc.

S-a întors, într-adevăr în câteva minute, îmbrăcată cu o pereche de blugi albaștri și cu un pulovăr alb, care o făcea să pară și mai luminoasă decât de obicei.

– Vino puțin, te rog! a chemat-o el.

S-a oprit în fața lui și el a tras-o mai aproape, ținând-o de umeri. Razele soarelui se descompuneau în buclele ei rebele. Simțea, copleșit, că e aproape ireal că o are acum în fața lui, aparent ușor îndrăgostită, sau cel puțin atrasă de el, după ce doar a urmărit-o de la distanță atâta timp. Se bucura acum de frumusețea ei îndeaproape, de căldura apropierii ei, de zâmbetele și râsul ei cristalin. Vocea ei, ușor nazală, senzuală, o auzea acum rostind cuvintele care îi erau adresate lui. Ochii ei luminoși îl cercetau acum de aproape, îl vedeau. În sfârșit, îl priveau pe el.

S-a uitat atent la ea, verificându-i părul, hainele, a răsucit-o chiar cu spatele.

– Trebuia să te îmbraci altfel, dar o să încercăm. Să vedem, sper să ne primească și așa, a mormăit el.

Expresia dezolată de pe fața ei era de neegalat. Dar nu-i plăcea să o chinuie, nici măcar în glumă, așa încât și-a dat capul pe spate, râzând zgomotos.

– Nu cred că ai făcut asta! a răspuns ea, fără să își poată reține zâmbetul pentru că râsul lui era molipsitor.

A încercat să se retragă îmbufnată, dar el o ținea de brațe.

– Ești minunată! i-a șoptit și a tras-o lângă el, lipindu-și fruntea de a ei. Ești cel mai frumos lucru pe care aș putea să îl văd, și a privit lung în ochiul mare și albastru, mângâindu-i buclele. *Și ești viața mea!* i-a spus în gând.

Dimineața era foarte rece, iar soarele compensa mai mult prin strălucire, decât prin căldură. Asfaltul era umed, dar nu mai era decât puțină zăpadă. Au plecat cu mașina, dar înaintau încet. Străzile erau aglomerate și trotuarele pline de trecători, pentru că era decembrie și toată lumea se pregătea de sărbători. Au trecut pe lângă o mulțime de târguri de Crăciun, fiecare cu alt specific și pe lângă piața cu brazi de toate mărimile.

– Ce planuri ai pentru Sărbători? a întrebat-o.

Întorsese întrebarea asta pe toate părțile și se tot gândise cum să o formuleze. Tot nu găsise o variantă care să nu sune de parcă el nu ar avea nicio legătură cu asta: „Ce faci de Sărbători?", dar niciuna în care să se includă, pentru că nu își dădea seama dacă ea își dorește asta: „Ce facem de Sărbători?"

– Nu am, i-a răspuns ea amuzată, fără să interpreteze întrebarea lui. Nu am încă nimic planificat de Sărbători, dacă poți să crezi asta!

– Nu pot să cred! Nu pot să cred că sunt eu atât de norocos!

– De ce ești norocos?

– Pentru că nu ți-ai planificat nimic de Sărbători!

– Și ce legătură are asta cu tine? a întrebat ea cu un aer de parcă nu ar pricepe absolut nimic.

Era hotărâtă să îi plătească gluma de mai devreme, când a speriat-o că nu s-a îmbrăcat cum trebuie.

– Păi mă gândeam că în cazul ăsta am putea să le petrecem împreună, a continuat el jenat și dezamăgit.

L-au salvat din dezamăgire chicotele ei de satisfacție.

– Așa deci! Sunteți răzbunătoare, domnișoară! Am înțeles! a zâmbit el ușurat. Deci? Până la urmă ai sau nu planuri de Sărbători?

– Nu am. Nu am glumit cu asta! a continuat ea serioasă.

– Dar cu ce ai glumit? a continuat el să o chinuie, pentru că știa că acum o intimidează.

– Am glumit că tu nu ai legătură cu asta! l-a înfruntat ea serioasă, roșind ușor. Mi-ar plăcea să fim împreună de Sărbători! Asta dacă nu ai tu alte planuri.

– Să fiu sincer, am ceva în plan, mai ales acum, că știu că putem fi împreună atunci.

Intraseră cu mașina într-o parcare și și-a dat seama că ajunseseră la destinație. Erau undeva în zona portului, dar nu explorase foarte mult această parte a orașului, așa încât nu-i era cunoscută. O adusese la un restaurant de pe faleză. Era un local ce păstra aerul unei afaceri de familie, dar ar fi putut fi și un local exclusivist pentru că așezarea îi oferea acest avantaj. Partea în care se găseau mesele avea pereții exteriori din sticlă și puteai admira marea de aproape. Dacă pardoseala ar fi fost tot din sticlă, ți s-ar fi părut că ești suspendat deasupra mării, pentru că nu mai era nimic după, decât întinderea nesfârșită de apă.

– Domnule K! Bine ați venit! i-a întâmpinat un domn în vârstă, cu barba scurtă și păr alb, ce părea că se ocupă de restaurant.

I-a condus la masa din colț, de unde puteau vedea cel mai bine marea. Valurile se izbeau de stâncile de la mal, agitate și nerăbdătoare, învelindu-le cu spumă albă, ce se dizolva lent. În largul mării, cerul era acoperit de nori întunecați. Pescăruși singuratici planau leneș pe cer.

Aveau puțini clienți la ora aceea, pentru că erau între micul dejun și prânz.

– Vreți să discutăm, domnule K? l-a întrebat bărbatul șoptind cu un aer nedumerit.

Se văzuseră și zilele trecute.

– Nu, Gerald. Am venit să iau masa cu prietena mea. Mulțumesc.

Katalin era intrigată și plăcut impresionată că a numit-o prietena lui. A încercat să îi surprindă privirea, să vadă dacă își poate da seama despre ce e vorba, dar el s-a uitat atent în jur și apoi s-a întors la meniu.

– Ce ți-ar plăcea să mănânci? a întrebat-o neatent, pentru că își ridicase privirea spre ea și o admira cât e de frumoasă.

Îmbrăcată în alb și cu marea în jurul lor, pentru că marea îi înconjura din aproape toate părțile, acolo unde erau așezați, i se părea că are ochii și mai albaștri decât de obicei. Se putea bucura acum de toate nuanțele de albastru din ochii pe care îi iubea.

– Ce vrei tu! i-a răspuns ea nerăbdătoare.

– Dar tu ce ai vrea? s-a ambiționat el.

– Tu ce iei? nu s-a lăsat ea, curioasă de fapt să afle mai multe despre el.

– Fructe, pâine prăjită și cafea, a recitat el grăbit.

Știa care va fi reacția.

– A! a făcut ea surprinsă.

– Vezi? a continuat el amuzat. Mă gândeam eu că nu-ți place. Deci, ce ai vrea să mănânci?

– Omletă cu fructe de mare, uite, au aici, i-a arătat ea în meniu ca un copil pofticios. Și ceai!

– Deci îți plac fructele de mare și nu bei cafea? a întrebat el, mai mult ca o concluzie, după ce au comandat.

– De fapt, beau cafea! a zâmbit ea ștrengărește. Dar am băut deja una când m-am trezit.

– Adică ai băut cafeaua fără mine? s-a arătat el supărat.

– Nu beau cafea în fiecare zi, dar de dimineață nu puteam să mă trezesc, a recunoscut ea rușinată.

– Mi se pare că nu ești prea matinală, a zâmbit el.

Aproape că nu știa ce își spun. Reușea cu greu să se concentreze la altceva decât imaginea ei. Nu, nu era atât de frumoasă încât să-și piardă mințile. Vedea asta și acum. Dar îl fermeca. Poate că era cu adevărat vrăjit de ea, pentru că nu putea să vadă altceva. Decât ochii rotunzi și depărtați, ca de felină, albaștri și luminoși în strălucirea puternică a zilei. Sprâncenele erau subțiri și șterse. Fața albă, netedă ca un porțelan fin și rozalie în obraji, părea transparentă, albăstruie acolo unde se intuiau venele subțiri. Observa acum că nasul era ușor cârn, spre stânga, abia vizibil. Buzele, roz-deschis, fine, cărnoase și scurte, le umezea din când în când, atunci când vorbea, ca și cum ar fi fost obișnuită mereu să facă asta, ca un tic. În spatele buzelor se vedeau dinții mici, albi, cu caninii ușor ascuțiți.

– Mai bine ne întoarcem la surpriza despre care îmi spuneai mai devreme, a schimbat ea subiectul, nemulțumită că el a aflat atât de repede cât era ea de matinală.

– Nu ți-am spus de nicio surpriză, a răspuns el fără să cadă în plasă. Și evident, dacă ți-aș spune, nu ar mai fi o surpriză.

– Dar poți să îmi dai câteva indicii. Poate trebuie să mă pregătesc și eu.

– De ce să te pregătești?

– În cazul în care vrei să plecăm undeva, nu ar trebui să îmi iau lucruri cu mine?

– N-am spus că plecăm. O să te anunț dacă trebuie să te pregătești cu ceva. Nu-ți face griji. Ai încredere în mine.

Nu știa cum de îi venise replica asta, dar s-a simțit vinovat imediat ce a rostit-o.

– Hm, nu știu ce să zic de asta, a mormăit ea întorcându-și capul.

– Poftim?

– Nimic! Nimic! a răspuns ea grăbit. Nu am spus nimic.

– Vrei să îmi spui ceva? Că nu ai încredere în mine? a întrebat-o încet și, dacă l-ar fi cunoscut mai bine, ar fi perceput teama din glasul lui.

Știa de ce nu ar putea avea încredere în el, știa ce îi ascunde. Probabil că ea glumea acum, dar sentimentul de vinovăție era apăsător și îl întrista.

– După ce m-ai lăsat să înțeleg că pot îmbrăca orice și apoi ai strâmbat din nas la cum sunt îmbrăcată, cum mai pot avea încredere în tine? s-a grăbit ea să pună capăt jocului, pentru că a observat că ceva nu este în regulă cu el.

Îi apăruse din nou linia aceea între sprâncene și privea în pământ, supărat.

– Hei! Am glumit! i-a șoptit ea. A întins mâna peste masă și i-a ridicat ușor bărbia astfel încât să se poată uita în ochii lui. Știa acum ce îi inspirau ochii lui. Îi aminteau de imaginile cu întinderea Cosmosului. Limite și nesfârșit laolaltă.

– Am încredere în tine. Știu că încă nu te cunosc. Dar simt că pot avea încredere și mă simt în siguranță atunci când sunt cu tine, i-a spus ea șoptit pentru că nu-i plăcea să vorbească despre ce simțea.

El a privit-o trist, ca și cum l-ar fi durut când i-a spus asta. Mai mult decât dacă i-ar fi spus că nu are încredere în el. Și-a închis ochii și i-a sărutat lung interiorul palmei.

– Ai ghicit! i-a spus încet, dornic să vorbească despre altceva. M-am gândit să plecăm undeva de Sărbători. Putem sta câteva zile de Crăciun, sau putem sta și de Anul Nou. Cum vrei tu. Mergem cu avionul. Acolo e la fel de frig ca aici. Mă ocup eu de rezervări și de tot, a completat, observând că ea începe deja să își pună întrebări.

– Păi și eu cum...

– Sssss! i-a pus el degetul pe buze oprind-o. Este invitația mea, mergem unde vreau eu, mă ocup eu de tot și sper să îți placă, să te simți bine și să te distrezi.

– Dar nu se poate așa...

– Sigur că se poate.

– Eu cum să... nu ştia cum să pună problema cheltuielilor, fără sa îl supere, dar nici nu voia să se simtă în inferioritate, aşa cum se simţea oricum în preajma lui.

– Hai să îţi spun ceva, a continuat el văzând că e neliniştită şi nu-i convine. Îmi permit foarte uşor să fac asta, e foarte simplu pentru mine. Aş vrea să nu te mai gândeşti la detalii, pentru că nu contează.

N-ar fi vrut să îi spună că nu trebuie să conteze pentru ea, pentru că ar fi fost ca şi cum nu ar fi avut încredere că e sinceră în intenţia ei.

– Şi eu cum aş putea contribui?

– Nu trebuie să contribui cu nimic, i-a răspuns grăbit, evident dornic să închidă subiectul.

Îl irita tema şi nu ştia cum să-i pună punct, fără să pară arogant sau să o jignească. Pe undeva aprecia că ea se gândeşte la asta, oamenii profitori erau una dintre repulsiile lui, dar ar fi vrut să nu poarte discuţia asta.

A văzut-o că priveşte atent spre mare şi tocmai când spera că s-a terminat:

– Aş putea să îmi plătesc biletul de avion măcar? l-a întrebat cu un aer fericit de parcă găsise răspunsul la o întrebare care o frământa de mult.

– Nu! Nu poţi! i-a răspuns amuzat.

– De ce?

– Pentru că asta ar însemna să ştii unde mergem şi nu ar mai fi o surpriză! a continuat zâmbind.

– Păi tot o să aflu la un moment dat, nu?

– Da, atunci când o să ne îmbarcăm, i-a răspuns sec.

– Pot să îţi dau ţie banii pe bilet!

– Nu! Nu poţi nici asta!

– De ce nu pot asta?

– Pentru că eu nu aş accepta bani de la tine niciodată, pentru nimic în lume.

– Uau! Ce ego! a replicat ea ridicând din sprâncene şi mimând că ar fi şocată.

– Exact, baby! a zâmbit el, arătându-şi dinţii albi şi strălucitori.

– Dar ce au banii mei? a întrebat iritată. Şi eu muncesc.

– Te rog, iubire, te implor! Putem să încheiem subiectul asta? Nu plăteşti tu nimic! Eu te-am invitat, eu plătesc! Îmi permit şi asta şi multe alte lucruri! a spus el hotărât, chiar dacă risca să pară arogant.

I-a aruncat o privire rapidă să vadă ce reacţie are, dar ea îl privea zâmbind. Îi spusese „iubire" şi nu şi-a dat seama nici după ce a terminat de vorbit, dar ea îl auzise şi îi plăcuse asta.

– Bine! Bine! Mai vorbim altădată despre asta, l-a liniştit, hotărâtă să nu lase lucrurile aşa.

Pe undeva, se întreba dacă toate astea ar putea impune pretenţii din partea lui. La cum îl simţea însă, în ciuda unui profil impunător şi probabil autoritar, nu-şi putea imagina că i-ar putea pretinde ceva. Nu se lega cu modul în care o făcea să se simtă. Ca şi cum ea ar fi fost cel mai important lucru. Era ea cel mai important lucru? Ceva în sinea ei îi striga că e naivă şi că are prea multă încredere în el şi mult prea repede şi că nu are nicio dovadă că e în siguranţă.

– Ne plimbăm? a întrebat-o el când au terminat de mâncat.

– Ştii că m-ai adus să luăm micul dejun la un restaurant cu specific pescăresc?

– Aşa...

– Micul dejun! Cel puţin ce ai mâncat tu se putea mânca oriunde.

– Da, şi la tine acasă se putea! Doar că nu ai marea la geam şi eu voiam să te impresionez. De asta te-am adus aici. Am reuşit?

– Mmmm..., şi şi-a îngustat ochii că şi cum ar fi evaluat în detaliu rezultatul. Da, ai reuşit! i-a spus cu un aer victorios.

– Putem să mai venim oricând vrei tu. Prânz, cină, oricând.

– Mi-a plăcut! Şi mâncarea a fost foarte bună! Vii des aici?

– Destul de des.

– Ca să mănânci pâine prăjită şi fructe? l-a întrebat ea şoptit, la ureche, ca şi cum i-ar fi spus un secret, aşteptându-l să îşi dea capul pe spate şi să râdă relaxat şi molipsitor.

Şi nu a trebuit să aştepte prea mult.

– Exact! Ca să mănânc pâine prăjită și fructe, a confirmat el râzând. Și din motive de business.

– Aici? La malul mării?

– Aici, la malul mării, businessul asta funcționează destul de bine. Dar mai trec din când în când, să mă asigur că e totul în regulă.

– Stai puțin! E restaurantul tău? l-a întrebat ea surprinsă.

– Nu e al meu. Doar îl finanțez. Sau, mă rog, l-am finanțat mai demult, când avea nevoie, i-am ajutat cu consiliere, și acum îl urmăresc să fie în regulă, pentru că o parte din afacere este a mea.

Vedea că atunci când e mirată sau surprinsă rămâne cu buzele ușor întredeschise. Era fascinat să îi descopere noi ipostaze acum, după ce trăise toată viața cu impresia că îi știe fiecare detaliu al chipului.

– Dar parcă aveai o tipografie, nu? l-a întrebat ea cu un aer perplex.

– Tipografia este a mea 100%, dar mai sunt implicat și în alte afaceri.

– Alte afaceri?

– Alte afaceri, dar acum e duminică și nu vreau să vorbesc despre ele. Ne plimbăm?

Nu-i plăcea să vorbească despre afacerile lui. Era ceea ce făcuse ani întregi, zi de zi, și i se părea plictisitor. Și ea devenise serioasă, că și cum ar fi căzut pe gânduri.

De fapt se speriase și se intimidase. Observase că Alexander are bani și îi merge bine, dar nu luase în calcul detaliile acestui fapt. Era mai mult decât o certitudine că tipul ăsta era din altă lume. Și iar i-a revenit în minte ideea că nu sunt potriviți, aproape ca un presentiment. Chiar dacă ignora că avea bani, statutul lui social probabil că era unul superior, ceea ce însemna alt nivel de educație, de cultură, alte relații sociale. S-ar putea că ea să nu fie la înălțimea lor. Sau să nu își dorească să fie la înălțimea lor. Se făcuse tot mai mică la brațul lui și mergea tot mai încet, gândindu-se la asta.

– Ce s-a întâmplat? a întrebat-o el blând, oprindu-se în fața ei și căutându-i privirea.

– Nimic, a răspuns încercând să-i zâmbească.

– OK, când se clarifică acest nimic, îmi povestești și mie despre el?

– Nu e nimic. N-am ce să-ți povestesc. Cred că aerul rece m-a molešit puțin, a zâmbit ea forțat.

– Te rog, vorbește cu mine! Uneori am senzația că te pierd și nu reușesc să-mi dau seama de ce.

Bănuia despre ce este vorba, dar nu voia să presupună. Și voia să se deschidă față de el, să vorbească cu el.

– Mă gândesc că suntem diferiți, că suntem din lumi diferite. Nu știu..., a oftat lung, ca și cum adevărul era apăsător și trebuia să se elibereze de el.

– Și dacă am fi? a întrebat el răbdător.

I se părea prematur să îi spună că dacă ar fi diferiți nu ar putea avea o relație de durată. Pentru că lucrurile nu se leagă între cei diferiți, între cei cu așteptări diferite, cu vieți derulate la un nivel diferit. Că nu poate fi mai mult decât o atracție între ei.

– Simți tu că suntem diferiți? Și dacă am fi diferiți, crezi că lucrurile n-ar putea merge între noi?

De fapt nu era nevoie să îi răspundă. I se părea uneori că poate vedea atât de limpede în mintea ei încât i se părea înfricoșător. Erau rare aceste momente, dar fără urmă de îndoială. I se părea că se încăpățânează uneori în idei preconcepute și în principii demodate. Nici nu era convins dacă într-adevăr crede în ele sau erau adânc înrădăcinate în minte prin educația ei.

– Katalin, este atât de important pentru tine să ne asemănăm? Să nu fim din lumi diferite? Cu ce ne-ar face asta mai potriviți?

El nu credea în asta. Și dacă ar fi crezut, cu ce l-ar fi ajutat? Oricum nu era ca și cum a avut dreptul să aleagă, ci îi era deja destinat să se îndrăgostească de ea. A luat-o în brațe și a sărutat-o lung pe frunte.

– Te visez de prea mult timp ca să te pierd doar pentru că am putea fi diferiți, i-a šoptit. Chiar dacă am fi diferiți, asta nu ar trebui să conteze. Lasă timpul să ne arate dacă suntem diferiți și dacă asta ne poate despărți. Nu vreau să fim în lumi separate, oricum ar fi ele, diferite sau nu, vreau să fim în aceeași lume, a noastră.

Când îl auzea i se părea și ei că nimic nu mai contează, decât să fie cu el. Pentru că și-o dorea atât de mult. Poate că nici nu erau diferiți, poate că nu avea nicio importanță. De fapt nu se temea de diferențele dintre ei, ci că i-ar putea fi inferioară.

– Nu te mai gândi atât de mult, i-a spus, ca și cum ar fi auzit-o.

Părul lui negru și ciufulit lucea în lumina soarelui. O privea ușor încruntat, așteptând. Nemulțumit, dar înțelegător.

– Câți ani ai tu? l-a întrebat ea, privind în sus spre el.

Își dorea să treacă peste gândurile și presupunerile care o copleșeau. Își pierduse dispoziția, dar nu voia să strice totul.

– De ce mă întrebi? Ai mai găsit o diferență între noi? a întrebat-o zâmbind.

– Nu, a râs ea, dar ar putea fi! Sunt curioasă doar.

– Am treizeci de ani. Tu? a întrebat-o la rândul lui, doar că să îi arate că e interesat, pentru că știa deja câți are.

– Douăzeci și trei! a zâmbit ea.

A tras-o în brațele lui și a sărutat-o, fără să îi pese că ajunseseră acum în stradă și se opriseră în mijlocul trotuarului. Era copleșit de bucurie când își amintea că e cu ea, că o poate strânge în brațe și o poate săruta. Ar fi vrut să îi șteargă toate gândurile, toate dilemele, toate ideile preconcepute despre ce e corect sau nu, ce e potrivit sau nu, dacă sunt diferiți sau nu. Dar știa că toate sunt ale ei și toate o fac să fie așa cum era. Spera că iubind-o, o va elibera de ele.

Era ceva care o apăsa, ca un nor pe care nu-l vezi, dar îl intuiești pentru că nu mai ai parte de strălucirea soarelui, dar nu-și mai amintea ce era. Nu-i mai păsa nici că e în mijlocul trotuarului, sărutându-se, cu toate că la început a ezitat să se oprească. Îi simțea mâinile calde pe marginea obrajilor și o săruta mereu, tandru și grăbit, cu pauze mici și scurte, încât abia îi ajungea aerul să respire. Simțea că nu se mai satură de el. Îi inspira atât de multă siguranță, într-un mod ciudat pentru că în același timp o și intimida. Se simțea atât de ocrotită și de dorită totodată, că nu se mai putea concentra la altceva. Nu mai știa ce era, dar îi stricase dispoziția și nu era ceva ce făcuse el, ci un gând, care nu avea nicio legătură cu ce simțea. Simțea că e al ei, fără să îl cunoască încă prea bine. Simțea că îi fusese groaznic de dor de el, în mod straniu, ca și cum ar mai fi trăit asta cu el, și acum se regăseau din nou, după căutări nesfârșite. Simțea că o cheamă, că e mai mult decât se vede, că sunt legați prin fire nevăzute. Toate i se învălmășeau în minte și în suflet, într-un ghem de emoții și senzații și n-ar fi putut să le numească. Doar le simțea, le trăia, sărind de la una la alta, ca într-un vis haotic, fără luciditatea revelațiilor.

XVI

Cursul începuse deja, dar a profitat că profesorul era îngăduitor și s-a strecurat înăuntru în liniște. Sau măcar asta a fost intenția. S-a împiedicat de două ori urcând treptele amfiteatrului, dar a reușit să nu cadă. Încercând să se așeze lângă Ana, și-a scăpat geanta și tot ce avea înăuntru s-a împrăștiat pe jos. Ana avea cea mai calmă și mai serioasă mină și îl urmărea pe profesor, ignorând-o pe Katalin ca și cum nici nu ar fi existat.

Și-a dat seama foarte repede că nu se poate concentra și nu poate urmări cursul. De când plecase de acasă fusese cu capul în nori. De fapt, se trezise cu capul în nori. Doar dacă se gândea la el și îi venea să tropăie din picioare de entuziasm. Da, câteva lucruri nu erau chiar pe placul ei, le știa, dar le minimiza. *De asta dragostea e oarbă. Pentru că închide ochii, nu pentru că nu vede,* îi spunea mama ei când era copil și nu înțelesese niciodată până acum.

– Hei! i-a șoptit Ana din colțul gurii. De ce-ai mai venit?

Katalin a ridicat din umeri, nedumerită.

– Ai întârziat! Și tu nu întârzii! Ți-ai asigurat o intrare spectaculoasă, te-ai împiedicat și era să mă răstorni și pe mine din bancă! Radiezi și ai un zâmbet tâmp până la urechi!

Katalin chicotea înfundat.

– Mai e nevoie să îți spun ce ai? a continuat Ana când s-a terminat cursul.

– Este evident, nu-i așa?

– Nu-l știu prea bine, dar sper că acest Alexander nu este Nick.

– Nici eu nu-l știu încă foarte bine, dar nu are nicio legătură cu Nick. Și cum mă simt cu el nu m-am simțit cu Nick niciodată.

– „Cum te simți cu el"? s-a mirat Ana. Dar ce ați făcut?

– Hei! a protestat Katalin. Vorbeam despre sentimente!

– Și restul?

– Restul nu s-a întâmplat.

– Dar? A încercat ceva? E promițător?

– Doar tu puteai să te gândești la asta.

– Dragă, cum zice melodia, sexul este răspunsul pentru orice. Deci? Nu mi-ai răspuns la întrebare!

– Și nu-ți voi răspunde!

– Nu cred! Nu cred așa ceva! s-a mirat Ana amuzată. N-a încercat nimic!

Katalin tăcea încăpățânată.

– Dragă, și tăcerea este un răspuns. Mr. Perfect al tău are o problemă! *Big broblem!* a glumit Ana.

– Mda, nu cred că asta e problema lui.

– Aha, deci are o problemă! Și care ar fi asta?

Ajunseseră la cafeteria facultății și s-au oprit pentru o cafea.

– Deci care este problema lui? a reluat Ana când s-au așezat la o masă.

– Nu știu dacă e problemă lui, a recunoscut Katalin. Probabil că e de fapt problema mea. Se întristase pentru prima dată în dimineață aceea și Ana aștepta cu răbdare să continue. Mă tem că suntem din medii destul de diferite. Acum sunt fiorii de început, dar când vor trece, mă gândesc că ar trebui să avem mai multe lucruri în comun.

– Și ce te face să crezi că nu aveți lucruri în comun?

– Hm, se pare că Alexander nu are doar o tipografie, ci este un om de afaceri de succes recunoscut nu doar aici, ci în întreaga regiune.

– Ți-a spus el asta?

– Nu chiar așa, dar am aflat. Ieri m-a dus să mâncăm într-un loc foarte drăguț. Când am plecat, am aflat că parte din business e al lui. Nu a vrut să vorbească despre asta, mi-a spus doar că are mai multe afaceri. I-am verificat numele de dimineață și într-adevăr apare asociat cu o mulțime de businessuri.

– Ești grozavă! Și ce dacă are afaceri? Preferai să fie un sărăntoc?

– Eu nu sunt la nivelul ăsta.

– Ce nivel? Despre ce vorbești?

– Dacă are atâția bani este obișnuit cu alți oameni, cu alt standard, cu alt mediu.

– De unde știi? Doar presupui asta. Până una alta, stă în același bloc cu tine, dacă vrei să vorbim de standard.

Katalin s-a oprit blocată:

– Exact! Cum de nu m-am gândit la asta? Ar putea sta într-o zonă exclusivistă, de ce stă aici? Când l-am întrebat mai demult despre asta mi-a spus că îi place zona. Aiurea! Ce i-ar putea plăcea la zona asta? Asta chiar e ciudat!

– Lasă asta! Iar te cramponezi de niște aiureli. Ce dacă are bani? Important e cum se poartă cu tine. Cu atât mai bine dacă are bani. Eu aș zice că e mai grav că încă n-a încercat nimic, a glumit Ana ca să risipească tensiunea.

– Și ghici ce? Vrea să mergem undeva împreună de Crăciun, se ocupă el de tot, e o surpriză, și nu mă lasă să plătesc nimic.

– Dacă te-a invitat el și mergeți unde vrea el, așa mi se pare și normal. Cum ar fi fost să te pună să plătești?

Ana a continuat siderată, după ce s-a uitat la Katalin cu atenție:

– Evident! Atât de tipic pentru tine! Te-ai oferit tu să plătești ceva!

– Oricum n-a fost de acord! a mormăit Katalin jenată.

– Păi tipul e normal! Sau, mă rog, mai vorbim după ce faceți ceva sau încearcă ceva, că acum am niște dubii. Oricum, ar fi cazul să se întâmple ceva în plecarea asta a voastră de Crăciun.

– Hai, lasă-mă cu asta! Trebuie să îl însoțesc la o petrecere săptămâna asta. Ajută-mă să îmi găsesc ceva potrivit de îmbrăcat!

Seara, când a ajuns, a bătut direct la ușa ei și a sărutat-o imediat ce i-a deschis. Era rece și mirosea a frig și a zăpadă.

– De ce ești așa de rece? l-a întrebat ea printre sărutări.

– Am fost până în apropiere, și a scos mâna pe care și-o ascundea la spate și în care avea un buchet de trandafiri albi.

– Ce frumoși sunt!

Imaginea lor nu era nouă și avea senzația unui deja-vu.

– Tu ești frumoasă!

Îi fusese groaznic de dor de ea. Și simțea că e egoist pentru că voia să o sărute și să o țină în brațe, doar pentru el. Atât de dor îi era, că nu se putea gândi dacă și ea vrea același lucru. Era însetat și înfometat de prezența, de mirosul și de buzele ei.

– Și, ce-ai făcut astăzi?

– Nimic, i-a răspuns ea plină de entuziasm.

Se uita fix la el, zâmbitoare și cu ochii sclipind.

– Sigur ai făcut tu ceva! De ce nu-mi spui și mie?

– Dar n-am făcut nimic deosebit!

Părea că entuziasmul ei scade treptat și nu e sigură dacă să îi împărtășească ce avea în minte. În alte condiții ar fi fost nerăbdătoare să vorbească, dar cu el se simțea nesigură. De când îl lăsase să înțeleagă că e atrasă de el, se simțea tot mai nesigură, așa încât totul era exacerbat în mintea ei. Orice banalitate, cum ar fi fost că și-a luat o rochie pentru petrecere, i se părea că e de fapt o prostie. Probabil că lui i se va părea o prostie. Probabil că nici nu-l interesa asta. Ea a fost preocupată de asta, stresată să fie la înălțime, să arate cât mai bine, pentru el și cu el. Era ușurată acum că găsise ceva potrivit. Credea acum că lui nu-i pasă de astfel de detalii. Că nu-l interesează. Că doar vorbindu-i despre asta i se va părea că e superficială.

– Ai un secret? i-a zâmbit el și și-a mijit ochii ca și cum ar fi vrut astfel să afle adevărul.

I-a zâmbit apoi încurajator, așteptând. Ceva nu era în regulă. Aproape că auzea furtuna gândurilor ei. Ce se întâmplase?

– Nu e un secret. Mi-am luat o rochie pentru petrecerea la care m-ai invitat! a răspuns ea încet, încercând să minimalizeze ce îi spunea, ca și cum nu ar fi contat.

– Și mi-o arăți și mie sau este o surpriză? a întrebat-o el atent.

– Vrei să o vezi? s-a mirat ea, surprinsă.

– Mi-ar plăcea, dar dacă nu vrei să o văd acum, voi avea răbdare.

– De ce vrei să o vezi? a insistat ea.

Rochia nu fusese nicicând subiectul discuţiei lor.

– Pentru că sunt curios ce ţi-ai ales. Mi s-a părut că eşti entuziasmată. Probabil că ţie îţi place ce ţi-ai ales şi sunt curios ce e. Pentru că mă gândesc la tine când nu suntem împreună, a continuat după o pauză. Aproape tot timpul. Mă întreb ce faci, ce vezi, unde eşti. Mi-ai spus că o să îţi cauţi o rochie şi m-am gândit la asta. Am încercat să-mi imaginez unde o să te duci, ce o să cauţi, cum o să alegi... cum o să probezi, şi i-a mângâiat umărul cu vârful degetelor.

Tonul lui era şoptit şi tandru, şi îi spunea, dincolo de cuvintele rostite, că nimic din ce face, sau crede, sau simte, sau gândeşte ea nu poate fi o prostie sau o banalitate pentru el. Înţelegea că e importantă pentru el. Înţelegea că e mai importantă decât spera şi că toate temerile ei sunt departe de tot ceea ce simţea el. Înţelegea că ar putea fi centrul lumii lui, aşa cum visase.

XVII

Rochia era neagră, croită pe corp, fără mâneci, cu o margine aurie la gât și scurtă până deasupra genunchilor. Spatele era gol în partea de sus. Alesese o pereche de pantofi cu toc scurt, negri, simpli, cu câte o fundiță mică, aurie, la călcâi. Își prinsese părul într-un coc lejer, din care ieșeau câteva șuvițe rebele.

Avea emoții și nu știa dacă e suficient de elegantă. Nu-l văzuse în ultimele patru zile. Îi era dor de el și era nerăbdătoare să îl revadă. Vorbiseră la telefon, dar puțin, pentru că încă nu aveau obișnuința să își spună prea multe la telefon. Oricum i se părea prea puțin doar să îi audă vocea. Zilele care au trecut fără el i-au confirmat că se îndrăgostește.

Cu cât se apropia ora la care trebuia să vina să o ia, cu atât era mai agitată și mai emoționată. Așa încât, atunci când a bătut la ușă, simțea cum i s-a uscat gura și inima îi bate nebunește în piept. I-a deschis și, un moment, și-a ținut respirația, ușor surprinsă că era mai frumos decât și-l amintea. Era îmbrăcat într-un costum negru, cămașă albă cu butoni și avea o cravată neagră, subțire, cu minuscule puncte aurii. O privea lung, tandru și senzual, învăluind-o cu privirea întunecată. În mână avea un trandafir roșu, pe care i l-a întins în timp ce intra pe ușă. S-au privit câteva momente, intimidați și înstrăinați, de cele câteva zile în care nu se văzuseră. Ea s-a apropiat prima, lăsându-și ușor capul pe spate și lipindu-și trupul de el. A cuprins-o cu o mână de talie, iar pe cealaltă a așezat-o pe spatele ei, acolo unde rochia i-l lăsa dezgolit.

– Ești așa de frumoasă! i-a șoptit încet, uitându-se în ochii ei albaștri. Prea frumoasă! Prea frumoasă pentru lumea asta! Nu-mi vine să cred că ești cu mine. Mi-a fost atât de dor de tine... de prea mult timp, i-a șoptit.

Și-a apropiat ușor gura de ea, mângâindu-i încet buzele, abia atingându-le, cu teamă, să nu se destrame, ca într-o vrajă, și venerând fiecare clipă. Așa cum era lipită de el, îi simțea inima bătând cu putere, în timp ce din apropiere îi răspundea inima lui. Atât de fericit și atât de speriat de ce trăia și simțea, încât avea momente în care se temea că e în continuare un vis în mintea lui.

Katalin se ascundea în sărutările lui, rușinată de ce-i spusese și ușor neîncrezătoare. I-ar fi spus că el este prea frumos pentru ea și că nu-i vine să creadă că e aici și îi spune toate astea. Dar nu i-a spus, intimidată de statura și de prezența lui și de faptul că nu-l văzuse în ultimele zile.

Sala de ceremonii era înaltă, cu pereți îmbrăcați în tapet roșcat, pardoseală de marmură și candelabre strălucitoare. Ringul de dans era poziționat în partea din spate a sălii, în fața orchestrei de jazz. În partea din față erau amenajate mesele, rotunde, de câte șase persoane, acoperite cu fețe de masă lungi până la podea. Erau la masă cu încă două cupluri, în vârstă. De fapt, probabil erau printre cele mai tinere cupluri de la eveniment.

Bulele din șampanie se jucau vesel în pahare și atmosfera era foarte destinsă. Invitații erau relaxați, vorbeau tare și râdeau zgomotos. Cei mai mulți se cunoșteau între ei, erau parteneri vechi de afaceri, amici chiar. Era momentul în care chiar și cei care erau concurenți lăsau la o parte strategiile de business și se lansau în tachinări și ironii nevinovate, simțindu-se bine împreună.

Dacă atunci când au ajuns era încordată, intimidată de amploarea evenimentului și de mulțimea de necunoscuți, atmosfera plăcută a făcut-o să se relaxeze. Paharele de șampanie și muzica antrenantă au ajutat și ele. Dar, cel mai important, el era aici, și simțea că nu are ochi decât pentru ea. Și-a dat seama că e un partener de afaceri respectat și apreciat, după mulțimea celor care îl salutau călduros și îl opreau sau veneau să vorbească cu el. O prezenta foarte atent tuturor, cu toate că ei i se părea că nu are legătură cu lumea lor și nu e importantă pentru cei de acolo. De fapt, era urmărită de toți cunoscuții lui Alexander. Prezența impunătoare și atrăgătoare a lui Alexander trezea curiozitatea de a afla cine este partenera lui. Unul dintre invitați, Patrick, despre care a aflat că lucrează cu Alexander și sunt și amici, a avut o reacție sinceră și evidentă că e plăcut surprins și entuziasmat să o cunoască:

– Katalin, ce plăcere să te cunosc, i-a spus cu un zâmbet larg. Știu că ești o persoană specială pentru Alexander de ceva timp.

Probabil că mina serioasă a lui Alexander l-a determinat să fie apoi mai rezervat, dar se vedea încântarea și aprecierea lui.

A fost ușor mirată pentru că „de ceva timp" a sunat ca și cum ar fi fost un timp îndelungat și ei abia se vedeau de câteva săptămâni, dar nu a avut timp să se gândească prea mult pentru că Alexander i-a distras atenția, invitând-o la dans. Și pe el l-au binedispus paharele de șampanie și atmosfera energizantă. Era un dansator talentat și o conducea ferm pe ringul de dans. Despre sine n-ar fi putut spune decât că reușea să se lase condusă.

Incitată de zgomotul și agitația petrecerii, Katalin începuse să se distreze cu adevărat, lucru la care nu se așteptase atunci când acceptase invitația lui. Răspundea regulii că de obicei te distrezi atunci când te aștepți mai puțin. Alexander era foarte atent cu ea, chiar dacă discuta și cu ceilalți invitați. Avea grijă să îi dea și ei detalii despre fiecare subiect și să o includă în discuție astfel încât să nu se simtă neglijată.

În agitația petrecerii, și-a amintit amuzată de Ana și de temerile ei în ceea ce îl privea pe Alexander. Știa că într-adevăr, în afară să o sărute și să o îmbrățișeze, Alexander nu făcuse nici cel mai mic gest care să îi dea impresia că e interesat de mai mult de atât. Era tandru, dar masculin în mișcări și ținută și părea că e cu adevărat absorbit de ea. Să nu-i fi inspirat ea prea multă senzualitate? Sau să se controleze el atât de bine? Era conștientă că experiența ei cu Nick era aproape irelevantă, că nu înțelesese nimic din partidele lor de sex, sau ce or fi fost ele, dar bănuia că și-ar fi dat seama dacă Alexander și-ar fi manifestat interesul pentru asta. Mai ales că au fost singuri de atâtea ori. În schimb ea, fără să știe prea multe despre sexualitatea ei, despre ce-i place și ce nu, se simțea puternic atrasă de el. Uneori i se părea că simpla lui prezență sau privire o înfioară și o excită.

Într-un acces de curaj al timidității, așa cum îl numise el, înveselită de efervescența șampaniei și profitând că erau singuri la masă, s-a trezit spunându-i:

– Am o întrebare pentru tine! Cum se face că nu ai încercat niciodată nimic mai mult?

– La ce te referi?

Nici nu bănuia despre ce e vorba.

– Am fost singuri de câteva ori, și nu ai încercat niciodată nimic mai mult decât să mă săruți sau să mă ții în brațe. De ce?

El a privit-o surprins, pentru că nu se aștepta. Domnișoara Moralitate, așa cum o numea uneori în gând, amuzat de temerile și ideile ei preconcepute, se gândise la sex. Ba chiar l-a întrebat de ce nu s-a gândit el la sex. Deși ușor șocat și neașteptat de amuzat, nu i-a arătat asta. După privirea ei ușor speriată, părea că abia acum realizează ce l-a întrebat.

– De ce mă întrebi? Ar fi trebuit să încerc?

Avea iarăși privirea care o intimida și o înnebunea și, pentru că se simțea deja jenată de îndrăzneala ei, s-a încurcat în a-i da un răspuns.

– Da... Nu știu! Nu! Nu! Am vrut să spun că nu! a urmat vehement. Adică nu acum! Adică nu până acum! a continuat mai încet, când și-a dat seama că fusese prea hotărâtă în răspunsul negativ și de fapt nu era chiar ce simțea.

El și-a lipit scaunul de al ei, astfel încât stăteau unul lângă altul. A înconjurat-o cu mâna pe după talie și i-a cuprins strâns coapsa dreaptă. Mâna stângă s-a oprit asupra mâinii ei, care era pe masă și a început să îi mângâie lent degetele, pe toată lungimea lor, împreunându-le din când în când cu ale lui. O înfiora deja în tot trupul.

Și pentru că demonii lui, înlănțuiți chiar de ea în întuneric, de atâta timp, îl învățaseră să fie crud, și-a apropiat gura, șoptindu-i rar și încet, atingându-i cu buzele urechea și vibrând cu șoapta lui până în adâncurile trupului ei:

– Iubito, nu o să încerc, pentru că eu nu încerc niciodată. Atunci când o să îmi arăți sau o să îmi spui că îți dorești asta, atunci o să fac dragoste cu tine. Fără încercări. Și fără jumătăți de măsură. Și fără scăpare. Te asigur că nu va fi o încercare, ci o experiență completă. S-a depărtat apoi de ea, fără să o mai atingă deloc. Mingea e înapoi în terenul tău, și i-a zâmbit fermecător și aproape malefic. Vin imediat! și a sărutat-o cast pe obraz, ridicându-se de la masă.

Era înnebunită. Rușinată, intrigată, curioasă, excitată și fermecată. Nu se putea ca doar din atât să simtă că ia foc. Și plecase, doar ca să o chinuie, a realizat într-o străfulgerare de luciditate. Și avea dreptate. Să o chinuie puțin, dar și pentru că el era înnebunit de chin. Aerul înghețat de afară l-a ajutat să-și liniștească agitația. Nu-i venea să creadă că și ea se gândise la asta. Sau mai bine spus nu i-a trecut prin minte că și ea s-ar putea gândi la asta. Și iar a avut un exces neașteptat de îndrăzneală, întrebându-l asta. Realiza că îl surprind toate reacțiile sau vorbele ei din care înțelegea că e atrasă de el și că îl dorește.

Își amintea că hotărâse să nu se grăbească cu nimic. Își dorea să se bucure pe deplin de fiecare moment din relația lor. Era imposibil însă să ignore cât de atrăgătoare era, mereu lipită de el, mereu sărutându-l. Se trezea imaginându-și, fără să vrea, trupul ei gol sub mâinile lui, doar ca să alunge apoi exasperat acest gând.

Se bucura că îl provocase și că îi întorsese provocarea. Va aștepta momentul ăsta cu răbdare. Lipsit de experiență sentimentală, pentru că o iubea pe ea, de când își amintea, nu era lipsit de experiența relațiilor fizice. Cu toate partenerele lui, compensase absența iubirii emoționale cu cea fizică. Era curios acum să fie pentru prima dată cu o femeie pe care o iubea. Cu *femeia* pe care o iubea.

Îl aştepta cuminte la masă. Ceva mai liniştită decât o lăsase, dar totuşi intrigată şi gânditoare. S-a aşezat vesel, ca şi cum nimic nu s-ar fi întâmplat.

– Ne retragem? a întrebat-o, pentru că era deja târziu şi lumea începea să plece.

– Da, aş vrea să mergem.

A fost tăcută tot drumul spre casă. Petrecerea o obosise. Dorul de el din zilele trecute o epuizase. Ameninţarea lui senzuală o speriase. Şi o făcuse nerăbdătoare. Îi dăduse ei controlul acestei decizii în totalitate. Şi asta o făcea să se simtă puternică. Şi puterea o făcea să se simtă nesigură. Când ar fi fost momentul potrivit să îi arate că îl doreşte? Îl dorea deja, dureros de mult şi trebuia să îi aducă alinarea. Nu era însă pregătită pentru intimitatea cu el şi asta o speria. Trupurile lor goale, fără niciun refugiu, fără niciun secret, fără niciun control. Şi o mai speria că se îndrăgostea de el, mereu, din ce în ce mai mult.

– Dormi cu mine? a întrebat-o el când au ajuns acasă.

Ea a făcut ochii mari surprinsă şi şocată.

– Am întrebat dacă vrei să DORMI cu mine? a accentuat el râzând.

Ea îl privea în continuare suspicioasă.

– Hei! Am vorbit serios. Tu trebuie să îmi arăţi când! Până atunci, i-a şoptit luând-o în braţe, până atunci eşti în siguranţă.

– De ce vrei să dormi cu mine?

– Îmi place de tine. Vreau să te am cu mine şi când dorm, şi a sărutat-o pe vârful nasului.

– Mmm... Bine. Dar dormim la mine.

– OK. Îmi fac un duş şi vin.

Avea părul ud şi ciufulit, purta tricou şi avea din nou o pereche de pantaloni care îi atârnau sexy pe şolduri. Mirosul aspru al pielii lui se pierdea în mirosul gelului de duş şi al şamponului. Şi eu ar trebui să DORM *toată noaptea lângă el.*

Îmbrăcase o pijama de mătase albastră, cu pantaloni lungi şi bluză încheiată până la gât. Deloc sexy, din punctul ei de vedere, dar elegantă.

– Unde vrei să dormi? În ce parte?

– Tu în ce parte dormi de obicei?

– Peste tot, a râs ea și i-a aruncat o pernă.

I-a aruncat-o și el înapoi, lovind-o ușor într-un umăr.

– Cum ai îndrăznit? Asta înseamnă război!

Și pernele au început să aterizeze în capul lui, până când a prins-o în brațe, râzând și imobilizându-i mâinile. Se uita lung la ea, plimbându-și privirea între ochii și gura ei. Ar fi vrut să îi spună că o iubește. Oare ar fi speriat-o? Ar fi grăbit-o în vreun fel dacă ar fi făcut asta? Pentru că nu voia asta.

– Aș vrea să te întreb ceva, și i-a dat drumul, trăgând-o de mână astfel încât să se așeze lângă el pe pat. Mi-ai spus atunci când am ieșit prima oară că nu crezi că cineva ar putea să te iubească fără să te cunoască. Mă gândeam că ai dreptate, dar asta nu înseamnă că nu poți fi atras în mod inexplicabil de o persoană, chiar dacă nu o cunoști. Și să crezi astfel că o iubești. Și poate chiar să o iubești într-un fel. Ce crezi?

– Nu știu. Simțea nevoia să fie sinceră cu el, să își pună din nou sufletul pe tavă. Am atât de puțină experiență în ceea ce privește dragostea, încât nu știu ce este adevărat sau nu. Oamenii au tendința de a-și da cu părerea și de a generaliza, și câteodată nici eu nu fac excepție de la asta. Să fiu sinceră, e greu să-ți spun ce părere am dacă nu am trecut prin nimic de genul ăsta până acum.

– Bine, dar... ai mai avut relații... Adică știu că venea un tip pe la tine.

– De unde știi asta? l-a întrebat, curioasă mai degrabă să înțeleagă dacă o remarcase de fapt pe ea și de când.

– Păi l-am văzut!

– L-ai văzut, dar de unde știi că eram împreună? se amuză ea de data asta, pentru că el era ușor încurcat și se vedea nevoit să recunoască că o observase mai de mult.

– V-am văzut împreună. Era clar că sunteți împreună.

– Ți-am atras atenția? l-a întrebat zâmbind încântată.

– Da. Mi-ai atras atenția. De foarte mult timp, i-a răspuns el serios, mult mai sincer decât putea ea înțelege.

– Mda, cu tipul asta, Nick, am avut prima relație serioasă, să-i spunem așa, dar nu era ceva suficient de serios.

– Nu înțeleg, i-a spus el.

Înțelegea, dar își dorea să îi spună mai multe.

– Mă comportam de parcă ar fi fost mai bun decât era de fapt. Mă iluzionam singură.

– De ce făceai asta?

– Pentru că îmi doream mai mult. Visam la mai mult. Îmi dau seamă și acum că... a făcut o pauză, realizând că spune mai multe decât intenționa. Că nu era ceva... atât de intens... așa cum e atunci când sunt cu tine, a încheiat șoptit.

Îl privea în ochi și se îmbujorase.

I-a mângâiat obrazul și a sărutat-o. Intenționase să îi mărturi-sească, dar după mărturisirea ei, s-a temut să nu piardă asta.

– Hai, la culcare cu tine! i-a ordonat el serios.

– Dar ce voiai să îmi spui de fapt?

– Nu voiam să mai spun nimic. Mai vorbim mâine.

– Dar despre ce e vorba? a insistat ea curioasă, sperând că va vorbi și el despre sentimentele lui, astfel încât să îi spună că și ea îl iubește.

– Curioasă?

– Foarte!

– Voiam să îți spun că mâine trebuie să începem să ne pregătim, pentru că luni seară plecăm.

– Deja?

– Deja. Nu mi-ai confirmat că ești liberă?

– Ba da, dar nu mi-ai spus de ce mă întrebi.

– Hai la culcare!

A învelit-o, după ce a stins lumina, și a îmbrățișat-o strâns, atent să nu fie nimic senzual în îmbrățișarea lui. Precauția era inutilă. Se doreau amândoi și tensiunea ar fi fost la fel de puternică și dacă ar fi dormit fiecare în apartamentul lui.

Cădea într-o prăpastie fără fund în timp ce își simțea trupul inert, incapabil să se miște. Se speria și nu avea putere să reacționeze. Și-a dat seama că visează și atunci a început să se bucure de cădere. Lin, moale, fără zgomot, fără presiune și fără șuier. Ca și cum ar fi înotat în aer. Fire de stele și de apă albastră alunecau pe lângă ea. Și-a auzit atunci numele, ca într-un șuierat subțire de vânt. *Katalin!* Dar nu mai era nimeni în jur. *Te iubesc! Mereu te-am iubit! Asta am vrut să îți spun...,* a urmat șoapta. În același timp, fulgere orbitoare și tunete asurzitoare au cotropit prăpastia și nu-și mai dădea seama dacă a auzit sau i s-a părut. S-a întors atunci din drum și a început să urce, împingând cu putere din picioare, ridicându-se la suprafață și deschizând ochii.

S-a trezit atunci brusc. Speriată, cu respirația precipitată, dar calmându-se la fel de repede. În cameră era liniște. Alexander dormea, în spatele ei, cu fața îngropată în părul ei. Îi simțea respirația liniștită și slăbise strânsoarea în care-o ținea. A încercat să se miște și atunci a strâns-o mai aproape, fără să-i dea drumul.

Mereu te-am iubit! Ce-a fost asta? A visat sau i-a spus el? Asta își dorea să audă. Credea că asta voia să îi spună. Dar știa și ea că e prea devreme pentru declarații, chiar dacă ar fi iubit-o. Nici ea nu i-ar fi spus, oricât de puternic începuse să fie sentimentul. Teama de a fi respins, de a nu împărtăși aceleași sentimente, responsabilitatea încărcată pe umerii celuilalt, că e iubit și e cumva obligat să răspundă la asta. Frica de penibil, de a-ți expune sufletul, când celălalt poate că încă nu simte nimic pentru tine.

S-a întrebat apoi de ce i-au venit toate în minte. De ce nu s-a gândit la căldura copleșitoare care te învăluie când înțelegi că ești iubit, la emoția de a te ști dorit, la curajul celuilalt de a se deschide, de a se dezgoli complet și ireversibil?

A reușit să se răsucească și să se întoarcă cu fața spre el. S-a speriat atunci de cei doi ochi mari și negri care o priveau limpede, așteptând.

– De ce nu dormi? i-a șoptit.

– Am simțit că tu nu dormi și m-am trezit, a mințit el.

– Ce bine că ești aici! Mi-e frig când dorm singură.

– Doar pentru asta e bine că sunt aici? a zâmbit el larg.

Ar fi fost fericit doar cu asta. Era curios să știe dacă l-a auzit pentru că i s-a părut că s-a trezit atunci când i-a spus că o iubește. I-a spus-o după ce a simțit că adormise și tresărea ușor în somn, dar spera să-l fi auzit, ca un nelegiuit dornic să fie prins.

– Da. Doar pentru asta, s-a alintat ea și l-a cuprins în brațe, atingându-i spatele.

A oftat apoi prelung, ca să se liniștească. Cum putea fi el atât de liniștit? Nu-și mai dorise asta cu nimeni, niciodată, dar voia să îl strângă cu putere, să îl sărute, să îl muște și să fie lipită de el. S-a îndepărtat atunci, ținându-l doar de mână. Era irațional ce simțea. Trebuia să se retragă în lumea ei analitică, rațională, unde nu făcea greșeli, pentru că acolo era în siguranță, pentru că dacă nu riști și nu greșești, nu poți fi rănit. I se părea că se implicase prea mult până acum în relația asta, în care nu s-ar fi băgat dacă ar fi judecat lucrurile rațional. Pasul ăsta nu-l va face, până când nu se va simți în siguranță să se dăruiască complet, atunci când va fi convinsă că el o iubește.

El era atât de liniștit pentru că o așteptase o viață și ar mai fi așteptat-o încă una doar ca să o iubească și să o facă fericită, cât timp ar fi putut face asta. Era mai mult decât conștient de ele, dar reușea să ignore toată tensiunea dintre ei și chinul și nerăbdarea ei. O vedea și, mult mai experimentat, înțelegea că face eforturi să își ascundă dorința. Se simțea măgulit. Mândru peste măsură, că femeia asta pe care o aștepta și o iubea ca un nebun îl dorea. Chiar dacă i-ar fi dorit doar trupul și tot ar fi fost mai mult decât sperase. Vedea în același timp că ceva mult mai puternic o reține. Și el era rațional și n-ar fi făcut nicio mișcare care să o îndepărteze și să o piardă. Era oricum pe marginea prăpastiei pentru că știa că o minte doar pentru că îi ascunde adevărul și i se părea deja un risc imens.

Îi ținea și el mâna strâns, fără să îi atingă trupul. Știa că ar fi putut, cu un singur gest, să îi spulbere toată voința. Dar puterea lui era cu atât mai mare cu cât nu o folosea. Ştia că ea ar fi putut să regrete asta, dacă nu era sigură şi nu şi-ar fi dorit să aibă regrete.

Razele soarelui se strecurau încet în cameră. Bănuia că e încă devreme. Alexander dormea pe burtă, cu mâinile sub pernă şi cu faţa întoarsă spre ea. În schimb ea era, ca de obicei, împrăştiată peste tot, cu un picior încălecat peste mijlocul lui, uitând în somn că şi-a promis să nu-l mai atingă. S-a retras la loc, pe partea ei de pat, în timp ce îl privea. Dormea cu faţa destinsă, netedă, doar între sprâncene se bănuia, şters, linia care se adâncea de câte ori cădea pe gânduri, era iritat sau preocupat. Avea genele lungi, negre şi dese, iar sprâncenele drepte şi groase îi conturau fruntea înaltă. Buzele pline şi nasul drept se aliniau perfect. Parcă ar fi pozat pentru o revistă. *Oricât de studiat m-aş aşeza, şi nu aş reuşi să arăt atât de bine. Şi el doarme!* S-a grăbit să se ducă la baie, să îşi spele faţa şi dinţii. Când s-a întors nu l-a mai găsit. Îi trimisese un mesaj pe telefon cu „Am dormit grozav! Tu? Mă întorc repede!"

S-a întors cu cafea şi cu croissante calde. Plin de energie pozitivă, proaspăt şi vesel. A îmbrăţişat-o grăbit şi a sărutat-o ca şi cum i-ar fi fost dor de ea. Îi era dor de ea.

– Bună dimineaţa, rază de soare!

– Bună dimineaţa! Croissante calde? s-a mirat ea. Şi au rămas calde până aici pe frigul ăsta? De unde?

– Hm, s-a încruntat el mirat. De la patiseria din colţ.

– Ce patiserie?

– A, da, uitasem că nu ştii deloc cartierul, a tachinat-o el.

– Ha! Ha! a mimat ea amuzamentul şi a luat un croissant. Ce bun e!

– Ha! Ha! a imitat-o el. Şi stai aici dinaintea mea.

Avea părul răvăşit şi buclele încâlcite, fiecare cu personalitate, şi buzele roşii după ce o sărutase. Era adorabilă. Credea că o iubeşte, dar se îndrăgostea de ea abia acum sau din nou. Nici nu mai conta. Imaginea ei care îl obsedase era acum însufleţită pentru el. Credea că nu-l va surprinde nimic şi poate şi de asta nu se grăbise să se apropie de ea. Nu avea legătură cu nimic din ce-şi imaginase. Şi asta îl făcea să se simtă uşurat şi fericit.

– Dar tu m-ai observat de când te-ai mutat? s-a mirat ea, uitându-se la el. Ce s-a întâmplat? a continuat uşor panicată, pentru că îi observase privirea.

– Nimic! a zâmbit el. Nu era pregătit să-i spună ce simte. De fapt, ea nu era. M-am mutat aici pentru tine, a încercat el, dar părea mai degrabă o glumă.

A privit-o lung, curios să vadă cum reacţionează. Dar nu l-a crezut.

– Da! Da! Bună încercare! a răspuns iritată.

– De ce n-ar putea fi aşa? Am simţit că trebuie să mă mut aici, şi nu minţea, doar că omitea câte ceva.

– Într-adevăr, pari exact genul care acţionează în funcţie de ce simte, l-a ironizat ea.

– Serios? Şi ce gen par atunci? a întrebat el surprins că fusese etichetat.

– Genul cerebral, evident. Calculat. Raţional. Cum altfel ai fi reuşit în lumea afacerilor?

– Genul calculat, cerebral, incapabil de sentimente?

– N-am spus asta! a răspuns ea răspicat. Am spus că nu cred că iei deciziile pentru că aşa simţi, ci analizezi şi identifici cea mai bună, cea mai potrivită alternativă.

– Te contrazic! Şi cei care sunt cerebrali, atenţie, că nu recunosc că aş fi aşa, pot lua deciziile în funcţie de ceea ce simt. Sunt situaţii în care nu ai suficiente informaţii şi totuşi trebuie să iei o decizie. Sau sunt situaţii cărora nu te poţi împotrivi. Ai luptat cu ele, dar te-au învins. Şi atunci le accepţi.

– Da, dar nu vorbim despre asta. Doar nu te-ai mutat aici pentru că ai fost forţat de ceva?!

Îi venea să râdă, amar, compătimindu-se pentru cât de chinuit şi învins se simţise atunci când se mutase aici. Cât de slab i se părea că este pentru că nu a reuşit să se împotrivească. Forţat de imaginea ei, care îl urmărea şi pe care o urmărea obsedat. Dacă nu s-ar fi mutat aici poate că nu ar fi trăit niciodată acest moment.

– Da, așa este. N-am fost forțat de nimic. Am hotărât că este cea mai bună alternativă pentru mine. Ai dreptate. Am fost cerebral. *Mi se părea că sufăr mai puțin dacă sunt mai aproape de tine,* a continuat în gând.

Ea s-a uitat lung la el, cercetându-l. Vorbeau despre asta, dar parcă nu vorbeau despre asta și nu înțelegea ce îi scapă. Realiza atunci că nu o intimidează pentru că e frumos, de fapt, până să îl întâlnească pe el, considera că toți bărbații atât de frumoși sunt mai mult sau mai puțin naivi, ci o intimidează pentru că îl percepea foarte complicat, diferit, profund. Ca acum. Despre ce vorbea?

– Ce s-a întâmplat?

– În realitate, nu vorbim despre asta sau fiecare vorbește despre altceva, nu-i așa?

S-a uitat lung la ea fără să-i răspundă și i-a zâmbit.

XVIII

Aeroportul era ca un furnicar, mai ales acum, în preajma sărbătorilor. Decorațiunile de Crăciun, luminițele sclipitoare și colorate și căciulițele de Moș Crăciun aduceau o notă discordantă, dar veselă nebuniei și agitației din aeroport.

Alexander făcea loc prin mulțime, trecând în față, ca să o ferească pe ea, în timp ce o ținea strâns de mână, ascunsă în spatele lui. O convinsese să își ia cât mai puține lucruri într-o geantă sport ce se afla acum pe umărul lui, în timp ce ducea în cealaltă mână geanta lui. Era cuprinsă de energia pozitivă a plecării și relaxată pentru că știa că nu trebuie să facă nimic și doar să fie aici, așa cum o rugase el. De obicei, ura aeroporturile, pentru că nu reușea niciodată să înțeleagă ce are de făcut și în ce ordine, unde trebuie să meargă după fiecare punct de control și până își ocupa locul în avion se temea că va pierde zborul. Alexander nu părea să fie stresat. O apucase ferm de mână și o conducea relaxat și dezinvolt, ca și cum ar fi făcut drumul ăsta de mii de ori. Ceea ce era adevărat de fapt. Dar nici nu era ceva care să îl streseze. În afară de ea și de tot ce avea legătura cu ea.

– Hai să așteptăm aici, i-a spus îndreptându-se spre două scaune goale.

– Nu trebuie să mai facem nimic?

– Ce să mai facem? a întrebat-o el amuzat. Îi povestise cât era de „încântată" să fie într-un aeroport și cât de bine se descurca cu asta.

– Am trecut de punctul de control și nu trebuie să mai facem nimic. Nu avem bagaje de cală, așa că nu trebuie să le predăm. Acum așteptăm doar să ne îmbarcăm.

– Aici, la poarta asta?

– Nu ştiu, i-a zâmbit el cu un aer atotştiutor.

– Aici sunt îmbarcările pentru Hawaii, i-a spus ea agitată. Sper că nu ai făcut asta, că am doar pulovere şi blugi la mine şi niciun costum de baie, a bombănit ea în continuare.

El râdea cu capul dat pe spate, privind-o încântat.

– Şi? Crezi că nu au şi acolo costume de baie?

– Bine, dar m-ai minţit! Mi-ai spus că unde mergem e la fel ca aici.

– Da. E la fel ca aici, adică sunt oameni, sunt tot sărbători, se distra el.

– M-ai lăsat să înţeleg că vremea e ca aici!

– Am spus eu asta? s-a arătat el nedumerit.

– De ce m-ai păcălit? N-o să mai am încredere în tine.

– Acum ai încredere în mine?

– Sunt aici, nu? Fără să fi ştiut unde mergem. Deci probabil că am încredere în tine, dar începe să îmi pară rău.

– Nu, nu spune asta, a rugat-o el redevenind serios. Nu te-am minţit, doar glumeam cu tine acum. Ar fi aşa de rău să mergem într-o destinaţie exotică?

– Nu, a răspuns ea după câteva momente şi a început să îi zâmbească. Doar că mi-ai spus altceva şi nu mă aşteptam la asta.

El s-a ridicat şi a luat-o de mână. Se anunţase îmbarcarea pentru Lisabona, dar ea nu ştia la ce anunţ trebuie să fie atentă. S-au aşezat la coada pentru îmbarcare în timp ce ea se ridica pe vârfuri, curioasă să vadă destinaţia. El se uita doar la ea, fermecat, liniştit, dar nerăbdător să îi vadă reacţia.

– Aaaaa! a zâmbit ea fericită către el. Lisabona! Uau! N-am mai fost niciodată acolo.

Ştia deja că nu mai fusese acolo, aşa cum ştia toate locurile în care fusese vreodată.

– Abia aştept! Ştii că în Lisabona este un oceanariu imens, superb? i-a spus ea entuziasmată. Mi-ar plăcea mult să îl vedem.

– Serios? i-a zâmbit el, uitându-se lung în ochii ei.

– ... dar știi deja asta! a realizat ea impresionată, oprindu-se din euforia care o cuprinsese. S-a uitat lung la el, devenind serioasă, emoționată că el a făcut asta pentru ea și și-a amintit ce îi spusese când au plecat împreună de la acvariu, după ce i-a confirmat că acela era cel impresionat acvariu pe care îl văzuse. Mulțumesc! i-a șoptit.

El s-a aplecat spre ea și a sărutat-o lung pe buze. Ca să nu-i spună că o iubește.

Era încântată și puțin speriată. Nu-i venea să creadă că el se gândise la o destinație pentru ea, să îi facă ei o surpriză plăcută. Era impresionată și se gândea că și el o place. O place sigur. Poate nu la fel de mult, dar nu faci asta pentru cineva care abia te interesează. Se așteptase la o destinație în care își dorea el să ajungă.

– Tu ai mai fost în Lisabona? l-a întrebat după ce și-au ocupat locurile și a luat-o de mână.

O lua tot timpul de mână, așa încât începuse să i se pară ciudat atunci când nu se țineau de mână.

– Da, a recunoscut el.

– De mai multe ori?

– Da, de mai multe ori, a continuat ușor jenat, pentru că vedea că ea e foarte uimită.

– Și de ce nu ai ales altă destinație? Adică undeva unde tu nu ai mai fost?

– M-am gândit că o să-ți placă ție. Este un amalgam de vechi și nou foarte pitoresc. Avem foarte multe locuri pe care le putem vedea. Și într-adevăr oceanariul este superb.

Ar fi vrut să mai insiste, să afle totuși de ce nu a ales un loc în care el nu a mai fost, dar se gândea că e nepotrivit și ar putea să creadă că nu e încântată. Și era încântată. Mai ales de el. Când se gândea că e atât de frumos și se poartă cu ea atât de ocrotitor și face gesturi ca cel de acum, se simțea copleșită. Se îndrăgostea nebunește și se temea că ea nu e la fel de bună pentru el. I se părea că nu e nici atât de frumoasă, nici atât de experimentată, atât de sofisticată, încât să fie la înălțimea lui. Dacă se gândea bine, nu avea nimic să-i dăruiască. Decât că îl iubea. Dar cât timp avea să-l măgulească asta? Cu cât se gândea mai lucid, cu atât mai mult nu înțelegea de ce e cu ea. Da, poate că era mult prea bună pentru unul ca Nick, dar Alexander... cu tandrețea, cu siguranța și versatilitatea lui, ce căuta cu ea? Atât de stângace, atât de timidă, vulnerabilă și emotivă...

– Hei! a trezit-o din visare, ridicându-i ușor bărbia spre el. Ce s-a întâmplat?

– Mă gândeam că mi-ai făcut o surpriză foarte frumoasă...

Credea că știe la ce se gândește, că gestul ăsta e prea mult și prea devreme, și era exact de ce se temuse. Era aproape tentat să se arate bădăran și să îi spună că își permite, doar ca să nu se mai simtă ea atât de obligată. În schimb a decis să se deschidă, să se apropie de confesiunea pe care dorea atât de mult să i-o facă.

– Nimic nu e mai frumos decât faptul că ești cu mine! Eu îți mulțumesc! i-a șoptit. Sunt onorat și entuziasmat că ai accepat să vii cu mine și că petrecem sărbătorile împreună. Nici nu știi cât de fericit sunt că ești aici, a continuat emoționat.

Se simțea cu adevărat emoționat și spera ca ea să simtă asta. Gestul lui nu conta pe lângă fericirea de a fi cu ea și voia să o facă să înțeleagă asta. Că toate astea nu contau, că erau detalii minore. Și el își trăia cel mai frumos vis și cea mai puternică dorință.

– Din partea mea putem fi oriunde dacă tu ești cu mine. De ce să nu fim undeva unde cred că îți va plăcea? Vreau să fii fericită, vreau să te fac fericită, i-a șoptit, copleșind-o.

Ar fi vrut să întrebe de ce ea. Ce are ea atât de magic încât să-l farmece pe el?

Viteza creștea treptat până când a atins apogeul și avionul s-a ridicat de la sol. Lăsau în urmă fiecare „eu" din ultimul moment, prin forța inerției, doar ca să îi ajungă apoi, să îi prindă din urmă.

La Lisabona ploua torențial, așa încât atunci când au ieșit din aeroport au luat-o la fugă și s-au suit în primul taxi. Alexander alesese un hotel în centru, aproape de Alfama. S-au înregistrat la recepție și atunci a observat că i-au dat două cartele de acces. Au urcat la ultimul etaj, de unde aveau o panorama năucitoare asupra fluviului, acum acoperit de ceață. Alexander s-a oprit în dreptul ultimelor camere de pe culoar.

– Am rezervat două camere duble, i-a spus el. Îmi place la nebunie să dorm cu tine, dar dacă vrei să ai camera ta..., i-a întins o cartelă.

Grea alegere. Și nu își dădea seama ce ar fi potrivit să facă. I-ar fi plăcut să fie cu el, dar ar fi vrut să își păstreze și intimitatea, să se aranjeze singură, să se ducă la baie! Of, Doamne, nu ar fi folosit baia cu el în cameră!

– Cred că aș vrea să stau în camera mea. Dar poate dormim și împreună.

Camera era imensă, decorată în roșu și alb, cu o mochetă în care ți se afundau picioarele și cuverturi de mătase. Camera lui era identică, perete în perete cu a ei.

– Obosită?

– Nu!

– S-a oprit ploaia. Ieșim?

– Sigur!

– Atunci te aștept la recepție în zece minute!

– Serios? Și dacă nu vin în zece minute?

– Te aștept până vii, i-a spus el, resemnat de parcă nu ar fi avut alternativă. Ce aș putea să fac altceva?

Ea a chicotit amuzată și l-a sărutat. Când a vrut să se retragă a simțit cum o înlănțuie cu brațele și că nu mai are scăpare din brațele lui. A sărutat-o lung, mușcându-i ușor buzele și limba, lipind-o de el, în timp ce îi înfiora tot trupul și îi tăia respirația. Atunci i-a înfipt degetele în braț și el s-a oprit la prima atingere bruscă. Simțea că se pierde într-un vârtej amețitor și dacă nu-l oprește acum, ea nu s-ar mai putea opri.

– Ce faci? i-a șoptit, cu respirația precipitată, fără să se poată desprinde din îmbrățișarea lui, cu toate că acum el doar o sprijinea.

– Te sărut!

– Nu joci cinstit! i-a șoptit lipindu-și fruntea de a lui. Mi-ai spus ca eu decid!

– Dar tu decizi!

– Atunci nu mai face asta, pentru că nu mai pot să mă gândesc la nimic, i-a spus moale. Dacă faci asta, nu mai pot controla nimic și atunci nu mai decid eu!

– Iartă-mă! Am vrut doar să te sărut și m-a luat valul! Nu mă mai satur de tine! Te vreau atât de mult! i-a mărturisit. Dar tu decizi! Fără presiune! Nu vreau să regreți nimic! Am răbdare! Până când tu vei fi pregătită și îți vei dori asta!

– Nu! i-a șoptit. Nu înțelegi că îmi doresc asta? Doar că ritmul ăsta e amețitor. Încă nu te cunosc! Alexander, nu vreau să... *nu vreau să sufăr,* i-a spus din priviri.

– Nu o să se întâmple asta! Îți promit! Nu o să se întâmple nimic din ce nu îți dorești!

O aștepta deja în hol când a coborât, dar nici ea nu a întârziat.

– Bună, străine! a glumit ea.

– Bună, IUBITO! i-a întors-o el serios și ea a început să râdă.

– Îmi place să-mi spui așa! s-a alintat ea curajoasă.

– Iubito! Iubito! Iubito! Iubita mea! și și-a împins fruntea spre ea până a făcut-o să se răstoarne pe canapeaua pe care erau așezați, în timp ce râdea în hohote.

– Deci!

– Da, a hohotit ea.

– Suntem serioși!

– Cei mai!

– Îți propun să rămânem în zonă astăzi, pentru că suntem obosiți după zbor și s-ar putea să mai plouă. Ne plimbăm prin Alfama, găsim un loc drăguț unde să mâncăm?

– Da, așa facem, a încuviințat ea.

Străzile erau pline de turiști, de localnici, de lume pestriță. De muzicanți și vânzători ambulanți, de tarabe colorate, cu suveniruri, mâncare și băuturi. Toate localurile și magazinele erau decorate sclipitor și colorat. Toată lumea era veselă și relaxată, sau așa li se părea lor, de parcă ar fi fost cu toții într-o excursie nesfârșită. Muzica trubadurilor de stradă se auzea ritmic, țipător sau tânguitor, în funcție de piesa aleasă, tot alta, la distanță de doar câțiva metri, de parcă s-ar fi plimbat dintr-o petrecere în alta. Nimeni nu-i cunoștea, nimeni nu-i oprea și nimeni nu le dădea atenție. Erau doar ei doi, singuri în mulțimea zgomotoasă. Fețele amuzate, triste, curioase sau grăbite, se succedau prin fața lor fără oprire, ca într-un film derulat pe repede înainte, în timp ce frânturi de fraze, în toate limbile pământului, le rătăceau în urechi până când o auzeau pe următoarea. S-au plimbat pe străduțele înghesuite, fericiți și euforici, oprindu-se din când în când să se sărute, în timp ce lumea îi ocolea nepăsătoare. Alexander era un ghid generos și răbdător. Știa pe unde să o conducă și știa, în mod ciudat, așa cum s-a mirat ea, să îi arate lucrurile și locurile care o atrăgeau. Ca să se încălzească, au băut ginjinha, la un colț de stradă, printre alte câteva zeci de turiști, cu toate că erau o mulțime de dughene cu ginjinha și toate erau pline. Au plecat de acolo, râzând din orice, semn că oboseala și băutura își făceau de cap.

Când au obosit și n-au putut să meargă mai departe au ales un local, din cele câteva care îi îmbiau cu meniuri bogate și invitații pline de ospitalitate. Au băut vin de Porto și au mâncat paella, în timp ce ea îi povestea de unde i se trăgea atracția pentru acvarii. Când era copil, avusese un acvariu cu pești mici și colorați. I-a pierdut pe toți când au plecat într-o vacanță și ai ei au uitat să-i spună vecinului care se ocupa de casă în absența lor că au pești, să le dea și lor de mâncare. N-a mai avut un acvariu al ei de atunci, dar tot era fascinată să îi urmărească.

– Și? Ție ce îți place? Că am vorbit destul despre mine și nu-mi place asta.

– Îmi place de tine! i-a răspuns el serios.

– Bine! a ripostat ea îmbujorându-se, și ar fi vrut să întrebe din nou de ce ea, dar nu avea curajul să afle răspunsul oricare ar fi fost. În afară de mine, sau până la mine, ce-ți plăcea?

– Până la tine, tot de tine îmi plăcea, a zâmbit el, spunându-i din nou adevărul, îi timp ce ei i se părea o glumă nevinovată. În afară de tine, îmi place să călătoresc și am călătorit până acum în foarte multe locuri din lume.

– Și unde ți-a plăcut cel mai mult?

Nu mi-a plăcut nicăieri atât de mult pentru că nu erai tu acolo, s-a gândit el.

– Probabil că aici mi-a plăcut cel mai mult.

O mințea puțin, pentru că nu-i plăcuse în mod deosebit înainte, dar îi plăcea acum pentru că era și ea acolo.

– Nu știu de ce, dar nu ești convingător!

– De ce spui asta?

– Îi primul rând pentru că dacă ai fost în multe locuri din lume, cu siguranță ai fost în locuri mai interesante decât aici. Adică e frumos, mie îmi place foarte mult, dar e o capitală europeană, nu e nimic exotic, nimic extravagant, sofisticat sau ieșit din comun.

– Și eu îți par genul de persoană care apreciază lucrurile exotice și extravagante, nu-i așa? a zâmbit el. Nu era deloc așa.

– Da! a răspuns ea, pe gânduri. Realiza că exact așa i se păruse și conștientiza că nu avea exemple clare, dar asta era imaginea pe care și-o formase, fără să se gândească prea mult.

– Ești sigură? a întrebat-o el îngustându-și ochii.

– Nu, nu mai sunt așa de sigură. Cred că e imaginea pe care mi-o inspiri prin atitudine, prin stil. Porți lucruri de calitate, scumpe, alegi doar ce e mai bun. Uite și hotelul pe care l-ai ales acum, probabil că e cel mai select și mai scump, și probabil că am fi stat la fel de bine în oricare altul.

De fapt hotelul chiar era printre cele mai scumpe din Lisabona, dar nu îl alesese în funcție de preț, ci în funcție de calitate. Și da, își lua lucruri scumpe, din aceleași motive, pentru că erau de calitate și pentru că își permitea.

– Nu sunt așa cum mă vezi tu, i-a spus el încet. Înțeleg că asta e imaginea pe care o transmit, dar nu sunt așa. Aleg lucrurile în funcție de calitate, nu pentru că sunt scumpe și nu prețul mă face să apreciez un lucru. Și nu sunt nici sofisticat, nici extravagant.

– Dar cum ești?

– Nu știu cum sunt. Probabil că sunt obișnuit, cu toate că nu prea cred în noțiunea asta, pentru că toți suntem diferiți. Și dacă toți suntem diferiți atunci ce mai înseamnă obișnuit? Am muncit foarte mult ca să ajung aici, dar nu am simțit greutatea pentru că am făcut-o cu multă pasiune. Și știu să apreciez ce am, sau cel puțin așa cred, că știu să apreciez. Nu-mi place să merg în rând cu ceilalți, nu pentru că sunt rebel și vreau să ies în evidență, ci pentru că dacă gândesc diferit mi se pare normal să acționez diferit, nu să fac ceea ce fac ceilalți. De asta am și ajuns să am afacerea mea, pentru că nu reușeam să mă conformez într-un job obișnuit. Puneam întrebări, aveam idei, și pe lângă faptul că ajunsesem incomod pentru toată lumea, pentru că le stricam rutina și status quo-ul, nu mă regăseam într-un job în care trebuia să fac și lucruri în care nu credeam, doar pentru că trebuiau făcute. Atunci am început ceva pe cont propriu și nu m-am îndoit nicio secundă că voi reuși. Probabil că toată energia și determinarea asta compensau singurul lucru pe care nu reușeam să îl fac, singurul lucru pe care nu reușeam să îl am, a continuat el fără să își dea seama că merge prea departe cu destăinuirile despre sine.

– La ce te referi?

El s-a lăsat în scaun oftând și privi către paharul de vin pe care îl rotea pe masă, gândindu-se cum și cât să îi spună din ceea ce trăia și avea legătură doar cu ea.

– Există în viața mea ceva... o obsesie, dacă vrei, sau un sentiment, mai bine spus, care mi-a marcat întreaga existență. Și încă o face, a continuat după o pauză, ridicându-și ochii spre ea și fixând-o cu privirea.

Ea îl privea cu ochii mari, așteptând. Asta era, aici era punctul lui sensibil, pentru că în rest i se părea perfect. Și-a spus doar de atâtea ori că e prea bun și prea frumos ca să fie adevărat. Era deja îngrozită, pregătindu-se pentru ce era mai rău. I se părea în același timp ciudat că nu îi atrăsese nimic atenţia până acum şi nu bănuia ce ar putea fi, dar sigur nu putea fi ceva bun. Era cu sufletul la gură, aşteptând să afle care e latura lui întunecată. Ştia deja şi se gândise de mai multe ori la asta, că ochii lui ascund ceva la fel de întunecat.

În ciuda emoţiilor, Alexander începuse să fie amuzat de privirea ei şi de ironia momentului. Aştepta ca el să continue mărturisirea cu gura uşor întredeschisă şi cu ochii măriţi de curiozitate şi de frică.

– Nu ştiu la ce te gândeşti, dar cred că eşti departe de realitate, i-a spus zâmbindu-i încurajator. Nu am niciuna dintre nebuniile obişnuite sau la care te poţi tu gândi acum, dacă asta ţi-a trecut prin minte. De fapt este un lucru bun în esenţă, doar că nu ştiu cum să îţi explic. Ştii cum e când îţi doreşti foarte mult ceva, dar nu ştii de ce, doar că nu te mai poţi gândi la altceva? Despre asta vorbesc.

– Păi şi de ce nu ai încercat să obţii asta? l-a întrebat ea oarecum uşurată, dar încă intrigată să afle despre ce e vorba.

– Pentru că era singurul lucru pentru care nu aveam încredere în mine că îl pot avea. Nici nu eram sigur dacă...

– Dacă?

– Dacă merită să îl am.

– Asta nu înţeleg.

– Adică nu ştiam nimic despre, decât că îmi doresc asta, dar poate că nu era ceea ce îmi doream, poate că nu era ceva potrivit pentru mine.

– Şi mai spui că nu eşti sofisticat!

– Nu ştiu cum să îţi descriu, pentru că nu cred că este un moment bun să îţi dezvălui asta. Sau cel puţin aşa simt, că nu este un moment bun pentru asta. Cu siguranţă este un lucru despre care aş vrea să îţi povestesc într-o zi.

– Nu înţeleg de ce nu aveai încredere în tine că poţi reuşi. Era ceva imposibil de obţinut?

– Da, este ceva greu de obţinut, dar încep să sper că nu imposibil. Părea a fi ireal, dar acum începe să fie destul de real. Şi ireal în acelaşi timp.

– Deci acum faci ceva pentru asta? l-a întrebat ea în timp ce începuseră să se îndrepte spre hotel.

– Nu mă trage de limbă! i-a spus cu un ton voit exasperat şi s-a uitat cu coada ochiului la ea.

– Dar de ce nu vrei să îmi povesteşti? Dacă nu e ceva grav, aşa cum m-am gândit eu, de ce nu-mi povesteşti? Eşti superstiţios? Te gândeşti că nu o să se mai întâmple dacă vorbeşti despre asta?

– Exact, despre asta e vorba, sunt superstiţios, i-a răspuns el ironic, evident ca să scape de întrebările ei. Dar la ce te-ai gândit tu, aşa de „grav"?

– La nimic. Am glumit, a minţit ea, cu o privire de copil nevinovat. Până la urmă, să înţeleg că e ceva care merită? l-a întrebat după o pauză, cu un aer de parcă îl întrebase unde se vor plimba mâine.

– Nu merită, i-a răspuns el după ce a râs amuzat de cât era de curioasă. Este mai mult decât mi-aş fi dorit.

– Deci ai reuşit să afli mai multe despre asta! a reacţionat ea entuziasmată. Ce nesuferit eşti că nu vrei să îmi spui!

– Şi tu ce curioasă eşti!

– Şi tu ai fi fost la fel, dacă eu aş fi început să îţi povestesc ceva fără să îţi dau detalii. Nu înţeleg de ce nu vrei să îmi spui. Nu ai încredere în mine!

Nu îşi dădea seama dacă nu avea încredere în ea sau nu avea încredere în el sau în amândoi. Aşa încât nu i-a răspuns.

– Şi tăcerea e un răspuns, a bombănit ea. Mulţumesc!

– Nu are legătură cu increderea, are legătură cu modul în care tu mă vezi pe mine, i-a spus oprindu-se în faţa ei.

– Deci până la urmă e ceva rău despre tine! s-a încăpăţânat ea.

Cum putea fi ceva rău în faptul că o iubea, că o iubise toată viaţa, fără ca măcar să o fi ales? A lăsat capul în jos, exasperat şi dezarmat. Poate că era momentul să îi spună totul. A privit trist în jurul lor şi apoi s-a întors spre ea. Nu voia să o piardă, nu acum. Se temea că o va pierde oricum dacă îi va spune şi era tentat să amâne cât mai mult momentul ăsta. Poate că nici nu va fi nevoit să îi spună vreodată. Oare de ce a deschis subiectul? Se simțea bine cu ea, și atunci a simțit că se poate deschide în fața ei și îi poate spune totul. Ei bine, nu îi poate spune totul.

– Katalin, i-a spus moale, aș vrea să mă cunoști mai bine înainte să-ți povestesc asta despre mine. Mi-e teamă că dacă îți spun acum ai putea să mă crezi nebun și să te sperii și să te pierd, dar nu e ceva rău despre mine. Aș vrea să nu-ți fie teamă și să ai încredere în mine. Nu sunt nebun și nu e ceva rău, dar mă gândesc că ar fi prea mult pentru tine să îți spun acum.

O debusola complet și nu înțelegea nimic. Vedea însă că e ceva important pentru el și nu a vrut să mai insiste să-i spună. S-a ridicat atunci pe vârfuri și l-a sărutat. O durea că nu avea încredere în ea că ar putea înțelege, dar încerca să aibă ea încredere în el. Ploaia rece a pornit brusc peste ei, trezindu-i din visare. S-au luat de mână și au început să alerge către hotel. Nu era departe, dar până au ajuns erau deja uzi până la piele. Din fericire, ploaia nu le spălase doar trupurile ci, pentru moment, și gândurile, așa încât atunci când au năvălit pe ușa hotelului râdeau ca doi copii.

– Dormi cu mine? a întrebat el în lift.

– Nu! a răspuns ea hotărâtă, dar zâmbind.

– Mâine?

– Nu știu!

S-au despărțit în fața ușii ei, sărutându-se scurt. Erau amândoi întrucâtva apăsați de discuție, resemnați, dar încărcați de gânduri.

Și-a umplut cada cu apă fierbinte și spumă, cu gândul să se încălzească. Așa putea să-și pună și gândurile în ordine. Acum nu o mai intriga atât de mult ce era, ci de ce nu voia să îi explice. I-a promis că-i va spune, așa că va avea răbdare. Poate că cel mai bun pe care l-ar putea face acum ar fi să se comporte ca și cum această discuție nici n-ar fi avut loc. Da, poate că asta ar aprecia el.

Alexander făcuse duș și se învârtea acum prin cameră, de la geam la ușă și înapoi. Nu mai avea răbdare să stea singur. I se părea că o dăduse-n bară şi nu avea nicio idee cum să rezolve asta. Se gândea că ea îşi va face o mulţime de scenarii şi lucrurile o vor lua razna. Poate că ar fi fost mai bine să inventeze ceva, doar ca să iasă din această situaţie. Dar ura ideea asta, să o mintă. Aşa cum i se părea îngrozitor că nu-i spune adevărul. Dar gândul de a o pierde i se părea şi mai îngrozitor. În orice caz, se gândea că ar fi mai bine să nu lase lucrurile aşa. I-a dat atunci un mesaj, întrebând-o dacă poate să meargă până la ea. Nu stabiliseră ce vor face în ziua următoare şi i se părea un pretext bun să ia puţin pulsul situaţiei. „Sigur", i-a răspuns ea rapid. Şi ei i se părea că despărţirea fusese prea rece şi o întristase asta. La urma urmei, îl plăcea foarte mult, indiferent despre ce ar fi fost vorba.

Nu a primit niciun răspuns când a bătut prima dată. După ce a bătut mai tare s-a auzit un „Intră!" înfundat. A deschis şi s-a mirat să nu o vadă.

– Katalin?

– Sunt aici! i-a răspuns din baie.

S-a aşezat pe un fotoliu să o aştepte.

– Alexander?

– Da?

– Poţi să vii aici, i-a spus leneş.

S-a îndreptat curios către baie, întrebându-se ce face şi de ce l-a chemat acolo. Era băgată în cada plină de spumă. Avea braţele sprijinite pe marginea căzii, în timp ce din spumă îi ieşeau gâtul şi umerii, în rest nu se vedea nimic din trupul ei, dar se putea imagina totul. Avea pielea alb-rozalie şi se îmbujorase puţin de la apa fierbinte. Din părul prins în creştet se desfăcuseră câteva şuviţe, ce se înecau acum în apă. S-a uitat lung la ea zâmbind şocat, apoi şi-a apăsat palmele pe faţă ca şi cum ar fi vrut să se învioreze şi să îşi revină.

– Katalin, nici tu nu joci cinstit!

– Am învăţat de la cel mai bun!

– Din partea mea a fost o scăpare. Tu eşti răzbunătoare. Şi asta e premeditat!

– Premeditat? De unde era să știu că vrei să vii la mine?

– Nu trebuia să îmi spui să vin aici, ci să te aștept dincolo!

– Nu trebuia? l-a întrebat ea zâmbind senzual.

Când a văzut mesajul lui, avusese pe moment ideea genială să îi plătească chinul de mai devreme.

– Și? De ce-ai venit? l-a întrebat scoțându-și, ca din întâmplare, un picior din apă, de la genunchi în jos, și rezemându-l de marginea căzii.

El s-a așezat pe jos, rezemându-se cu spatele de cabina de duș. Cu o mână își acoperea ochii, ca și cum s-ar fi gândit preocupat.

– De ce-am venit? Crezi că mai știu de ce am venit? Acum nu mai pot să mă gândesc decât la faptul că ești goală, în apă, acoperită doar de o mulțime de balonașe de săpun. Aer, practic! Am venit să te întreb ce vrei să vizităm mâine.

– Tu ce vrei să vizităm?

– Ah, n-am idee acum! Nici nu mai știu bine unde suntem.

Ea a început să chicotească entuziasmată.

– Am uitat să îmi iau un halat din dulap. Îmi aduci tu unul, te rog?

El o privea cu gura căscată, apoi a închis repede ochii și a întors capul în altă parte.

– Ce să-ți aduc?

– Un halat? Din dulap.

I-a adus halatul și s-a oprit cu el în dreptul căzii, cu un zâmbet nedumerit. Ea l-a privit lung, intrigată.

– Ce crezi că faci?

– Ți-am adus halatul.

– Lasă-l în cuier și ieși afară! i-a explicat rar și cu răbdare, ca și cum ar fi vorbit unei persoane cu deficiențe de înțelegere.

– Da, normal, i-a răspuns el năuc și a ieșit.

O aștepta pe canapeaua din cameră, verificând atent un ghid de călătorie în Lisabona. Sămânța răzbunării nevinovate încolțea deja în mintea lui.

– Deci? l-a întrebat ea serioasă.

– Mă gândesc să mergem mâine în Belem și poimâine dimineață la oceanariu. Cum ți se pare?

– OK.

– Vrei să urmărim ceva în special? Să facem ceva special?

– Unde? Aici? s-a mirat ea.

– În Lisabona.

– Nu știu. Facem ce vrei tu. Tu ai mai fost aici și știi toate locurile interesante. Mi-a plăcut ce ai ales până acum, așa încât facem la fel și în continuare. Dormi cu mine? Mi-e somn.

– Sigur că dorm cu tine, i-a răspuns fericit. Fericit pentru invitație și pentru că discuția lor de la masă părea uitată. Cum de te-ai răzgândit? Lasă-mă să ghicesc: ți-e frig!

– Exact, mi-e frig! Bingo!

Avea în continuare obrajii fierbinți și îmbujorați de la baie, sprijiniți pe cearceafurile moi și răcoroase. Ochii albaștri îl priveau adormiți, ca și cum ar fi vrut să îi spună ceva. Și-a sprijinit capul pe cot și a privit-o în timp ce adormea. I se părea uneori că nu e aici cu ea, că nu e el, ca și cum s-ar fi privit din afară.

– Somn ușor, iubito! Te iubesc! a șoptit mai mult pentru el.

S-a întins și a stins veioza din spatele ei, apoi a luat-o ușor în brațe, cu grijă să n-o trezească și a închis ochii, adormind. Din întuneric, ochii albaștri s-au deschis mari, privind nemișcați, speriați și fericiți.

XIX

S-a trezit în zgomotul liniștitor al ploii care bătea în geam. Dimineața se arăta mohorâtă și închisă, iar ploaia se desfășura leneș și fără grabă.

Bănuia că se joacă cu o șuviță din părul ei, înfășurând-o încet și aproape pe nesimțite în jurul degetelor. Își dădea seama că îl ținea prizonier, pentru că dormise cu capul pe pieptul lui și îl încălecase cu un picior peste șolduri.

A ridicat capul; a văzut că nu dormea și că o privea.

– Hei! i-a șoptit.

– Neața! i-a răspuns ea, cu fața în pieptul lui, în timp ce încerca să își strângă halatul. Slavă Domnului că el nu văzuse că i se desfăcuse halatul, pentru că dormise cu fața în jos. Sau cel puțin spera că nu văzuse.

În timp ce se ridica, și-a amintit șoapta lui din seara trecută și un zâmbet i-a înseninat fața.

– Ce e așa amuzant? o întrebă el, întorcându-se spre ea și sprijinindu-se în cot.

Tricoul îi alunecase în față și dădea la iveală mușchii conturați ai abdomenului.

Nu mai știa ce o entuziasma mai mult: declarația lui secretă, pe care probabil că nu ar fi trebuit să o audă, sau priveliștea de care se bucura acum? Sau poate amândouă?

L-a văzut cum se ridică lent spre ea, fixând-o atent cu privirea, ca un animal de pradă. Cu un țipăt de emoție și de teamă a fugit la baie și a încuiat ușa în fața lui, lăsându-l să se sprijine, învins, cu mâinile de tocul ușii.

Când a ieșit, l-a găsit în fața geamului, mușcând dintr-un măr și urmărind ploaia.

– Am comandat micul dejun.

– Pâine prăjită și fructe? l-a tachinat ea.

– Ha! Ha! a mimat el amuzamentul. Exact! Și clătite! Pentru tine!

Îi părea rău că făcuse o glumă răutăcioasă, în timp ce el și-a amintit că îi spusese că-i plac clătitele la micul dejun, și i-a mulțumit îmbujorată. El își termină mărul și urmări în continuare cum ploua. Camera avea vedere spre râu și în depărtare se contura scheletul impresionant al Ponte Vasco da Gama.

S-a apropiat încet și i-a cuprins mijlocul, lipindu-și fața de spatele lui. Era fericită să știe că o iubea și se întreba de ce nu-i spunea asta când o știa trează, ca acum. El de ce se temea? Nu l-ar fi crezut atât de lipsit de încredere, atât de nesigur pe el. Sau poate că de fapt nu era sigur de ea?

– Ce s-a întâmplat? a întrebat-o el încet.

Era intrigat și plăcut surprins de gestul ei, dar nu înțelegea ce o determinase să facă asta.

– Nimic! Îmi place să te țin în brațe, i-a spus ca și când ar fi fost cel mai obișnuit lucru.

Ar fi vrut să se întoarcă să o ia și el în brațe, dar îl ținea strâns și nu-i dădea drumul, așa încât doar și-a pus mâinile peste ale ei, rămânând cu privirea pe geam.

– S-a dus planul nostru de astăzi.

– Hm? a întrebat ea absentă.

– Plimbarea noastră?

– Ce-i cu ea? l-a întrebat, adormită.

Era cald și simțea din nou mirosul lui aspru, ca de mosc, cu iz de lemn crud și de ploaie. Îi aducea aminte de o pădure cu multă umbră, pământ ud și vegetație bogată, cu arbori cu tulpina înaltă, prin coroana cărora razele soarelui răzbăteau cu fascicole lungi și înguste de lumină aurie. Nu mai știa dacă își amintea sau doar își imagina, dar fotografia care se născuse în spatele ochilor închiși îi aducea calm şi linişte. Şi-a lipit buzele de spatele lui şi a rămas cu ochii închişi.

— Katalin? se miră el. Plimbarea noastră în Belem?

— Îhm! a încuviinţat ea încet.

— Plouă!

— Îhm! a continuat ea moale.

— Nu eşti atentă! s-a revoltat el glumind.

— Îhm!

Şi atunci nu a mai avut răbdare. I-a desfăcut mâinile din jurul lui, a luat-o pe sus şi s-a aşezat cu ea în canapea. I-a lăsat capul pe braţul canapelei, în timp ce îi ţinea mâinile imobilizate. A observat însă că nu opunea nici cea mai mică rezistenţă. Îl urmărea cu ochii mari şi nerăbdători în timp ce el îşi sprijinea uşor trunchiul peste al ei. I-a ridicat bărbia şi a umbrit albastrul senin al cerului din ochii ei cu intensitatea ochilor negri. Dincolo de răceala lor, vedea străfulgerări neaşteptate de emoţie şi de lumină, ca şi cum în ochii lui s-ar fi ascuns trăirea furtunoasă a cerului nopţii. Şi-a coborât apoi privirea spre nasul drept, obrazul neras şi buzele uşor palide în lumina mohorâtă a zilei. Şi-a scos cu uşurinţă mâinile de sub el şi i le-a vârât în păr. Simţea şuviţele scurte şi netede şi îl ciufulea jucându-i-se în păr.

— Ce s-a întâmplat? i-a şoptit el urmărind-o atent şi jucându-se cu vârful nasului pe nasul ei. De când te-ai trezit eşti... nu ştiu, te comporţi ciudat... *Parcă ai fi îndrăgostită... Aş vrea să fii îndrăgostită...*

Dar nu a mai apucat să îşi ducă gândul până la capăt, pentru că îl trăgea de păr şi începuse să-l sărute, muşcându-i buzele.

— Katalin! i-a şoptit printre sărutările însetate.

S-a ridicat în mâini pentru a-şi îndepărta trupul de al ei. O simţea zvârcolindu-se uşor sub el, nesigură şi neliniştită şi înţelegea cât de neexperimentată este. Simţea ca totul e autentic şi natural în dorinţa şi reacţiile ei şi vedea că nu ştie prea bine ce îşi doreşte.

— Katalin, te rog! o implora, fără să mai ştie dacă o ruga să continue sau să se oprească.

Atunci revelația l-a străbătut cu un fior. În afară de ce îi promisese deja ei, că ea va decide și e în siguranță, știa ce îl oprește în fața dorinței atât de puternice. Se simțea vinovat. Vinovat că nu-i spune adevărul, că nu-i spune că o iubește. De când și cât de mult o iubește. Se cutremura, gândindu-se cum se va scârbi ea crezând că a căzut victimă unui obsedat, că s-a dăruit unui nebun. Ideea asta l-a făcut să zvâcnească în picioare, depărtându-se de canapea și lipindu-și fruntea de geamul rece.

– Te rog, nu mai face asta, i-a spus pe un ton coborât. Mă înnebunești și rezist cu greu lângă tine! Te doresc doar privindu-te, nici nu trebuie să mă săruți! Când te porți așa cu mine simt că nu mă mai pot stăpâni. Nu te mai purta cu mine așa până nu ești convinsă că asta îți dorești! Nu aș suporta să regreți ceva, a șoptit.

Nu înțelegea de ce ar regreta ceva. Dar nici nu-l putea contrazice. Nu-i putea spune că își dorea să meargă mai departe, pentru că nu era sigură. Tot ce știa era că simțise că se sufocă dacă nu-l sărută, ca și cum și-ar fi tras tot aerul din sărutările lui. Avea gust dulce acrișor, de măr, și respirația fierbinte. O înnebunea greutatea lui deasupra trupului ei. Ar fi vrut să decidă el și să nu-i fi lăsat ei puterea asta, pentru că ea nu se putea hotărî. Îl dorea și în același timp încă o intimida. Încă se simțea speriată, rușinată și jenată la gândul de a fi în intimitate absolută cu el.

– Alex? l-a chemat timid.

Și-a întors fața spre ea, rămânând cu capul sprijinit de geam și a privit-o întrebător. Își ridicase genunchii la gura și își ținea picioarele îmbrățișate. Buclele îi cădeau moi pe umeri. În ochii senini și sfioși se oglindea ploaia. Era în ea toată viața lui și simțea asta doar privind-o.

– Putem să mergem la oceanariu dacă mai plouă.

S-a apropiat și s-a așezat pe jos lângă canapea.

– Da, iubito. Putem face orice vrei tu.

I se părea că fusese prea dur și prea rece cu ea respingând-o și acum se simțea vinovat. Și trist. Nu a stat în puterea lui să se îndrăgostească de ea. Atunci de ce trebuia să se simtă atât de nenorocit?

Se îndrăgostea acum, încă o dată de ea, și teama era mult mai puternică. Înainte știa că o iubește și suferă, dar nu risca nimic.

– Katalin... a vrut el să își înceapă mărturisirea, cu glasul sugrumat și cu inima bubuind cu putere.

– Știu, i-a răspuns ea șoptit, oprindu-l, pentru că se grăbea să mărturisească și ea.

Se ridicase în genunchi în fața ei. S-a ridicat și ea și și-a așezat mâinile pe umerii lui, privindu-l. De ce era atât de greu să îi spună ce simte? Avea gura uscată și bătaia inimii îi zvâcnea în tot corpul.

– Și eu, i-a apăsat ușor șoapta pe buze în timp ce îl săruta. Și eu...

Ploua în continuare, dar odată ajunși la oceanariu nu le-a mai păsat. Katalin era ca un copil. Trecea fermecată de la un acvariu la altul și îl striga entuziasmată să îi arate peștii în culori puternice sau rechinii care se apropiau înfricoșător de pereții de sticlă. El însa abia dacă îi vedea, pentru că era vrăjit de ea. De altfel, de câte ori venise la Lisabona petrecuse mereu câteva ore plimbându-se prin oceanariu, cu gândul la ea. Îi știa pasiunea și spera ca la un moment dat să o aducă aici. Erau acum aici și aproape că nu-i venea să creadă. Nu-i venea să creadă că e cu el creatura asta firavă și gingașă. Printre atâtea acvarii, în lumina verde-albăstruie a apelor, ea părea ireală și totul părea un vis. Oare pe ea o așteptase toată viața? Știa că ea trebuie să fi fost, căci de când era cu ea nu se mai gândea la nimic altceva. O simțea că se îndrăgostește de el și ea îl lăsase să înțeleagă asta chiar dacă nu pronunțase cuvintele. Nici nu avea nevoie de ele. Nu-i trebuia nicio dovadă. Nu era o luptă pe care o câștigase. Era un vis pe care reușea să îl atingă, și era atât de fragil încât se temea să nu se destrame. Se temea ca el să nu-l destrame, pentru că altfel viața îl învățase să accepte și să fie recunoscător pentru ce îi dăruia.

Când au decis să plece din oceanariu era seară deja. Ploaia se oprise și aerul era rece, dar plăcut. Katalin era veselă și plină de energie. Observase că Alexander cădea din când în când pe gânduri, dar atunci când îl săruta îi răspundea cu atâta dăruire încât nu credea ca ea să fie motivul îngândurărilor lui. De altfel, îi confirmase că totul este în regulă. S-au îndreptat pe jos spre centru să caute un restaurant unde să ia cina.

– Alex! au auzit o voce groasă și puternică strigând din spatele lor.

– Salut, Ari! a răspuns Alexander fără prea mult entuziasm, după ce s-a întors și a văzut despre cine este vorba.

S-a îndreptat spre ei un tip înalt, lat în umeri și bine făcut. Brunet, cu un păr scurt, creț și des, cu o barbă aranjată și ochii albaștri bine conturați de genele negre și dese. Când le-a zâmbit, a dezvelit un șir de dinți atât de albi și perfecți, încât păreau să fie mai mulți decât ar fi fost firesc.

– Ce faci, omule? l-a întrebat pe Alexander strângându-i mâna cu putere și bătându-l pe umăr.

– Bine. Tu? Cu ce ocazie pe aici?

– În vacanță, omule, în vacanță. Dar cine e minunea care te însoțește?

I-a prezentat-o pe Katalin fără prea mult entuziasm, în timp ce aceasta se arătă încântată să-i cunoască un prieten.

De fapt, Alexander nu-l suporta pe Ari și cu atât mai puțin îl considera prietenul lui. Se cunoscuseră în facultate și începuseră împreună o afacere din care Alexander s-a retras atunci când și-a cunoscut mai bine partenerul. Ari era un tip superficial, mereu cu vorbele la el, dar care nu făcea mai nimic. Reușea în schimb să se prezinte foarte bine în interacțiunea cu ceilalți și părea foarte competent. Nu era în stare însă să ducă nimic la bun sfârșit pentru că era prea leneș și reușea să îi convingă pe ceilalți să facă lucrurile în locul lui. Nu i-a reușit asta cu Alexander, pentru că imediat ce au început să lucreze împreună, acesta și-a dat seama ce tip de persoană este. Nu și-a pus problema să îl schimbe pentru că nu era un tip care să poată fi schimbat și lui nu-i plăcea să piardă vremea cu proiecte sortite din start eșecului.

A pus aproape singur afacerea pe picioare și a rămas până și-a recuperat investiția, după care s-a retras fără să vrea să mai aibă de-a face cu Ari. Acesta a rămas depășit de situație pentru că habar nu avea cum să conducă barul pe care îl deschiseseră. Altul în locul lui poate ca i-ar fi purtat ranchiună lui Alexander, pentru că acesta s-a retras fără să-l avertizeze, dar cum făcuse singur aproape totul, nu se simțea dator cu explicații sau avertismente. Ari era atât de superficial și lipsit de mândrie încât nu se obosea cu sentimente atât de complicate cum ar fi ranchiuna. Nu-l interesa decât să trăiască momentul și să îi manipuleze pe cei din jurul lui, nu pentru ca ar fi fost malefic, ci doar pentru a-și vedea interesele rezolvate. În plus, era un fustangiu de primă clasă. Alexander nu și-l dorea în apropierea Katalinei. Era șarmant, frumos și sucea cu ușurință mințile femeilor. Se aștepta ca în orice moment să înceapă să-i facă avansuri.

– Voi? Tot în vacanță? Ce faceți acum? a continuat fără să aștepte răspunsul la prima întrebare.

– Căutăm un loc unde să mâncăm, s-a grăbit Katalin să răspundă, observând ca Alexander nu e tocmai prietenos.

– Păi să mâncam împreună atunci. Știu eu un local foarte bun aici în apropiere. Vă conduc.

Alexander ar fi vrut să refuze, dar nu avea niciun motiv. Katalin era însă entuziasmată de propunere. Presupunea că Ari este prieten cu Alexander și spera că va avea astfel ocazia să afle mai multe lucruri despre el și despre trecutul lui. Îl vedea că nu este prea încântat de perspectivă, dar nici în restul zilei nu fusese cel mai vorbăreț. Așa încât l-a îndreptat ușor de braț în direcția în care mergea Ari. Acesta se plimba dezinvolt, de parcă ar fi fost pe strada lui. Probabil că habar n-avea, se gândea Alexander și începuse să devină iritat. Măcinat toată ziua de întrebări și de remușcări, întâlnirea asta era exact ce îi lipsea.

I se părea că localul în care i-a condus este prea gălăgios pentru gustul lui Katalin, dar o vedea pe aceasta încântată, așa încât nu a obiectat nimic. Probabil ca era deja sub „efectul Ari". Nu mai avea niciun chef. Ari începuse sa îndruge verzi și uscate și Katalin se hlizea veselă. Le povestea că el era aici de două săptămâni și vizitase totul, unele locuri chiar de două ori. Ajunsese până la Cabo da Roca, le spunea, unde peisajul era absolut fantastic. Dacă ei nu au fost încă, îi putea însoți până acolo. Alexander își dădea din când în când ochii peste cap plictisit. Ari se așezase față în față cu Katalin, în timp ce el stătea lângă ea. Pentru că o vedea foarte veselă la ce le povestea, Ari prinsese avânt, în timp ce Alexander se retrăsese în el și nu mai avea chef să spună nimic. Idiotul ăsta le stricase seara, din punctul lui de vedere. Și ea de ce era atât de amuzată? Nu avea niciun chef să se coboare într-atât încât să poarte „lupta" asta, mai ales pentru că o vedea distrându-se. Probabil că era și ea la fel de superficială și gândul ăsta începuse să îl obsedeze. Nu avea chef și energie să îl facă pe Ari de rahat. Punea pariu că nu vizitase nimic, în schimb verificase toate cluburile din Lisabona și se încurcase cu cel puțin câte o tipă în fiecare seară.

– Și, A-Man, ce mai face tipa aia, Patricia, cu care erai tu? l-a întrebat Ari, așteptând interesat răspunsul, cu un colț al gurii întins într-un zâmbet răutăcios.

Tipa aia, Patricia, de care amintea Ari, fusese cu el cam două–trei săptămâni, în urmă cu aproximativ șase ani. Tipa țipa schizofrenic în momentele de plăcere și ajunsese să îl plictisească atâta exaltare, lăsând la o parte faptul că era ușor prostuță și că el o alesese doar pentru a-și pierde vremea. Ari știa că fusese o aventură trecătoare, fără să aibă habar de detalii, pentru că Alexander nu le-ar fi împărtășit nimănui, indiferent de femeia care îi trecea prin pat și cu atât mai puțin lui Ari. Faptul că îl întreba acum despre ea era o mișcare murdară și Alexander se enervă de-a dreptul. Poate că până la urmă Ari era răzbunător.

– Nu știu, Ari, ce face Patricia, tipa aia cu care am fost eu acum vreo șase ani, timp de vreo trei săptămâni, i-a răspuns moale și sacadat strângând din maxilar.

– Am glumit, omule, a zâmbit Ari înșirând dinții perfecți și luminoși. Am văzut-o eu acum o lună, a trecut pe la bar.

– Ari, nu mă interesează, l-a întrerupt Alexander străfulgerându-l cu privirea.

– Bine! Bine! Vă place vinul? a schimbat el rapid subiectul, pentru că recunoștea superioritatea lui Alexander. Mi-a fost recomandat de un portughez, ca fiind cel mai bun vin local, a continuat, fără să aștepte răspunsul lor. Strugurii din care se face vinul ăsta sunt cultivați aproape de mare. De ocean, adică.

Katalin chicotea, după care a izbucnit într-un râs vesel și cristalin. Alexander clocotea de furie și iritare.

– Cum mai merge afacerea, Ari? l-a întrebat, pentru îi venise cheful să se ia puțin de el.

– Perfect, omule! Perfect!

– Păi cum merge perfect? Că văd că tu ești în vacanță de cel puțin două săptămâni.

– Merge foarte bine! Eu aproape că nici nu mai dau pe acolo, în general.

– Și cine se ocupă de bar, de aprovizionare, de contabilitate? l-a întrebat, amintindu-și imediat talentul lui Ari de a-i găsi pe alții să-i facă treaba.

– Îl mai știi pe Steven? El se ocupă de toată treaba. L-am făcut manager.

– Steven? Barmanul? Cel despre care ți-am spus atunci când am plecat că îi lipsesc bani din casă?

– Era o mică diferență, omule. Am trecut peste. Tu ești tot timpul prea meticulos. Și ce dacă mai ia și el niște bani din casă? Trebuie să trăim cu toții, nu?

– Păi îi plăteam salariu și avea și bacșiș. De ce ar fi fost în regulă să ia bani din casă?

– Exagerezi! E OK omul. Se ocupă singur de toată afacerea. Eu mai trec din când în când. Oricum mă asigură de fiecare dată că este totul în regulă. Nu m-a sunat pentru nicio problemă.

– Ari, știi că tu ai rămas singurul administrator al afacerii. Dacă ai un control și îți găsesc ceva nasol, știi că tu răspunzi?

– Relaxează-te, omule, totul e OK, și a început să râdă după ce i-a făcut cu ochiul, complice, Katalinei.

Katalin a început să râdă și ea amuzată.

Alexander era șocat de atâta prostie. Katalin de ce râdea? Ce i se părea amuzant? Le pusese idiotul ăsta ceva în vin sau ce naiba?

Katalin se convinsese însă și ea destul de rapid din ce aluat era făcut Ari și pentru că era într-o dispoziție bună, o distra să vadă cât era de superficial și ignorant. Avea și ea uneori, la fel ca Alexander, o curiozitate de neoprit în ceea ce privește tipologiile umane, în ceea ce privește modul în care oamenii gândesc și reacționează. Și pentru spectacolul de acum nici măcar nu a trebuit să își ia bilet.

Ari a continuat să facă glume și să se laude cu ce vizitase, nu doar aici, dar și în alte părți ale lumii. Alexander era plictisit și scârbit. Ari mințea, fabula și improviza, ca de obicei. Katalin se distra în continuare, pentru că surprinsese și ea câteva din minciunile lui Ari și nu înțelegea de ce Alexander era atât de înțepat. Nu se poate să nu fi observat și el cât era de superficial tipul ăsta. De fapt, îl știa dinainte, probabil că de asta fusese așa de „încântat" să îl revadă.

Ca și cum nu fusese suficient, Ari a insistat să îi conducă la hotel, spunându-le să îl sune a doua zi, ca să le fie el ghid prin Lisabona. La plecare, a dat din nou mâna călduros cu Alexander, bătându-l pe umăr de mai multe ori cu putere și exasperându-l, și a sărutat-o pe obraji pe Katalin, făcându-i din ochi, ca un cuceritor. Katalin nu s-a putut abține să nu izbucnească în râs din nou.

Avea în continuare un zâmbet larg când au intrat în hotel și apoi când au urcat în lift. Adevărul era că fusese atât de fericită toată ziua și simțea că plutește, așa încât episodul cu Ari nu putea decât cel mult să o distreze. Alexander o privea intrigat, cu coada ochiului, în timp ce simțea că trece de la o stare la alta: de la enervare, la uimire și o ușoară tentație de a se lăsa molipsit de buna ei dispoziție. Până au ajuns la camerele lor însă, se întristase și se închisese din nou în sine. Își spunea că probabil Katalin era și ea superficială, așa cum se temuse, și doar se lăsase vrăjit până acum de farmecul și frumusețea ei. Așa încât atunci când au ajuns în dreptul ușii de la camera ei s-a depărtat puțin, ca să îi arate că se va retrage în camera lui.

– Nu intri? s-a mirat ea.

– Nu. Sunt puţin obosit, a minţit el şi a sărutat-o rece şi rapid pe frunte. Ne vedem mâine, i-a spus şi a aşteptat distant, până când ea a intrat în cameră.

Katalin era debusolată de reacţia asta şi nu înţelegea ce se întâmplase. În lift avusese tentaţia să îi spună cum îl vedea pe Ari şi cât o distrase atâta prostie, dar nu îndrăznise. Bănuia că Alexander nu îl apreciază, dar cum nu se pronunţase în niciun fel, nu şi-a permis să spună nimic. În definitiv, era un fost partener de afaceri. Poate chiar era obosit şi mâine nu va mai fi atât de încruntat şi serios. Îl observase toată seara cum i se adânceşte linia dintre sprâncene şi a încercat să îl însenineze de câteva ori, luându-l de mână. Dar şi atunci, îşi amintea, el se arătase destul de distant şi acum asta a pus-o pe gânduri. Ar fi vrut să rămână cu ea. Se simţea ocrotită când era cu el. În siguranţă. Iubită. Patul era prea mare şi rece şi a început să se întristeze, simţindu-se atât de singură. Şi-a amintit atunci de coşmarul în care cădeau în mare şi îl pierdea pe Alexander şi asta a făcut-o să se cutremure. Ar fi vrut să se ducă la el, dar realiza că fusese atât de rece încât nu se vedea bătând la uşa lui. Abia acum o intimida atitudinea lui.

A dormit prost, zvârcolindu-se toată noaptea. De câteva ori visase că Alexander îi întorcea spatele şi închidea o uşă după el şi asta o făcea să se trezească, cu ochii larg deschişi. Zorii zilei au găsit-o în faţa geamului, pe jos, cu picioarele încrucişate, cu fruntea rezemată de sticla răcoroasă şi privind râul. O usturau ochii de nesomn şi de gânduri şi o durea apăsarea necruţătoare a nesiguranţei. Poate că de fapt Alexander nu o iubea. Doar nu-l lăsase să spună ce voia să îi spună. Cine ştie ce voia de fapt să îi spună? Poate că se grăbise. Poate că îl sufocase. Poate că se simţea presat. Poate că de asta fusese toată ziua pe gânduri. Nici ea nu şi-a dus declaraţia până la capăt, dar era limpede ca lumina zilei ce voia să îi spună. Poate că de asta nici nu făcea dragoste cu ea, că nu o iubea, şi atunci nu voia să o lege şi mai mult de el. Din nou greşise. Din nou îşi imaginase lucruri. Îşi imaginase că Alexander o iubeşte. Dar acum era mult mai grav decât în relația cu Nick, pentru că pe Alexander îl iubea cu adevărat. Simțea că își pierduse mințile după el. Lacrimile îi curgeau ușor pe obraz, alinându-i ochii iritați de nesomn. Nu se gândise unde îi va duce totul. Se aruncase în relația asta, fără să mai fie precaută, așa cum își promisese, fără să fie atentă la diferențele dintre ei, așa cum și-a propus, dăruindu-se aproape complet. Doar nesiguranța, neîncrederea în sine, a realizat ea, o reținuseră să fie a lui în totalitate. De ce trebuia să fie totul atât de complicat? Atât de dureros. Ar fi vrut să dispară. Să nu mai fie aici. Și totuși, nu și-ar fi dorit să fie în altă parte.

La un moment dat, și-a amintit că îi spusese că o iubește, atunci când o credea adormită. I se ștersese asta din minte și acum, când și-a amintit, nu i se mai părea că e suficient de relevant, pentru că temerile și gândurile negative o copleșiseră. Poate că și asta i s-a părut. Poate că într-adevăr dormea atunci. Și, în orice caz, de ce ar fi iubit-o? Ce avea ea de iubit? Arăta în regulă, dar nu era printre cele mai frumoase femei. Era inteligentă, dar emotivitatea și timiditatea ei anulau de cele mai mult ori totul, reușind să îi blocheze replicile, ideile și încrederea în sine atunci când interacționa cu ceilalți. Și cel mai mult cu el. Probabil că o găsea stupidă și își dăduse în sfârșit seama de asta.

XX

Dimineaţa îşi intrase pe deplin în drepturi şi el încă nu dădea niciun semn. Era totuşi aici, cu ea. O invitase să îşi petreacă sărbătorile împreună aici, aşa încât asta va face, şi-a spus, ignorându-şi orgoliul care urla furios şi frustrat. În afara de asta, simţea că ceva se rupe în sufletul ei dacă nu-l vede. Vag, i-a trecut prin minte întrebarea cum va supravieţui, dacă totul se termină şi el nu va mai face parte din viaţa ei. Şi-a făcut un duş şi a încercat să se aranjeze puţin. Însă în urma nopţii agitate şi a lacrimilor vărsate avea ochii umflaţi şi faţa şifonată şi nu ştia să facă nicio minune care să ascundă asta.

Nu i-a răspuns când a bătut la uşa lui şi niciun sunet nu-i confirma că ar fi acolo. Poate că a plecat, a străfulgerat-o un gând ca un duş rece. Ar fi fost în stare să facă asta? De ce ar fi făcut asta? Realiza că nu-l cunoaşte decât de câteva săptămâni şi că nu ştie mai nimic despre el şi că tot ce ştie, ştie doar de la el. A coborât în recepţie şocată, fără să-i vină să creadă şi simţindu-se penibil pentru ce făcea, dar şi mai penibil pentru că exista posibilitatea să fi rămas aici singură.

– Bună dimineaţa! i-a zâmbit recepţionerul.

– Bună dimineaţa, i-a răspuns ea agitată. Prietenul cu care m-am cazat aici...

– Domnul Kohn?

– Da...

– A plecat...

– A plecat? a repetat ea fără să îl lase să termine, simţind cum i se scurge tot sângele şi devine palidă.

– Domnul Kohn a plecat de dimineaţă să alerge. Şi-a început alergarea imediat ce a ieşit din hotel.

– Desigur... a răspuns ea, amintindu-și că i-a spus că alerga aproape zilnic, până când a cunoscut-o pe ea. Mulțumesc!

S-a întors în cameră hotărâtă să aștepte să o caute el. Se umilise destul. Trecuse de șocul gândului că ar fi putut pleca și să o lase aici, dar furtuna întrebărilor obsesive o epuizase. Realiza, cât de obiectiv putea, ca o sentință, că era complet îndrăgostită de el. I se părea că soarta ei e în mâinile lui și, după gândurile din noaptea trecută, nu mai avea nici curajul să îi spună, să îl facă să înțeleagă că îl iubește. În plus, simțea în continuare că o intimidează, că se simte nesigură în preajma lui. În același timp, se simțea atrasă de el ca de o sclipire magică.

Nu-și putea imagina ce loc ar putea ocupa în viața lui. Ar fi putut avea orice femeie și-ar fi dorit. Cum ar fi putut ea, atât de simplă, atât de naivă și de directă, să fie mai mult decât trecătoare în viața lui? Nu era nici Ana aproape, să poată vorbi cu ea, să o liniștească cu siguranța ei și cu replicile sale realiste. Da, probabil că el putea fi ceea ce așteptase, ceea ce căutase și sperase mereu, dar nu simțea că ea s-ar ridica la același nivel. Nu putea fi mai mult decât o aventură trecătoare pentru el. Se înșelase că și el o iubea. Când a auzit ciocănitul în ușă, acceptase deja asta și totuși nu și-a putut stăpâni emoția.

– Bună, i-a spus trăgându-și respirația agitată.

Părea că își terminase alergarea la ușa ei, iar broboanele de sudoare de pe frunte confirmau și ele acest lucru.

– Bună, i-a răspuns ea, ușor răgușită.

– Ești OK? a întrebat-o mirat.

– Da. Sunt în regulă. De ce nu aș fi?

Observă că nu se apropiase de ea și nu schițase niciun gest ca să o sărute.

– Iartă-mă că am venit așa, i-a spus el ca și cum ar fi intuit la ce se gândea și schițând un gest legat de modul în care arăta. Recepționerul mi-a spus că ai întrebat de mine și că păreai palidă. Am crezut că ți s-a întâmplat ceva. Și tu nu ești atât de matinală. Ce ți s-a întâmplat?

Deci recepționerul o dăduse de gol, oricât ar fi sperat ca el să nu afle că l-a căutat.

– Nu s-a întâmplat nimic. Te-am căutat să te întreb dacă vrei să mergem undeva astăzi. Și pentru că părea că nu ești în cameră, te-am căutat și jos, în recepție.

O privea lung, ca și cum ar fi vrut să verifice că spunea adevărul. I se reglase respirația agitată după efort și abia acum observa că și el părea ușor încercănat și obosit. Nu știa că și noaptea lui fusese plină de întrebări.

– Au apărut niște urgențe la firmă și a trebuit să dau câteva mesaje și telefoane de dimineață, i-a spus el, ca și cum ar fi simțit că este necesară o explicație. Apoi am ieșit puțin să alerg ca să îmi scot asta din minte. *De fapt să mi te scot pe tine din minte, dar nu am reușit.*

– Lasă-mi zece minute să îmi fac un duș, te rog, și vin la tine să vorbim despre ce vrei să facem astăzi.

Îi vorbise foarte politicos, ca de obicei, dar nu a putut să nu observe răceala lui, faptul că stătuse departe de ea cât au vorbit și că n-a sărutat-o.

A revenit repede și încă nu reușise să se hotărască cum să se poarte cu el, așa încât aștepta rezervată. Nu bănuia că și el luase aceeași hotărâre, după ce își înfruntase, în timpul nopții trecute, toți demonii turbați din suflet. Trecuse prin atâtea stări și gânduri încât nu mai știa ce simte acum, în afară de faptul că o iubește și că asta îl înrobește. Așa cum îi vorbise ea despre iubire. A recunoscut că o iubește și o vrea chiar dacă e superficială, oricât de mult îl îndurera asta și nu se recunoștea în decizia lui. Dar nu putea sta departe de ea. Nu putea sta departe de lumina din ea care îl făcea nesigur și temător, pentru că simțea pentru prima dată că poate pierde ceva în viața lui și îi era teamă. Ca și cum abia acum începea să simtă că trăiește. Abia acum simțea cu adevărat emoțiile și sentimentele. Îl sufocau, dar îl făceau să fie viu. Toată viața lui organizată și planificată și controlată își pierduse echilibrul și nu și-l dorea înapoi. Nu mai putea trăi fără adrenalina care îl umplea de nerăbdare. Nu mai putea trăi fără nebunia, abia acum adevărată, care îl făcea să-și piardă mințile cu atâta iubire. Unde se găsea în trupul asta mic și firav, în ochii albaștri și în buclele încâlcite esența vieții lui? Sau era în emoția care se aprindea în ea atunci când îl privea?

Așteptau amândoi, unul lângă altul pe canapea, ca celălalt să spună primul ceva. Ea și-a întors fața spre el, privindu-l cu ochii mari și triști. Acum îi vedea de aproape, în lumină, și înțelegea că plânsese. I-a cuprins fața în palme, obosit și îndurerat, și și-a lipit fruntea de a ei.

– De ce ai plâns? i-a șoptit tandru și cu răbdare și ea a simțit cum lacrimile i se rostogolesc din nou, fără să le poată opri.

Ca și cum întrebarea lui ar fi desferecat toată durerea și ar fi spulberat toată liniștea aparentă. I s-a suit în brațe, încălecând peste picioarele lui și ascunzându-i-se la piept. Nu voia să se mai gândească dacă o iubește sau nu. Era aici și ea îl iubea.

Peste toată frământarea lui s-a așezat nedumerirea. Știa ce fusese în sufletul lui, dar cu ea ce era? Fusese veselă aseară, și prefera să nu își amintească de ce, dar acum ce se întâmpla? Ce se putuse întâmpla?

A așteptat impacientat, dar aparent cu răbdare, ca ea să se liniștească, în timp ce întrebările din mintea lui îl asurzeau. Nu putea fi decât el de vină, dar nu înțelegea ce putea fi atât de serios, în afară de ce îi ascundea deja și știa că n-ar fi putut afla aici, peste noapte. Și nici nu credea că ar fi fost tristă dacă ar fi aflat. Furioasă poate, dar nu tristă.

– Ce s-a întâmplat, Katalin? i-a șoptit atunci când suspinele ei s-au potolit.

Îl privea în ochi în timp ce își ținea brațele în jurul gâtului lui. Din tot ce îi trecea prin minte, nu avea curaj să îi spună nimic. L-a sărutat atunci, încet și tandru, sperând să descopere astfel ce era în sufletul lui. Îi răspundea la fel de tandru, cuprinzându-i fața cu palmele, mângâindu-i părul și spatele fără grabă, pentru că timpul se oprise.

Și-a coborât mâinile spre primul nasture al cămășii lui și l-a desfăcut cu greutate pentru că îi tremurau mâinile. În timp ce cobora spre al doilea, era atât de speriată și de concentrată încât uitase că voia să îl sărute. Mâinile îi tremurau în continuare și n-o ajutau deloc.

– Katalin, i-a șoptit el cuprinzându-i mâinile mici în pumni și sărutându-i-le pe rând. Ce faci? a întrebat-o privind-o fix în ochi.

– Vreau să fiu a ta, a șoptit ea privindu-l speriată.

– Nu, Katalin, acum chiar nu mă dorești! i-a zâmbit el înțelegător și șocând-o puțin. Ce e cu tine? Te rog, vorbește cu mine, Katalin!

A strâns-o în brațe, lipindu-și din nou fruntea de a ei. A înclinat-o apoi ușor pe spate, ca să o poată privi în ochi și o ținea rezemată în brațele lui.

– Katalin, te iubesc! Sunt îndrăgostit de tine! Dintotdeauna cred că am fost îndrăgostit de tine! Vorbește cu mine, te rog! Nu înțeleg ce se întâmplă cu tine. De ce ai plâns? Ai plâns din cauza mea și simt că înnebunesc!

– Dacă mă iubești, de ce nu faci dragoste cu mine? l-a întrebat ea surprinsă și intrigată, fără să o intereseze acum răspunsul la întrebarea asta, ci ca să se convingă că îi spune adevărul, pentru că după tot ce îi trecuse prin minte nu-i venea să creadă.

– Pentru că tu nu ești sigură de ceea ce simți și ce vrei. Și pentru că nu mă grăbesc. Te aștept de atâta timp, dacă ai ști măcar, încât am toată răbdarea din lume. Vreau ca și tu să ajungi să înțelegi ce simți. Nu vreau să fii confuză sau derutată sau motivată de alte gânduri, ca acum, când nu îmi spui de ce ai plâns. Katalin, i-a spus pe un ton foarte serios, ridicându-i bărbia, nu cred că ai plâns pentru că nu am făcut dragoste cu tine, și a reușit să îi însenineze fața cu un zâmbet. Îți promit că n-ai să plângi niciodată din cauza asta, și au râs amândoi încet.

– De ce ai fost așa de rece cu mine? a îndrăznit ea. Aseară, când ne-am despărțit, a completat văzând în privirea lui o ușoară nedumerire.

El s-a lăsat pe spate în canapea, trecându-și mâna prin păr și închizând ochii ca și când n-ar fi vrut să facă asta.

– Cred că m-a iritat puțin seara trecută. Ari nu e printre favoriții mei și pe tine părea să te distreze.

– Erai gelos, adică? l-a întrebat ea neîncrezătoare.

– Puțin și asta, a recunoscut el.

– Și mai ce?

– ... și mi s-a părut că nu te mai recunosc pe tine, pentru că te distra ce spunea Ari.

Nu îndrăznea să îi spună mai mult, că i se păruse superficială, sau că Ari debita în mare parte minciuni și exagerări pe care ea le asculta, doar ca să nu o facă pe ea să se simtă prost. A fost surprins când ea a început să râdă.

– Normal că mă distra. N-ai văzut ce pro... ce ignorant era, s-a corectat ea repede, pentru că nu-i plăcea să numească pe nimeni prost. Și superficial și instabil. Și afemeiat.

– Poftim?

– De fapt nu era normal că mă distra. În general nu mă distrează oamenii ăstia, ci mă enervează. Dar eram într-o dispoziție foarte bună, așa încât eram tolerantă. Și mă distra.

– Stai puțin! Ce te-a făcut să crezi că Ari e așa? a întrebat, curios să afle cum vedea ea lucrurile.

– Evident, dacă managerul lui de la bar l-a furat sau l-a înșelat, sau a greșit odată, asta se întâmplă în continuare. El însă e prea ignorant și nepăsător ca să realizeze asta. Din ce ne povestea că a văzut sau a făcut pe aici, foarte multe lucruri erau incorecte, inexacte sau destul de mult exagerate, deci e lăudăros și superficial.

– Și afemeiat?

– După cum vorbea cu mine, după cum mă privea și după cum scana toate femeile care au trecut pe lângă el seara trecută. Avea o obișnuință remarcabilă de a le verifica de sus până jos și înapoi în doar câteva fracțiuni de secundă.

Alexander și-a lăsat capul pe spate râzând zgomotos. Simțea că e fericită când îl vede așa relaxat și vesel și că nu se mai satură să îl privească.

　　　　　　　　　　　　　　　　　Ana Arion

– De ce râzi?

– Pentru că exact așa este Ari și m-a surprins că ți-ai dat seama atât de repede. Mi-ai dat impresia că îți place și că te distrează.

– De ce nu mi-ai spus?

– Ce anume?

– Că te-a iritat seara trecută?

– Ți-am spus, a răspuns el redevenind serios. Nu te mai recunoșteam și nu știam ce să mai cred. Plus că Ari a reușit să mă enerveze foarte tare și nu voiam să fiu nepoliticos de față cu tine.

– Aș vrea să îmi spui când se mai întâmplă ceva. Când te mai deranjează ceva, l-a rugat ea, redevenind serioasă.

– Așa cum mi-ai spus tu? a întrebat-o el cu privirea tristă.

Ar fi vrut să o roage să nu se mai ferească de el, dar își dădea seama că și el procedase la fel.

– Cum facem, atunci? Cum facem să nu ne mai ascundem unul de celălalt? Cum facem să ne spunem ce gândim?

– Nu crezi că asta va veni cu timpul?

– Și până atunci?

– Până atunci ne cunoaștem. Și ne iubim, a urmat el, sărutând-o. Știa că pe undeva o sărutase și ca să îi distragă atenția de la subiect. Pentru el nu era un lucru simplu să îi spună tot ce are pe suflet. Sau cel puțin eu te iubesc, i-a șoptit, împăcat și fără să aștepte un răspuns.

Ea s-a retras din sărutările lui ca să-l privească. Era serioasă și părea că din nou se uită în adâncul sufletului său.

– Și eu te iubesc! i-a spus cu glasul gâtuit de emoție, dar privindu-l fix în ochi și fără să clipească, ca și cum ar fi vrut să îl convingă, să îl asigure că ăsta este singurul adevăr și că nu e loc de îndoială.

A privit-o și el lung, cercetându-i fața de aproape, ca să își întipărească pentru totdeauna expresia și emoția ei de acum. Era cea pe care o visase și o așteptase atâta timp, care îi spunea acum că îl iubește. Simțea cum fericirea îl sufocă și cum toată greutatea din corp parcă îl trage în jos. Nu mai credea, așa cum crezuse până atunci, că poți fi fericit doar într-o iluzie. Frica era și ea prezentă, acum mai puternică decât niciodată. Acum, ca niciodată, o avea, deci o putea pierde, şi îi era frică cu adevărat. A strâns-o cu putere în braţe, ca şi cum ar fi vrut astfel să o lipească de trupul lui, să devină parte din el şi să n-o piardă niciodată. A ţinut-o aşa mult timp, pentru că avea nevoie de ea aproape, dar şi ca să-şi ferească privirea, în care străluceau pe rând extazul şi teama, într-o luptă la marginea prăpastiei ce ducea în sufletul lui.

<h1 style="text-align:center">XXI</h1>

Au rătăcit pe străzi, beți de fericire și copleșiți de emoția de a fi împreună. Soarele rece strălucea sclipitor și, în afară de brazii împodobiți și de beculețele colorate, nu părea că se apropie Crăciunul. După prânz au ajuns, în Belem, la turnul de pe mare. Mergând pe aleea de acces din apropierea intrării, în timp ce privea valurile care se spărgeau dintotdeauna și la nesfârșit de zidurile turnului, i s-a părut că a mai trăit clipa asta, că a mai fost aici, fără să mai fi trecut niciodată pe acolo. Ca și cum ar fi privit viața și moartea în față, în același timp, cu calm și cu înțelepciunea vieților trăite. Și doar spusese de atâtea ori că nu crede în reîncarnare. După ce a trecut momentul de deja-vu a început să se emoționeze, șocată că trăise asta. S-a întors și a reluat pașii făcuți, sperând că va trăi din nou senzația, dar era prea agitată să-și mai dea seama. I-a povestit și lui și l-a întrebat dacă are momente pe care simte că le-a mai trăit și dacă el crede în reîncarnare.

– Nu știu. Au fost momente despre care am avut impresia că le-am mai trăit. De fapt nu a fost o impresie sau o senzație, mai mult ca o amintire care simțeam că există dar nu reușeam să mi-o amintesc, și mi se părea că mai mult mi-o imaginez.

Așa cum simt dintotdeauna despre tine, a continuat în gând, *că te știu și că ceva mă cheamă lângă tine ca și cum am fi legați.* I se părea că toate experiențele de neînțeles au de fapt legătură cu ea.

– Și crezi în reîncarnare?

– Nu știu dacă pot să spun asta. În schimb, mi-e foarte greu să cred că atunci când murim se termină totul și nu mai există nimic. Ca și cum bezna care s-ar lăsa peste cei morți ar avea puterea să întrerupă totul. Cum poate fi asta posibil? Și atunci când adormi visezi, sau se întâmplă ceva cu tine, cu mintea ta, chiar dacă nu-ți amintești de cele mai multe ori. Cum se poate opri totul? Și gând și vis și idee? Pot să înțeleg că fizic nu mai simți nimic, dar cum poate dispărea totul din mintea ta? Nu pot să înțeleg asta. Trebuie să se întâmple ceva. Să ieși din trupul tău și să te vezi de deasupra sau să visezi sau să zbori. Sau să te naști din nou. Cu inocența și naivitatea și inconștiența copiilor mici. Poate de asta nu ne amintim nimic din primii ani de viață. Pentru că sunt anii în care uităm tot ce am trăit înainte.

Ea îl privea neîncrezătoare și l-a făcut să râdă.

– Nu știu! Acum m-am gândit la explicația asta. Oricum, nu pot concepe să se termine totul. Și știi în ce nu cred? Nu cred nici în iadul cu flăcări și cu smoală, cred că mai degrabă iadul e aici, pe pământ, uneori. Și în imaginea idilică cu îngerași, norișori și harpe cu atât mai puțin.

Se simțea ușor vinovată pentru că ea crescuse într-o familie religioasă, unde Iadul și Raiul erau simboluri tratate cu seriozitate.

– Așa încât cred că reîncarnarea ar fi mai ușor de acceptat, cel puțin pentru mine. Și gândul ăsta că te întorci să îți ispășești păcatele sau să termini ce ai început, pare așa destul de motivant. Și promițător, în același timp, că ai ocazia să trăiești din nou.

Le spunea pe toate pe un ton sarcastic și o făcea să râdă, ca și cum ar fi golit de semnificație orice subiect.

– Și în Dumnezeu crezi? l-a întrebat ea redevenind serioasă.

– L-a văzut cineva?

– Hai, nu glumi cu asta! l-a rugat ea.

– Bine! Bine! Nu cred că suntem singuri. Nu pot să cred că suntem singuri. Ar fi totul prea trist și lipsit de sens. Și am fi și mai mici decât suntem, dacă nu am fi plăsmuirea, visul cuiva. Îți dai seama cât de stupizi am fi? Singuri aici, viețăți infime în Univers, cu visele noastre, cu viețile noastre inutile și carierele noastre penibile, pentru care ne zbatem prostește, cu aerele noastre de grandomanie și aviditatea noastră, născându-ne doar pentru a muri și pentru a perpetua specia umană. Trebuie să fie ceva acolo care să dea semnificație și sens existenței noastre. Dar depinde și cum privești asta. Ce e acolo sus? Dacă e doar un păpușar al vieților noastre, care ne mânuiește după un scenariu prost și de neschimbat, suntem la fel de penibili și de triști. Cu toate că am învățat destul de mult să cred în destin.

– Tu? Crezi în destin? Cum așa? s-a mirat ea, în timp ce urcau, unul după altul, scara îngustă și circulară a turnului.

– Bine, nu chiar la modul implacabil că „ce ți-e scris în frunte ți-e pus", pentru că am putut să fac alegeri în viață și am făcut schimbări, am construit lucruri. Dar sunt și lucruri cu care nu am putut lupta, nu a fost în puterea mea să le schimb și atunci le-am acceptat.

– Ca lucrul acela pe care ți l-ai dorit și nu ai îndrăznit să îl ai? a încercat ea.

– De ce spui asta?

– Pentru că părea că e ceva ce te-a marcat și căruia ai încercat să i te împotrivești.

– Da, a răspuns el încercând să pară indiferent, ca acela.

Soarele se retrăsese de ceva vreme în nori și în vârful turnului vântul bătea cu putere. Totuși era aglomerat și peste tot erau grupuri de turiști care se îngrămădeau să își facă fotografii. A luat-o de mână și a trecut în fața ei, ca să îi facă loc printre ceilalți. În timp ce îi privea mâna cu degete lungi, care o ținea pe a ei, și spatele lat, în fața ei, făcând loc prin mulțime, a simțit din nou că a mai văzut și că a mai trăit asta. Nu, nu mai trăise asta. O visase. De curând. Dar când și de ce, nu reușea să își amintească. S-a întrebat dacă poate fi o imagine care se repetă, pentru că au tot trecut prin locuri aglomerate în ultimele zile, dar nu era vorba despre așa ceva. Își amintea spatele și mâna lui, cerul întunecat și marginea superioară a zidurilor turnului, exact ca acum. Exact în forma asta.

A condus-o la una dintre deschiderile zidului, de unde puteau vedea oceanul, care se zbătea, în bătaia vântului, agonizând, ca un uriaș în febra durerii. A luat-o în brațe, ascunzând-o de vânt, cu spatele rezemat de pieptul lui, așa încât puteau privi amândoi valurile.

– Ce îți dorești cel mai mult? a întrebat-o șoptindu-i la ureche.

Pentru ea își dorise cel mai mult o poveste de dragoste, ca cea pe care începea să o trăiască cu el. Se gândea dacă îi poate spune asta în timp ce se rezema cu capul de umărul lui și își lipise obrazul de al lui. Și și-a amintit că hotărâse, la un moment dat, ca în relația cu el să fie ea, cât mai autentică, cât mai sinceră și mai reală.

– Mi-am dorit foarte mult ceea ce trăiesc acum, i-a răspuns. Să mă îndrăgostesc și să simt ce simt acum, când sunt cu tine.

Nu la asta se gândea când i-a pus întrebarea și acum rămăsese fără cuvinte. Nu se aștepta ca ea să se deschidă atât de mult în fața lui, pentru că începuse să învețe cât e de timidă și își dădea seama cât îi e de greu să facă mărturisiri. Și știa cu siguranță că nu-l minte, că nu exagerează și că nu caută să-l impresioneze.

S-a întors brusc către el și îl cerceta cu privirea albastră. Ar fi vrut să îl întrebe ce își dorea el, dar se temea că după ce îi spusese ea, îl va obliga la un răspuns similar.

– Pe tine te-am dorit cel mai mult, i-a răspuns la întrebarea nerostită. Prin ochii întunecați în care se reflectau valurile agitate, i se părea că vede până în adâncul sufletului lui și era ca o carte deschisă, în care nu i se ascundea nimic. Ochii negri o fixau așteptând confirmarea că l-a înțeles. Nu mai auzeau nimic în jurul lor, decât vântul care izbea cu putere valurile de ziduri. Intuia că adunase în cuvintele lui toată așteptarea, toată dorința și toată fericirea de până acum și din viitor. I se părea că îi vorbise despre el, cel dinainte, pe care nu-l cunoscuse, despre el, cel de acum, dar și despre tot ce aștepta să li se întâmple mai departe. Înțelegea că ea răspunde așteptării lui ca ideal, ceea ce era adevărat. Nu știa însă că în realitatea chinuitoare a vieții de zi cu zi, de mulți ani, ea și doar ea ar fi putut întruchipa acest ideal.

Vântul nu înceta să bată și i-a purtat, grăbiți și înfrigurați, de la un obiectiv la altul, până când s-a lăsat întunericul.

Au încercat faimoasele tarte portugheze chiar în Pasteis de Belem, înconjurați de o mulțime de turiști și localnici, gălăgioși și agitați. Se urmăreau curioși unul pe celălalt, cum luau mușcături mici și rare din tarte, fără să îndrăznească să spună nimic, până când au început amândoi să râdă.

– Nu-ți place! a ghicit el.

– Nici ție! și au continuat să râdă amândoi în timp ce împingeau farfuriile mai departe de ei.

În mănăstirea Jeronimos au fost atrași de cântecele corului. Și mânăstirea era plină de același amalgam de localnici și turiști, veniți fiecare cu alt motiv. S-au lăsat inspirați de muzică, încercând să ignore grupurile de turiști care cercetau grăbiți fiecare colțișor și încercau să se fotografieze. Au decis să plece când și-au dat seama că amestecul de acțiuni, de emoții și de sunete era prea obositor.

Pe drum, înfrigurați de vântul rece, și-au cumpărat căciuli cu urechi, după ce s-au distrat unul pe celălalt probând o mulțime de modele care îi făceau să arate caraghios. În apropierea hotelului s-au oprit să asculte trupele de muzicanți ambulanți și să se fotografieze în multitudinea de lumini colorate. Observase că el era copilăros în multe momente și pentru că îl văzuse râzând atât de mult și distrându-se nu se mai simțea intimidată. Cel puțin nu atunci când îl vedea așa. El, ușor eliberat de mărturisirea făcută, pentru că fusese în totalitate sincer, chiar dacă ea nu avea cum să înțeleagă pe deplin ce îi spusese, hotărâse să își ignore, cel puțin pe moment, toate gândurile și toate întrebările și să se bucure de ea.

– Ai vrea să plecăm mâine? a întrebat-o în timp ce intrau în holul hotelului.

Își dăduse căciula jos și acum își zburlea părul negru, în încercarea de a-l disciplina.

– Mâine? De Crăciun? Vrei să ne întoarcem acasă? s-a mirat ea.

– Nu! Nu acasă! s-a grăbit el să răspundă. Nu vreau să mergem acasă, și a cuprins-o repede în brațe. Nu sunt pregătit să nu mai fii cu mine aproape tot timpul, ca acum, i-a șoptit la ureche.

Când au urcat în lift erau singuri, așa încât atunci când s-au închis ușile i-a smuls și ei căciula din cap și, vârându-și ușor mâna în buclele ei aurii i le-a ciufulit, agitându-le în toate direcțiile.

– Heeeeei! Ce faci? a încercat ea să riposteze.

Inutil, pentru că începuse și să râdă.

– De când îmi doresc să fac asta, i-a mărturisit el ca un copil bucuros să își pună planul în aplicare.

– De când? l-a întrebat ea, uitându-se încrucișat la o șuviță care se oprise pe fața ei și suflând-o cu putere în sus.

– De când te știu.

– Și de când mă știi? s-a interesat ea curioasă.

– Nu mai știu... i-a răspuns el încet și redevenind serios.

De fapt ăsta era adevărul, că nu-și mai amintea exact de când o știe și o urmărește. De când erau amândoi copii, dar nu știa prea bine de când. Atunci nu înțelegea prea clar ce îl atrage la fetița aceea mică, cu păr auriu și ochii albaștri, știa doar că se bucură când o vede. În timp, și-a dat seama că are nevoie să o vadă cât mai des, că are nevoie de ea și a început să o urmărească. În adolescență a intuit că probabil o iubește și se simțea atât de penibil și de rușinat încât nici față de el nu ar fi recunoscut că o iubește, pentru că ea era încă un copil. Mult timp a fost frământat de gândul că e bolnav, că e un obsedat, că e un maniac, fără să poată împărtăși asta cu nimeni. Știa însă că nu i-ar fi făcut niciodată rău și nu suporta gândul că ei i s-ar putea întâmpla ceva rău. Voia doar să o privească și îi inspira dorința de a o proteja. Avea întotdeauna grijă să stea cât mai departe de ea, de teamă să nu îl observe și să o sperie. Când ea s-a maturizat, s-a simțit ceva mai împăcat că nu mai e o situație atât de nefirească, dar în același timp a fost convins că o iubește și că viața lui nu va fi niciodată completă fără ea.

Din fericire, avea scăpare din momentul ăsta, în care începuse să se simtă jenat, pentru că ajunseseră la etajul lor și îi pregătise o surpriză.

Lângă fereastra imensă din cameră avea acum un brad împodobit cu decorațiuni și luminițe aurii. Peste tot în cameră, erau accesorii mici și discrete de Crăciun.

– Cât e de frumos! s-a oprit ea încântată în fața bradului.

– Crăciun fericit! i-a zâmbit el.

– Tu ai făcut asta? l-a întrebat ea cu o expresie de nedumerire pe față.

– M-am gândit că ți-ar plăcea. Am vrut să simți și aici atmosfera Crăciunului, chiar dacă e doar o cameră de hotel.

S-a apropiat și și-a așezat mâinile pe umerii lui. Era așezat pe brațul canapelei și se bucura că e la o înălțime mai apropiată de a ei.

– Mulțumesc!

– Eu îți mulțumesc că ești aici cu mine! Nici nu știi cât de fericit sunt! i-a șoptit și a scos din buzunar o cutie mică de catifea albastră.

– Pentru tine! Sper să îți placă, i-a spus emoționat.

Nu se gândise la asta pentru că a considerat că excursia până la Lisabona este ca un cadou de Crăciun. A deschis curioasă cutia. Înăuntru era o brățară foarte fină, cu cinci talismane mici, fixate la distanțe egale: mâna Fatimei, un pește, o chitară electrică, planeta Saturn și un fulg de zăpadă. Toate erau de mărimi apropiate, și deși foarte discrete, erau lucrate cu atenție, până la cel mai minuțios detaliu.

A fost surprinsă de frumusețea bijuteriei, dar mai ales de simbolurile alese. În afară de fulgul de zăpadă, toate o reprezentau pe ea, prin pasiunile și detaliile cel mai puțin vizibile: tatuajul ascuns, acvariile, muzica, Universul. Se simțea, pentru prima dată de când se afla în preajma lui, ușor speriată. Știa că știe deja despre cele mai multe dintre ele, și știa și cum le aflase, dar instinctiv, fără să înțeleagă de ce, intuia că ceva nu e în regulă.

– Nu-ți place? a întrebat el, reușind să își mascheze dezamăgirea.

– Ba da, îmi place foarte mult, a zâmbit ea. Sunt despre mine toate, nu-i așa?

– Da, despre tine și pentru tine.

– Și fulgul de zăpadă?

– Fulgul de zăpadă, a zâmbit el afectuos, e pentru prima noastră întâlnire. Când erai atât de frumoasă, în ploaia de fulgi de zăpadă, și când aș fi vrut atât de mult să te sărut, dar nu știam dacă și tu îți dorești asta.

– Da, a zâmbit ea complice, știu când, și îmi doream foarte tare să mă săruți, i-a spus sărutându-l.

– De fapt, dacă mă gândesc mai bine, a realizat el atunci, fulgul de zăpadă vorbeşte despre amintirea mea.

– Şi a mea! s-a grăbit ea să-i răspundă.

– Sigur că şi a ta, a liniştit-o el, dar atunci când am ales talismanul era gândul din amintirea mea. Atât de egoist, a concluzionat mai mult pentru el.

– De ce spui asta?

– Pentru că ăsta e modul nostru de a iubi, al oamenilor, egoist. Nu iubim pentru celălalt, iubim pentru sine, pentru ceea ce simţim noi înşine, pentru nevoia noastră.

– Dacă celălalt nu ar inspira iubirea în noi, ar însemna că nu-l iubim. Sau că iubirea este una generală, aceeaşi, oricine ar fi celălalt, prin urmare plată, domoală, lipsită de putere, de pasiune şi de trăire.

A privit-o lung, surprins că l-a înţeles de la început şi nu a interpretat greşit gândurile lui, aşa cum le dăduse glas, aproape fără să îşi dea seama. Citise despre asta mai demult şi abia acum înţelesese, într-o revelaţie, că îl iubim pe celălalt pentru nevoia, emoţia şi dorinţa pe care o trezeşte în noi. Că de fapt, este o iubire de sine şi nu de celălalt. Şi totuşi, iubirea nu putea exista altfel, aşa cum Katalin i-a explicat atât de simplu şi de senin, ca şi cum ar fi zugrăvit în faţa lui o poveste.

– De unde ştii de mâna Fatimei? l-a interogat ea serioasă.

– E un simbol destul de cunoscut. Ştiu că e mai degrabă oriental, dar mie îmi place cum arată, mi se pare foarte feminin. E un simbol pentru protecţie, a continuat observând că ea îl urmăreşte neîncrezătoare, ca şi cum nu ar fi înţeles. Dacă ţie nu-ţi place îl putem schimba, a continuat el. Am avut de ales din mai multe şi astea m-au dus cu gândul la tine, mi s-a părut că te reprezintă şi ţi se potrivesc.

– Mi se pare ciudat că ai ales exact simbolul ăsta. Îmi dai impresia că ştii despre mine mai multe decât arăţi, i-a spus, urmărindu-l cu atenţie de parcă ar fi vrut să vadă în ochii lui dacă aşa este.

– La ce te referi? a întrebat el, încercând să mascheze panica ce îl cuprinsese.

– Mi se pare că știi de tatuaj și nu înțeleg de unde, că nu știe aproape nimeni.

– Ce tatuaj? a întrebat el, curios și în același timp liniștindu-se că nu știa despre ce e vorba, deci nu putea fi ceea ce el îi ascundea.

Tot neîncrezătoare, și-a ridicat bluza la spate, aproape de brațul drept, și trăgând și de marginea sutienului a scos la iveală tatuajul ce reprezenta o hamsa cu multe înflorituri și ochiul lui Dumnezeu în centru.

– Nu cred! a izbucnit el șocat și a început să râdă, lăsându-și capul pe spate, de uimire, dar și de ușurare. N-aș fi crezut niciodată că ești tatuată. Habar n-aveam de tatuaj. Era gata să continue și să îi spună că doar de tatuaj nu știa, dar nu voia să se dea de gol și simțea că mai sunt și alte lucruri pe care nu le știe. Înțeleg de ce ai fost bănuitoare, dar e doar o coincidență. Nu aveam cum să știu de tatuaj. M-am gândit la ceva care să te protejeze atunci când nu ești cu mine, chiar dacă e doar un simbol. Atâta tot. Și ți-am spus, mi se pare un semn foarte feminin și ți se potrivește. Tu de ce ai ales simbolul ăsta ca tatuaj?

– Îmi place cum arată și atunci când am aflat că simbolizează protecție mi-a plăcut și mai mult. Cred că l-am asociat cu ceva care a dispărut din viața mea la un moment dat și care simțeam că mă protejează, a continuat, vorbind parcă mai mult pentru sine.

– Ce era?

– Nimic. Nu contează, i-a răspuns ea, pentru că nu voia să îi povestească acum despre asta.

Niciunul nu bănuia că ea se gândea chiar la Alexander, așa cum exista, misterios și necunoscut, în viața ei, în urmă cu ceva ani.

– Mai ai și alte tatuaje? a întrebat-o el zâmbind curios și tachinând-o.

Intuia că a vrut să treacă peste ceva despre care nu voia să îi vorbească și respecta asta, oricât de curios ar fi fost.

– Nu! Nu mai am și alte tatuaje! s-a revoltat ea. Stai puțin! l-a rugat, amintindu-și ceva. A revenit în câteva momente cu o un cadou mic, dreptunghiular și împachetat cu atenție în hârtie neagră cu steluțe aurii. Crăciun fericit și ție! i-a urat, bucuroasă că îi pregătise și ea un cadou.

– Pentru mine? s-a mirat el sincer.

Nu se aștepta nici el la niciun cadou și acum era încântat să afle că se gândise la el.

Înăuntru era un set de șah, într-o cutie metalică. Piesele, aranjate în suport catifelat, erau statuete umane în miniatură, realizate din metal, cu vestimentație specific medievală.

– Arată superb, i-a spus studiindu-le cu atenție. Nu am niciun set ca asta! i-a spus bucuros. Hei, s-a revoltat el glumind, dar tu de unde știi că eu colecționez jocuri de șah?

– Nu știu, a râs ea. Dar dacă joci șah m-am gândit că ți-ar plăcea să ai mai multe seturi.

– Mulțumesc! i-a șoptit el, sărutând-o și luând-o în brațe tandru. Te iubesc! i-a spus la ureche.

– Și eu te iubesc! i-a răspuns ea îmbujorându-se ușor.

Încă nu se simțea în largul ei să își deschidă atât de mult sufletul în fața lui și să îi spună asta.

– Îmi spuneai că vrei să plecăm mâine, și-a amintit ea.

– Da, dar doar vrei și tu să plecăm.

– Și unde vrei să plecăm? Că înțeleg că nu vrei să mergem acasă, și a zâmbit amintindu-și de ce nu voia el să se întoarcă.

– La Barcelona.

– Barcelona? De ce?

– M-am gândit la ce m-ai întrebat tu, legat de orașul care mi-a plăcut cel mai mult din câte am vizitat. Barcelona mi-a plăcut cel mai mult din câte orașe am vizitat singur. Și e și cel mai aproape de unde suntem acum.

– Deci m-ai mințit când mi-ai spus că aici ți-a plăcut cel mai mult, a zâmbit ea îngăduitoare.

– Nu chiar, pentru că aici mi-a plăcut cel mai mult pentru că am fost cu tine. Dar dacă te refereai la cele pe care le-am văzut singur, în Barcelona mi-a plăcut cel mai mult.

– Şi ai văzut multe oraşe singur?

Nu era curioasă de numărul lor, ar fi vrut mai degrabă să afle cât de mult se plimbase singur şi cât de mult se plimbase însoţit de cineva, dar nu îndrăznea să îl întrebe asta.

– Am văzut cam toate oraşele şi locurile din lume despre care am considerat că merită vizitate. Şi le-am văzut pe toate singur, a continuat, intuind ce voia să afle. Ba nu, mint! La Vatican am fost cu o femeie.

– Cu cine? a întrebat ea rapid, fără să se poată abţine, curioasă să afle cine era această singură femeie care l-a mai însoţit undeva.

– Cu o femeie specială din viaţa mea, a continuat el zâmbind şi torturând-o, pentru că observase cum se schimbase la faţă, fără să vrea, şi colţurile gurii îi coborau uşor în jos.

Deci a existat în viaţa lui o femeie specială. Şi nu înţelegea de ce îi povestea asta cu atâta uşurinţă, seninătate şi amuzament. Poate că de fapt era un afemeiat Alexander şi acum începeau să iasă toate la iveală. Era clar din modul în care îl privea cu ochi mari şi curioşi că aşteaptă detalii despre această femeie. Cum putea să o ducă în doar câteva momente şi cu câteva cuvinte, de la extaz la agonie. Acum o venera ca pe o zeiţă, ca în următorul moment să afle ceva despre el care să-i spulbere toată încrederea că ar putea să o iubească. Acum i se părea că o adoră, ca în următorul moment să i se pară din nou un bărbat frumos, pretenţios, sofisticat şi greu de cucerit. Credea că cea de a doua variantă i se potriveşte şi e cea reală.

– Cu bunica, i-a răspuns când nu a mai reuşit să se abţină şi a izbucnit în râs. Bunica îşi dorea foarte mult să ajungă la Vatican şi am dus-o odată acolo, de ziua ei.

– Faci mişto de mine, s-a bosumflat ea.

– Ba nu, vorbesc serios, crede-mă! şi nu i-a dat drumul din braţe, aşa cum ar fi vrut ea.

– Vrei să te cred că te-ai plimbat singur prin toată lumea?

– De ce nu? De ce nu m-ai crede?

Era sincer şi era adevărat tot ce îi spunea. Era pasionat să călătorească în lume şi pleca întotdeauna singur, exceptând situaţiile în care călătorea cu cineva din familie sau în interes de afaceri. Singur în escapadele lui, încerca să fugă de amintirea ei, gândindu-se tot la ea și visând ca într-o zi să călătorească împreună. Cu visul ăsta în minte, i s-ar fi părut aproape un sacrilegiu să plece însoțit de o altă femeie și să asocieze amintirea acesteia cu locurile respective.

– Păi, nu știu... s-a oprit ea fără să îndrăznească să mai continue.

– Păi? De ce nu-mi spui la ce te gândești? Parcă îmi spuneai că vrei să ne spunem lucruri.

– ...îmi vine greu să cred că te-ai plimbat în toată lumea singur.

– De ce? a urmat el amuzat și curios și sigur pe el, pentru că nu-i ascundea nimic.

– Păi la cum arăți, a răspuns ea repede, înroșindu-se puternic pentru ce îi spunea și pentru că iarăși o intimida, mă gândesc că ai avut o iubită, sau mai multe, și puteai să pleci cu ele.

– Cum arăt? a continuat el să o chinuie distrat, dar și pentru că era curios ce îi va răspunde.

– Alexander! s-a arătat ea exasperată și și-a dat ochii peste cap.

– Ce? Nu mi-ai spus cum arăt!

– Alexander, a oftat ea dezarmată, ca și cum era mai mult decât evident, ești foarte frumos! Și pentru că tot se înroșise, și-a dus declarația până la capăt: și foarte sexy!

După ce a privit-o cu ochii măriți de uimire și-a dat capul pe spate în râsul lui zgomotos și dezarmant. Știa că arată bine, o mai auzise de multe ori, știa și că e sexy. Era conștient de toate astea, dar nu se gândise niciodată cum îl vede ea. Îi mai spusese odată, când se suise în brațele lui pe canapeaua din livingul ei, că e foarte frumos, dar nu crezuse foarte mult în asta pentru că era nesigur în preajma ei.

– Mulțumesc! i-a spus redevenind serios pentru că a văzut că ea se supărase.

– Nu trebuie să-mi mulțumești! Că nu te-am făcut eu, a bombănit ea mai departe, era o constatare.

– N-am mai fost plecat cu nicio iubită prin lume. De fapt, nu am avut... până acum, a completat după o scurtă pauză, o iubită în adevăratul sens al cuvântului.

Ea îl privea întrebătoare şi deja începuse să se încrunte neîncrezătoare.

– Am avut mai multe partenere. Destul de multe partenere, ca să fiu în totalitate sincer, dar nu am mai avut nicio iubită.

În câteva cuvinte, i-a transmis atâtea informaţii noi şi de necrezut despre el, încât încerca acum să le proceseze cu rapiditate. Îi spusese că până la ea nu a mai avut o iubită. Deci ea era specială în viaţa lui. Şi că avusese mai multe partenere. Deci era un afemeiat. Evident, el nu se simţea confortabil în discuţia asta, dar dacă tot nu avea curajul să-i spună adevărul, nu voia să o mintă.

– Nu te cred! a urmat ea convinsă. Dar văzând privirea lui uşor nemulţumită, a completat: îmi vine greu să cred asta.

– Şi totuşi e adevărat, i-a răspuns el, cu un ton egal, şi fără niciun efort de a încerca să o convingă.

Nici pentru ea nu era cea mai dorită discuţie atunci, dar era prea curioasă ca să o întrerupă.

– Bine, atunci. Şi câte partenere ai avut?

Ştia că nu are niciun drept să îl întrebe, dar simţea că îi va răspunde şi nu îşi putea înfrâna curiozitatea.

– Nu le-am numărat! i-a răspuns el surprins. Ce sunt eu? Casanova?

– Ai zis că au fost multe! Defineşte multe, câteva sute?

În ciuda subiectului şi a faptului că el era cel interogat, îl făcea să râdă.

– Tocmai ţi-am spus că nu sunt Casanova. Nu ştiu. Câteva zeci probabil.

– Câteva zeci! a reacţionat ea şocată, după ce tot ea licitase câteva sute. Aaaaa! a urmat, fără să se poată abţine, ca şi cum atunci realiza ceva absolut oribil.

– Linişteşte-te! Am folosit protecţie de fiecare dată! i-a răspuns el bănuind la ce se gândise.

Nu înțelegea cum de ajunseseră la subiectul ăsta și nici nu înțelegea cum de era atât de sincer și de relaxat în același timp, să îi dezvăluie lucrurile astea.

– Mergem împreună și îmi fac ce analize vrei tu, a continuat sigur pe el, observând că ea e în continuare șocată.

Își făcea oricum analizele periodic, din proprie inițiativă și știa că e perfect sănătos. În plus, era adevărat că folosise întotdeauna protecție pentru că nu-i plăcea să se lege la cap și să riște nimic și nicio femeie nu-l făcuse să își piardă mințile în pat și să ignore asta.

– Și partenerele astea, a subliniat ea, cam cât timp petreceai cu ele? Adică cam cât dura o relație sau ce era? a urmat pe un ton condescendent.

Ea avusese un singur partener și simțea că la capitolul ăsta e poziționată superior prin comparație. De fapt, inferior, dacă ar fi privit lucrurile din perspectiva experienței.

– Câteva săptămâni sau luni, dacă nu mă plictiseam mai repede. Cea mai lungă relație a fost de șase luni.

Mura fusese în viața lui aproape șase luni și i se păruse cea mai sinceră relație pe care o avusese vreodată. Erau amândoi îndrăgostiți de altcineva, el de Katalin și ea de cumnatul ei. Și-au clarificat aceste lucruri de la început și se consolau împreună, fără să poată avea niciunul iubirea adevărată. Mura îl învățase cum să satisfacă o femeie, până la cel mai mic detaliu, și îi era recunoscător pentru asta. Erau detalii pe care nu le-ar fi aflat niciodată singur sau documentându-se despre asta, și erau atât de intime, încât probabil că o altă femeie, implicată emoțional în povestea lor, nu i le-ar fi spus niciodată. Au pus punct relației lor, o relație mai mult de prietenie, atunci când Mura, încurajată de Alexander, i-a spus cumnatului ei că îl iubește. A aflat că și el o iubea, și și-au împlinit dragostea, ca doi renegați, departe de familiile pe care le dezamăgiseră. Și Mura avea să îi fie lui recunoscătoare pentru tot ce însemnase în viața ei și mai ales pentru curajul pe care i-l insuflase. Era de fapt curajul de care nu putea el da dovadă atunci.

– Şi partenera cu care ai fost şase luni, ce avea special?

– Era o prietenă foarte sinceră.

– Şi nu ai iubit-o?

– Nu am iubit-o. Am ţinut la ea, dar nu o iubeam.

– Şi pe altcineva nu ai iubit?

– Nu, i-a răspuns el sincer şi privind-o direct în ochi.

O iubise pe ea, dar nu era ca şi cum ar fi fost vorba despre o altă persoană.

– Ştii, a urmat ea speriată şi dezamăgită, realizând atunci că totul putea fi o vorbă-n vânt, mie mi-ai spus că mă iubeşti...

I se părea de necrezut să fi avut atâtea femei şi să nu o fi iubit pe niciuna. Înseamnă că nici pe ea nu o iubeşte. Nu se putea ca doar pe ea să o iubească.

– Vino aici! i-a poruncit trăgând-o în braţele lui cu grijă, dar cu fermitate şi ţinând-o strâns. Pentru că pe tine te iubesc! i-a spus apăsat, accentuând pe cuvântul „tine”, mai mult ca să o facă să înţeleagă că e adevărat, decât ca să îi spună încă o dată că o iubeşte.

O ţinea atât de strâns şi o privea atât de intens încât inima începuse să i se zbată cu putere. De teamă. De emoţie.

– Ascultă-mă! a rugat-o şoptit, ca să o atenţioneze că totul este foarte serios. M-a distrat discuţia asta, pentru că nu mă aşteptam să fii atât de îndrăzneaţă cu întrebările tale. Şi nu vreau să-ţi ascund nimic, a continuat cu o uşoară îndoială în glas şi cu o umbră care i-a traversat privirea fulgerător, dar pe care ea nu le-a surprins, pentru că era prea fermecată. Asta e trecutul meu, face parte din viaţa mea şi nu vreau să ţi-l ascund. Nu am făcut rău nimănui şi nici nu am minţit pe nimeni. Toate au ştiut că nu le iubesc. De ce crezi că relaţiile mele durau atât de puţin? Pentru că cele mai multe dintre ele îşi doreau altceva şi stăteau cu mine până se convingeau că nu vor obţine mai mult. Asta dacă nu puneam eu punct acestor relaţii. Nu am mai spus vorbele astea nimănui, pentru că nimeni nu m-a mai făcut să simt asta. Şi ţie ţi le-am spus doar pentru că simt asta. Şi vreau să ţi le spun demult, a urmat şoptit. Ştiu cum poate părea acum, cu toate informațiile suplimentare, că ești doar una în plus într-un lung șir. Dar tu nu ești una dintr-un lung șir, i-a spus cu revoltă în glas, încât aproape că a speriat-o. Tu, a urmat pe un ton tandru, cuprinzându-i capul în palme și mângâindu-i obrajii cu degetele mari, tu ești iubita mea. Pe tine te iubesc! La tine visam! M-am îndrăgostit de tine! *Din nou,* și-a spus în gând.

– De ce? l-a întrebat ea, fixându-l cu privirea, fără să-i lase nicio scăpare.

– Poftim? a întrebat-o, surprins de seriozitatea ei.

– De ce mă iubești? De ce te-ai îndrăgostit de mine? Fă-mă să înțeleg! i-a șoptit, cerându-i explicații cu atâta autoritate, încât pentru un moment i s-a părut că știe totul.

De unde să înceapă? Cum să-i explice, fără să-și dezbrace sufletul în fața ei, fără să-i arate cât era el de vulnerabil, fără să își piardă siguranța lui aparentă, fără să pară slab și neajutorat în fața ei, așa cum ar fi fost dacă ea nu ar fi fost în viața lui.

– Poate fi explicată dragostea, atâta timp cât nu e rațională? a întrebat-o ca să câștige timp, pentru că voia să îi răspundă la întrebare.

– Nu știu. Dar trebuie să știi, să înțelegi, să simți ce te atrage la mine.

– În preajma ta îmi pierd mințile, așa cum nimeni și nimic nu m-a făcut vreodată să mi le pierd. În preajma ta mă simt fericit, ca și cum aș fi pentru prima dată complet. Nu, nu complet, ci prea plin. Plin de iubire, de emoție și fericire. Le simt cum mă umplu și dau pe dinafară și se revarsă din mine, în culori ireale, pe care aproape că le pot vedea. Pentru prima dată, lucrurile și întâmplările din jurul meu au sens. Și în același timp nu au. Pentru că nu mă interesează decât ce are legătură cu tine. Când nu sunt cu tine nu-mi mai găsesc locul și rostul și niciodată nu m-am mai simțit așa. Și faptul că mi-ai spus că și tu mă iubești, a îndrăznit el, nu poți să înțelegi cât de fericit mă face și cât de mult îmi doream asta. Și cât de teamă îmi este. Pentru prima dată în viața mea mi-e teamă și asta mă sperie și mă face nesigur și mă simt viu.

XXII

În ziua de Crăciun au plecat la Barcelona. Era o încântare să trăiască un moment atât de liber, fără să-și impună nicio regulă și niciun plan, dând frâu liber impulsului. Știa că și alte dorințe își așteaptă eliberarea și se gândea la asta. Oscila între ideea de a avea un moment special și tentația de a lăsa lucrurile să meargă de la sine în următorul moment de intimitate care va apărea între ei. Dezvăluirile lui, legate de faptul că avusese mai multe partenere, și încerca să nu își amintească numărul lor, îi confirmau de ce era atât de sigur pe el, atât de dominant, și de tandru, când erau aproape unul de celălalt. Din nou se simțea inhibată. Cu siguranță ea nu avea atât de multă experiență, dar pe de altă parte, știa că el o va ajuta. Spera că o va ajuta. Nu putea fi altfel, altfel de cum era cu ea în orice moment. Atent tot timpul cu ea și la ea. În același timp cu o personalitate atât de puternică și de impunătoare. Știa că se intimidează doar dacă făcea comparație între ei. Avea o ținută atât de elegantă, era atât de sigur pe sine, în timp ce ea nu se putea vedea altfel decât împiedicată și stângace. Așa cum își lua deciziile, cu greutate, analizând mereu, întorcând totul pe toate părțile, revenind la opțiunile ce păreau deja excluse. Părea că Alexander face tot ceea ce își propune, fără ezitări și fără să își pună prea multe întrebări. Din momentul în care se hotăra, și se hotăra repede, identifica imediat cum va ajunge sau cum va face ce și-a propus. Înțelegea cât de mult o respectă, dacă o aștepta pe ea să fie pregătită, când el o dorea deja, așa cum îi spusese. Era conștientă că ar fi putut să o convingă atât de ușor. Și de ce nu reușea să obțină acel lucru despre care îi vorbise, din moment ce era un tip atât de determinat? În ciuda unui profil atât de clar tranșant, ambițios și orgolios, i se părea imprevizibil.

Barcelona era poate mai aglomerată decât Lisabona. Observau cu această ocazie că mulți oameni nu-și petreceau sărbătorile în familie, pentru că împânzeau acum străzile și piețele Barcelonei. Trebuia să îi dea dreptate lui Alexander, pentru că și ei îi plăcea mai mult aici. Totuși Lisabona avea să rămână specială în amintirea ei, indiferent unde ar mai fi ajuns.

A dus-o să vadă Sagrada Famiglia, nerăbdător să îi vadă reacția. A ales în mod special metroul și o anumită ieșire de la metrou ca să ajungă acolo. S-a așezat curios în fața ei, așteptându-i reacția în timp ce scările rulante îi scoteau la suprafață. Se mișcau nemișcați, însoțiți de zumzetul metalic și automat al mecanismului scărilor rulante. Imediat ce au început să iasă la suprafață, privirea ei a fugit în sus. Imensitatea fabuloasă care domina cerul, cu turnurile care se înălțau mereu neterminate, ca și cum ar fi încercat să îl atingă, părea ireală. Atât de grandioasă încât toți oamenii și tot ce era terestru părea micșorat. Ca într-un vis, detaliile construcției se dezvăluiau hiperbolizate. Era atât de impresionată încât nici nu și-a dat seama că a început să plângă. Și el a fost fericit. Ea era minunea lui acum. Mergea cu spatele, uitându-se doar la ea. Reacțiile ei erau mai frumoase și mai emoționante decât fusese vreodată biserica pentru el. Și era una dintre cele mai extraordinare construcții pe care le văzuse. A luat-o în brațe când a văzut că își duce mâinile la față, copleșită.

– Nu pot să cred! E atât de frumoasă, i-a șoptit. E incredibil.

– Știu! i-a spus, strângând-o cu putere la piept și sărutându-i părul.

I se părea uimitor că cineva făcea toate lucrurile astea pentru ea. Ca să o impresioneze pe ea. Ca să o facă pe ea fericită. Deși crezuse că nu se poate, se îndrăgostea din ce în ce mai tare. Atât de prezentă în sine, fără încetare, în urma introspecțiilor nemiloase concluziona mereu că nu este la înălțime și nu poate egala toate gesturile lui. Și îl iubea atât de mult. Dar nu avea cum să știe că pentru el era mai mult decât orice își imaginase vreodată.

Vremea plăcută din următoarele zile i-a încurajat să își continue plimbările. Se apropiau din ce în ce mai mult unul de celălalt, fără să înceteze să se descopere. Ea nu era matinală şi lui îi plăcea să o chinuie cu sărutări şi mângâieri până o trezea. El era nerăbdător, agitat şi irascibil atunci când îi era foame şi, ca să fie totul şi mai complicat, ei îi lua foarte mult timp până se hotăra ce vrea să mănânce.

Şi erau amândoi captivaţi şi uimiţi de natura umană, de mecanismele imperceptibile ale atracţiei şi dorinţei. Care erau impulsurile care generau, inconştient, acţiunile şi reacţiile umane? Care erau detaliile fine ale dorinţei? Ale orgoliului? Ale durerii?

De ce nu se mai ţineau de mână tinerii pe lângă care au trecut? Şi de ce feţele lor erau atât de triste? Ce se petrecuse? De ce se săruta atât de pătimaş cuplul de adulţi maturi, în mijlocul pieţei? Probabil că erau amanţi într-o escapadă clandestină. Oare ce au spus acasă ca să îşi justifice refugiul de aici? De ce şi pentru ce şi cum? Îşi puneau mereu întrebări şi făceau scenarii. Argumentau. Se contraziceau. Se puneau de acord. Se iubeau.

Au rătăcit o jumătate de zi pe Las Ramblas, admirând arhitectura clădirilor, piaţa imensă, tarabele şi magazinele. S-au fotografiat cu toate statuile vii de pe bulevard, Katalin râzând şi ţopăind de bucurie de câte ori vedea una şi Alexander prefăcându-se că n-o cunoaşte şi nu e cu el, ori de câte ori făcea asta. O lua apoi în braţe şi se sărutau, nepăsători la cei din jur.

Atunci când era soare ajungeau pe plajă. Valurile şi pescăruşii care se tânguiau erau alte două lucruri de care nu se mai săturau. Simboluri ale unei lumi necunoscute, cu un strigăt fără nume şi fără raţiune. Atât de puternice şi cu o rezonanţă atât de clară în sufletul lor. Cum altfel şi-ar fi putut explica melancolia care punea stăpânire pe ei, în timp ce erau atât de fericiţi? Cum altfel şi-ar fi putut explica nevoia de a contempla valurile care veneau şi plecau la nesfârşit? Cum altfel ar fi putut înţelege durerea necunoscută, născută în sufletele lor prin ţipetele păsărilor albe, în zborul lor nepăsător?

Nu-şi făceau niciun plan. Plecau dimineaţa din cameră şi o luau în ce direcţie îi duceau picioarele. Se opreau unde aveau chef, mâncau şi beau ce şi când voiau, fără să ţină cont de momentul zilei. Nu-i cunoştea nimeni şi nu trebuiau să se preocupe de nimeni şi de niciun program. Libertatea şi emoţia iubirii erau atât de dulci încât nu s-ar fi săturat de ele.

Seara adormeau îmbrăţişaţi, epuizaţi de miile de paşi, de imaginile, culorile şi dinamica zilei şi de bucuria de a fi unul cu celălalt. Dormeau mereu împreună, cu toate că Alexander rezervase din nou două camere, pentru că observase cât de mult ţinea ea să îşi păstreze intimitatea.

Anul Nou l-au întâmpinat ţipând şi ţopăind la un concert într-una dintre pieţele Barcelonei, fredonând cântecele artiştilor spanioli din care nu înţelegeau aproape niciun cuvânt.

În toată libertatea şi beţia acelor zile, nu se temeau decât de momentele în care rămâneau singuri. Se adunase atâta tensiune şi atâta iubire între ei, încât pasul următor avea să fie inevitabil. Dacă la început căutaseră ocaziile în care să se tachineze şi să se chinuie, acum se temeau de orice gest nou, de orice graniţă care fusese deja tacit stabilită. Deşi nu vorbiseră despre asta, amândoi încercau să amâne acest pas. Pe cât de mult se doreau, pe atât de critic li se părea momentul dorit. Fiecare se întreba temător dacă va răspunde celuilalt pe măsura aşteptărilor. Fiecare se temea să nu ştirbească iubirea lor atât de frumoasă tocmai prin împlinirea ei. Poate că iubirea trupurilor lor nu avea să fie atât de completă ca iubirea sufletelor lor, care se îmbinau perfect.

Oricât de mult se apropiaseră, nu reuşise niciunul dintre ei să scape de chinul gândurilor şi întrebărilor cu care se torturau singuri. Totul era încă atât de nou şi, într-un mod înspăimântător de straniu, atât de cunoscut. Îşi doreau săruturile şi atingerile celuilalt, dar păreau atât de familiare, ca şi cum ar fi ştiut fiecare ce îşi dorea celălalt. Sperau că şi atunci când vor face dragoste nu va fi nimic stângaci, neprevăzut sau nedorit între ei.

Prima zi de ianuarie i-a găsit melancolici, în camera de hotel, descurajaţi de ploaia care nu dădea semne să se oprească curând şi de faptul că trebuiau să se întoarcă acasă. Știau că vor fi tot împreună, dar nu voiau să se mai despartă. Nu voiau să se împartă cu ceilalți. În plus, se întrebau amândoi, fără a avea curajul să rostească asta, cum se vor descurca în rutina unei relații, temători că existența de zi cu zi ar putea spulbera magia dintre ei. Nu reușeau să se vadă, în afara zilelor petrecute împreună, într-o existență în doi, cu toate că nu se mai puteau vedea nici singuri. Era ca și cum celălalt începuse să fie parte firească din sine. Ce vor face atunci când așteptările neîngăduitoare ale lumi și vieții de zi cu zi le vor obosi iubirea? Când o vor sugruma, sufoca, trage în toate părțile, călca și ignora, ca pe orice lucru invizibil, imaterial și intangibil, care pierde întotdeauna lupta cu tot ceea ce e banal, dar palpabil, recunoscut și acceptat.

— Katalin, a început el, ce facem când ne întoarcem acasă?

Se așezase cu capul în poala ei și ea se juca cu mâinile în părul lui.

— Ce facem? a întrebat ea precaută, așteptând ca el să își urmeze gândul.

— Vreau să fii tot timpul cu mine, ca acum. Nu vreau să mă întorc la viața de zi cu zi. Nu mai vreau decât să fiu cu tine.

— Dar vom fi împreună și acasă, l-a încurajat ea fără convingere, pentru că simțea același lucru.

— Putem să rămânem așa, prin lume, a îndrăznit el. Vrei? a întrebat-o entuziasmat ridicându-se în capul oaselor, după ce a așteptat puțin și a văzut că ea nu ripostează la propunerea lui.

— Alexander, sigur că vreau, dar e o nebunie. Nu putem să fugim așa de viața noastră. Eu termin facultatea anul ăsta. Trebuie să îmi găsesc un job mai serios. Tu ai o mulțime de afaceri, nu poți să le lași baltă pe toate.

— Îmi permit. Și nu-mi pasă de ele. Te rog! Hai să facem asta!

— Nu ești tipul cerebral despre care vorbeam, a remarcat ea râzând.

— Ți-am spus că nu sunt. Hai, nu schimba subiectul! Te rog, trebuie doar să alegi o destinație. Exotică de data asta, pentru că m-am săturat de frig.

– Alexander, l-a chemat ea încet. Urăsc să mă gândesc la asta, dar... când magia dintre noi se va sfârși... dacă se va sfârși, sau dacă lucrurile între noi nu merg, trebuie să ne întoarcem fiecare la o viață a lui. Nu crezi asta?

Erau tocmai gândurile lui, care prindeau contur în vorbele ei și asta i-a întunecat mintea. Cât timp se gândea doar el la asta, se putea înșela, dar dacă și ea simțea la fel, cu siguranță va exista un sfârșit.

– Nu cred nimic. Nu vreau să cred nimic. Nu vreau să se sfârșească nimic între noi. Te aștept de atâta timp, nu vreau, nu pot să cred că într-o zi nu o să te mai iubesc.

Se simțea revolta și negarea în glasul lui, și realiza că încercase de atâtea ori să nu o mai iubească și nu reușise. Cum ar putea să nu o mai iubească acum, când nu mai putea înțelege viața fără ea? I se părea că trăiește numai dacă e cu ea. Și-a așezat din nou capul în poala ei, speriat și neliniștit.

– De ce crezi că magia dintre noi se va sfârși?

Se întristase și știa că toate întrebările nu-și au rostul, pentru că nu exista o rețetă care să le facă iubirea nemuritoare.

– Poate că nu se va sfârși. Poate că suntem printre cele câteva cupluri care au norocul să se iubească toată viața. De cele mai multe ori însă, dragostea se sfârșește, mai devreme sau mai târziu, a șoptit ea încet.

– Ce o să facem dacă ni se întâmplă asta?

– Nu știu, i-a zâmbit lăsându-și fața spre el. Te iubesc atât de mult, i-a șoptit, încât nu cred că dragostea mea se va termina vreodată.

I-a aplecat capul și mai mult spre el și a sărutat-o, mușcându-i ușor buzele.

– Deci am hotărât că ne vom iubi amândoi pentru totdeauna. Putem atunci să plecăm în lume?

– Nu! a răspuns ea categoric.

XXIII

S-au întors acasă într-o duminică. Puteau să se bucure astfel de încă o zi întreagă împreună. Au ajuns în oraș aproape de ora prânzului și au mâncat tot la restaurantul din zona portului, cu toate că el și-ar fi dorit să o ducă în altă parte. A făcut-o atunci să-i promită că vor lua cina acolo unde se gândise el. Îl mințea puțin promițându-i asta, pentru că planurile ei erau deja făcute, dar spera că nu-l vor deranja. Dimpotrivă.

Când au ajuns acasă i-a luat ceva timp să scape de el. Era nedumerit, pentru că stabiliseră că vor petrece toată ziua împreună, așa încât a fost destul de greu să îl convingă că e obosită și are nevoie de câteva ore singură. În ciuda faptului că l-a pus pe gânduri, i-a respectat dorința. De fapt, și el era un singuratic și înțelegea că poate că și ea avea într-adevăr nevoie de timp pe care să-l petreacă singură. Nu putea însă să nu se întrebe de ce își dorea asta, pentru că el nu ar fi vrut să se despartă de ea nicio clipă. L-a rugat să vină să o ia la șapte și jumătate și asta l-a pus din nou pe gânduri. De ce la o oră fixă? Nu se schimbaseră nici până atunci împreună, dar nu era ca și cum nu ar fi putut să o aștepte dacă s-ar fi dus la ea mai devreme și nu ar fi fost gata. N-a insistat pentru că a văzut-o că e foarte fermă în ceea ce îi cere. Și serioasă. Dar l-a sărutat tandru când a plecat și i-a spus că îl iubește și că îi va fi dor de el.

Era aproape patru și se temea că nu va avea suficient timp pentru tot ce trebuia să facă. Mai trebuia să iasă și din casă. A riscat și a ieșit totuși. S-a întâmplat exact lucrul de care se temuse, pentru că el a văzut-o, cu toate că ea nu a aflat. Nu obișnuia să se uite pe geam, nici măcar atunci când nu erau împreună și tânjea după momentele în care ar fi văzut-o. A fost mai degrabă o întâmplare că a văzut-o ieșind grăbită. Sau poate chemarea invizibilă dintre ei l-a făcut să-și îndrepte privirea spre locul prin care trecea ea. Apoi, intrigat, a urmărit-o să vadă când se întoarce. Nu se simțea confortabil să o spioneze, dar i s-a părut că a insistat prea mult să îl vadă plecat. S-a întors destul de repede și la fel de grăbită, cu o pungă mică în mână. Punea ceva la cale? Se ferea de el? Nu înțelegea ce îi poate ascunde. A decis să aibă răbdare. Avea încredere că va afla despre ce era vorba. Era mult prea timidă și prea sinceră ca să reușească să îi ascundă ceva. Poate chiar avea nevoie de ceva și a ieșit din casă. Înțelegea că încă nu au o viață împreună și nu se grăbea să aibă una, oricât de mult o iubea. Prefera să prelungească sentimentul de iubire mai mult decât orice.

A profitat de cele câteva ore libere și a dat jos de pe perete tablourile cu ea. De când dormise la el și apoi dispăruse dimineața, trăia cu teamă să nu vadă tablourile și să nu mai poată amâna explicația pentru ele. Ținuse până atunci biroul încuiat, pentru orice eventualitate, dar i se părea mai sigur să le dea jos. Nu se putea însă despărți de imaginea ei și să le distrugă sau să le arunce nu era o opțiune. A scos fotografiile din ramă, le-a rulat și le-a încuiat în seif, doar până se hotăra ce poate face cu ele. Deși cu trecerea timpului i se părea din ce în ce mai greu, spera ca într-o zi să nu mai fie nevoit să îi ascundă nimic.

A început să se îmbrace devreme, pentru că era nerăbdător să o vadă și spera că așa va trece timpul mai repede. Alesese un local elegant, căci își dorea să compenseze faptul că de sărbători nu avuseseră nicio cină romantică, ci mai degrabă se integraseră în rândul turiștilor însetați și înfometați, care se opreau la primul restaurant arătos ce le ieșea în cale. Stabiliseră că se vor îmbrăca amândoi elegant, nu pentru că ar fi ținut la etichetă, ci pentru a intra într-o stare specială. Își amintea chiar că ea fusese încântată de propunere. Poate că avea nevoie de timp să se aranjeze, și-a explicat absent dorința ei de a fi singură.

Optase pentru un costum închis la culoare. Își pusese pantalonii și nu apucase să își încheie cămașa când a auzit soneria. Sunetul neprevăzut a rupt firul gândurilor. Își amintea atunci cum îi plăcea să adoarmă și să trezească cu fața în părul ei, în timp ce o ținea în brațe. În lumina rece a dimineții, buclele ei erau cenușii ca nisipul spălat de mare, ca mai târziu să reflecte căldura chihlimbarului imediat ce soarele se juca în ele. Aproape că nu i se auzea respirația. Îi vedea doar umărul mic care se ridica și cobora încet în ritmul respirației. Aștepta să se trezească sau să nu mai aibă răbdare și s-o trezească. Până atunci se întreba, se îndoia că e aici și că e cu ea. Își dorise atât de mult să fie a lui că nu-i venea să creadă că se întâmplase asta. Dormea în brațele lui. Atât de fragilă. Și atât de vulnerabilă. Îi simțea toate îndoielile. Nesiguranța. Nu înțelegea și nu-i venea să creadă. Știa că el va fi nesigur și temător. Nu-și imaginase că și ea ar putea fi. Uita că ea nu știe cât de mult o iubește. Chiar dacă i-o spunea atât de des acum. Pentru ea, totul era la început. Totul era nou. Nu era conștientă de iubirea adânc întipărită în sufletul lui. Și toată nesiguranța și temerile ei confirmau că și ea îl iubește. Așa cum îi spunea în șoaptă. Cu inima bătându-i mai repede.

Nu era șapte și jumătate și oricum ea nu ar fi venit la el. Și ea nu suna la sonerie, și-a mai spus în timp ce deschidea ușa. Dar era Katalin. Reușise să îl surprindă, așa cum sperase. Și era incredibil de frumoasă, așa încât a rămas câteva momente fără cuvinte. O parte din buclele aurii erau prinse în creștet, în timp ce restul se desfășurau răsfățate pe umărul ei stâng. Umăr care ieșea ușor dezgolit din rochia lungă, de culoare albastru-închis, care îi urma discret formele corpului. Era machiată foarte puțin. Părea palidă la față. Și emoționată, i-a fulgerat un gând prin minte, dar apoi l-a uitat, pentru că era atât de frumoasă și nu se sătura să o privească.

– Bună! și-a făcut ea curaj.

– Bună! Ești foarte frumoasă! i-a spus și a luat-o în brațe cu teamă. Parcă îi era și frică să o sărute. Intră, te rog!

O atinsese pe mână și a observat că are mâinile foarte reci.

– Sunt și eu gata imediat. De ce nu mi-ai spus să ne vedem mai devreme? Sau să vin eu la tine? s-a mirat el.

– Am vrut să vin eu la tine, a zâmbit ea timid. Să îți fac o surpriză. Și îmi era dor de tine, i-a șoptit.

– Și mie îmi era dor de tine! Abia așteptam să te văd.

Ar mai fi vrut să glumească, să îi spună că a vrut să scape de el mai devreme, dar nu a vrut să o supere. A observat că ea se uita lung la pieptul lui, așa cum se vedea prin cămașa descheiată și, jenat, s-a scuzat și a început să se încheie grăbit.

– Nu-i nimic, eu am venit mai devreme. Mă gândeam dacă ai vrea să bem ceva înainte să plecăm.

– Sigur. Unde vrei să stăm? Stăm aici? a întrebat-o arătându-i barul care despărțea bucătăria de living.

Nu înțelegea de ce se simte intimidat, sau mai degrabă de ce nu reușește să controleze asta. Pentru că a venit mai devreme și el era nepregătit? Pentru că a fost doar cu amintirea ei câteva ore și acum era aici, în carne și oase și ireal de frumoasă? De ce se emoționase așa? Poate pentru că fără ea în preajma lui înțelegea din nou ce i se întâmplase. Cât de norocos era să o iubească și să fie iubit de femeia pe care o așteptase atâția ani!

– Ce vrei să bei?

– Ce vrei tu, a răspuns ea.

– Vin alb?

– Da, este în regulă.

Se simțea încordată și crispată. Dar încă mai putea ieși din asta. Încă nu-i spusese nimic. Încă mai puteau avea o seară romantică și liniștită. Puterea de a face sau nu să se întâmple lucrurile era încă la ea.

Probabil că îi transmisese și lui emoțiile ei. Nu observase că ea e agitată, dar simțea ceva plutind în aer. Ca o așteptare, ca o chemare nerostită, dincolo de ce își spuneau prin cuvinte. Ca și cum ceva ar fi urmat să se întâmple.

A adus paharele și s-a așezat pe unul dintre cele trei scaune înalte, lângă ea. Atunci când au ciocnit și ea a luat prima înghițitură din pahar, a observat că îi tremura mâna. Și a mai observat și că ea încerca să ascundă asta, așa încât s-a prefăcut că nu a văzut nimic. Mirosea a magnolie și materialul moale al rochiei te atrăgea să îl atingi. Sau era ea cea care îl atrăgea să o atingă? Fără forme generoase, ci mai degrabă cu linii zvelte ale corpului, i se părea senzuală și în același timp îl inspira, ca întotdeauna, să o protejeze.

– E foarte frumos la tine, a remarcat ea. Părea că doar pentru a spune ceva. Ți-ai aranjat singur apartamentul?

Observa acum că și vocea îi tremură puțin și nu înțelegea ce se întâmplă. Poate că de fapt îi ascunde ceva. I s-a părut că îl imploră din priviri să îi vorbească, să îi spună orice, doar să-i vorbească. Așa încât a început să îi povestească tot felul de banalități despre cum a schimbat trei designeri de interior, pentru că fusese nemulțumit de ce i-au propus, până când îi fusese recomandat un tip în vârstă ca fiind foarte bun, și pe care inițial s-a gândit să îl refuze pentru că era asiatic și abia se înțelegeau, după care a decis să nu mai aibă prejudecăți și să îi dea mână liberă. Tipul făcuse o treabă foarte bună și în final a fost foarte mulțumit. I-a mai povestit că avea un abonament la o firmă de servicii de curățenie pentru că el nu se pricepea la asta și nici nu voia să își piardă timpul, dar nici nu suporta dezordinea și mizeria. Avea o bucătărie utilată complet, sau cel puțin bănuia asta pentru că el nu gătea niciodată. Tot ce făcea era să își pregătească cafeaua și să își prăjească pâinea, dacă era dimineața acasă.

Îi plăcea să îi audă vocea. Era ceva catifelat și liniștitor în ea. Ca și cum i-ar fi spus o poveste indiferent ce îi spunea. Părea adâncă și grea, ușor răgușită, ca a unui fumător, deși nu fuma. Nu știa dacă era vocea lui, sau paharul de vin, sau îi fusese dor de el, dar începuse acum să se liniștească. Știa de ce venise și ce hotărâse, nu trebuia să își amintească. Privindu-l, știa și de ce se hotărâse și de ce nu mai avea putere să amâne clipa asta.

Observase atunci când a intrat că e desculț. Și iar s-a gândit, ca atunci, mai demult, când venise să îi spună că îi pare rău, că regretă că nu și-a dat voie să-l iubească, că picioarele lui desculțe sunt sexy. Îi plăcea cum cămașa albă îi îmbrăca umerii și cum contrasta cu ochii și cu părul lui. De câte ori se întorcea cu spatele, nu putea să nu-i admire umerii lați și modul în care se curba linia spatelui spre talie. Și acum, așa cum stătea ușor întors către masă, îi vedea spatele în profil. Așa încât și-a așezat mâna pe umărul lui și a coborât-o lent, mângâindu-i jumătate de spate, până acolo unde cămașa intra în pantaloni. Ca și cum i-ar fi desenat conturul cu mâna ei. El i-a aruncat o privire rapidă, cu coada ochiului. Nu era prima dată când îl mângâia așa, bănuia că îi place asta, dar acum avea o privire ușor melancolică. Ce se petrecea în ochii albaștri? Ce se petrecea în ochii albaștri ai iubitei lui? Ce-i ascundeau lui oare?

S-a întors spre ea și, prinzându-i scaunul de margini, uitându-se în ochii ei ca să o atenționeze să nu se sperie, a tras-o încet, cu tot cu scaun, aproape de el, așa încât acum era între genunchii lui. A prins-o cu mâinile de talie și a întrebat-o șoptit:

– Ce s-a întâmplat, iubita mea?

Atunci când a observat că ea e atât de agitată l-a determinat să iasă din starea lui de stângăcie și acum era din nou, aparent, stăpân pe situație. Vorbise atât de mult și atâtea tâmpenii, deși nu-i stătea în fire, doar pentru că și-a dat seama că o liniștește pe ea.

Mâinile lui, așezate pe talie, au înfiorat-o de la prima atingere, trimițându-i săgeți dulci și dureroase până în pântece. Acum i se părea că acolo unde erau așezate o ard și o vindecă și și-ar fi dorit să le plimbe pe tot corpul ei.

– Alexander, l-a chemat temătoare, vreau să faci dragoste cu mine!

Și a tras neauzit aer în piept, sufocată că a reușit să îi spună ce hotărâse.

Deci asta era. Îi auzise din nou tremurul din glas și simțea, prin vârful degetelor, cum în trupul ei subțire inima o luase la goană. Ochii mari îl priveau speriați, rugându-l parcă mai mult pentru îndurare, decât pentru iubire. Bănuia că se gândise mult până când se hotărâse, observase de altfel cât de greu lua chiar și cea mai banală decizie, ca orice suflet tânăr, lipsit de experiență și temător. Îl dorea. Totuși, o simțea mai mult speriată decât nerăbdătoare.

S-a dat jos de pe scaun și, trecându-și mâinile după spatele și pe sub genunchi ei, a luat-o în brațe. A dus-o până în dormitor și a lăsat-o în picioare lângă pat. Era întuneric, dar cele patru geamuri mari, fără draperii și fără perdele, lăsau să intre înăuntru lumina roșcată și curioasă a felinarelor de pe stradă.

– Sigură? a șoptit el.

– Sigură, i-a șoptit, dar nu-și putea opri tremuratul ușor din întregul corp.

– Folosim protecție? a întrebat-o el, ușor jenat, dar serios, pentru că nu era un lucru cu care să glumească. Iei anticoncepționale? a continuat el șoptit, când a văzut-o că îl privește năucă și nu înțelege.

– Nu, nu iau pastile. Folosim protecție, s-a grăbit ea să răspundă când a înțeles și a zâmbit timid, dând din cap cu autoironie.

– Bine atunci, i-a șoptit printre săruturi ușoare și dese, acum că am stabilit asta, ne putem pierde mințile.

S-a aplecat lent, mângâind cu un deget linia șoldului și a piciorului stâng, până când a ajuns la gleznă. I-a scos fără grabă pantofii și i-a aruncat pe rând, cu un gest teatral, peste umăr. A făcut-o să râdă. Spera că va râde, pentru că își dorea să o facă să se relaxeze. I-a mângâiat ușor gleznele, fiecare cu câte o mână și s-a ridicat încet păstrându-și degetele lipite de picioarele ei. I-a ridicat astfel rochia până în talie și apoi i-a tras-o peste cap.

Dezgolită în fața lui, doar cu lenjeria intimă albastră, pe care și-o cumpărase astăzi în grabă, *sper să-i placă, oare o să îi placă?*, se simțea stânjenită și nu știa ce să facă cu mâinile.

Dar el știa că ea nu știe. A luat-o de mâini și nu i-a mai dat drumul. I le-a sărutat pe fiecare pe rând, fără grabă, din podul palmei și până acolo unde ele se apropiau de sâni. Dezbrăcată și expusă, căuta, inconștient, să se ascundă. O simțea cum își apropie tot mai mult trupul, ușor neliniștit, de al lui, și o simțea încă tremurând de teamă. Ca și cum ar fi căutat refugiu chiar la pieptul diavolului neîndurător.

I-a mângâiat spatele cu atingeri cu atât mai senzuale, cu cât erau abia simțite. Totul se derula atât de încet și în urma fiecărei atingeri rămâneau dâre de lumină. Abia vizibile. Ca și cum timpul și spațiul ar fi încercat să le păstreze. Sau i se părea? Nu și-a dat seama cum în mijlocul acestor mângâieri i-a desfăcut sutienul. Probabil că i-a distras atenția. Sau nu mai știa de ea? A simțit doar atingerea aspră a dantelei asupra sânilor, în timp ce sutienul aluneca în jos, tras de el. Îi dezgolise sânii, dar îi ignora acum și o săruta pe gât în timp ce mâinile mângâiau rotunjimea umerilor. Nedumerită, i-a apropiat de el, atingând cu sfârcurile suprafața fină a cămășii albe. A realizat atunci că Alexander este tot îmbrăcat și a început să îi descheie nasturii. A ajutat-o el să îi scoată cămașa din pantaloni, atunci când toți nasturii au fost eliberați. S-a grăbit, nerăbdătoare să își încheie momentul de curaj, să îl dezbrace de cămașă și s-a bucurat atunci de pielea lui fină și caldă și de liniile sculptate ale pieptului și ale spatelui, pe care le admirase până atunci doar prin haine.

Totul era atât de incitant, de nou, de ireal și atât de firesc. De parcă s-ar mai fi iubit. De alte mii de ori. Mereu cu altă emoție și cu alt fior. Au urmat apoi o serie de mișcări rapide, pe care nu a apucat să le urmărească. A văzut doar că el s-a lăsat brusc în jos, s-a simțit luată din nou pe sus și atunci când s-a trezit pe pat, în mijlocul așternuturilor albe, a realizat că era complet goală. Da, îi plăcuse lenjeria ei. Îi plăcea și mai mult acum, când o știa rătăcită pe podea.

I s-a părut că sărutările lui, pe tot trupul, nu se mai terminau. Aducea, fiecare pe rând, un fior nou și neașteptat. Amețită de tandrețea lor începea să perceapă tot mai dureros nevoia de el. Și-l dorea tot mai aproape și se bucura de greutatea lui, atunci când se oprea deasupra ei sărutându-i și mângâindu-i buzele și fața. Nu mai știa de nimic. Nici măcar de ea. Universul imens se mărginea acum doar la trupurile lor și explorarea lor părea nesfârșită. Dorită, dar neașteptată, a fost durerea ascuțită care străfulgerat-o brusc și a găsit-o nepregătită. S-a oprit, ca să o sărute și să aștepte ca valurile înfiorate de căldură să i se răspândească în tot trupul. În legănarea dulce și tandră care a urmat în brațele lui, ce o ocroteau ținând-o strâns lipită de el, ca și cum ar fi fost uniți pentru totdeauna, a trăit iubirea. Dincolo de simțurile pierdute în beția plăcerii, vedea, prin ochii închiși, sufletele lor amestecate, ca într-un cerc cu culori vii, strălucitoare și întrepătrunse. Ar fi vrut să nu se mai termine și, în același timp, își chema sfârșitul, șoptindu-i numele, mut, din nou și din nou, ca și cum s-ar fi temut să nu-l piardă. Putea fi al ei acum, când o surprindea din nou? A deschis atunci ochii larg, privindu-l adânc în ochi, arcuindu-și cu putere și involuntar trupul sub greutatea lui, în spasmul necontrolat care a pus stăpânire pe ea. Atât de straniu, cum în atâta nesiguranță îi dădea încredere în sine, doar ca să o facă să-și piardă controlul. S-a prăbușit în adâncul fără fund al întunericului nemișcat, în timp ce culorile vii, strălucitoare și până atunci întrepătrunse, se desfăceau lent și se dizolvau, și s-a trezit la viață în mângâierile lui lente. O învelise și o ținea acum în brațe. Și în lumina ochilor negri.

Uimit și copleșit de minunea la care fusese martor, speriat de ființa asta ireală pe care n-o merita, o contempla fascinat. Avea scurte momente în care se întreba cum de îndrăznise, cum de cutezase el să facă dragoste cu ea, să o facă a lui, să fie atât de aproape de esența ei. Înțelegea acum, că și atunci când totul va fi demult terminat între ei, dragostea lui va fi fără sfârșit. Tatuată în sufletul lui și în cele mai ascunse locuri ale minții, dintotdeauna și mereu, o primea acum în realitate ca pe un șoc puternic, ca pe o supradoză căreia îi supraviețuia, doar ca să o trăiască.

Noaptea a trecut pe nesimțite. Nu știa dacă a dormit sau nu. O vedea mereu, chiar și atunci când închidea ochii. Soarele care s-a strecurat tăcut și întârziat i-o dezvăluia, ca un complice mut, în lumina lui rece de iarnă. Pielea albă și transparentă se ridica și cobora în ritmul liniștit al respirației. Vedea venele subțiri și albăstrui care pulsau viața în ea. Genele lungi umbreau obrajii și buzele erau ușor întredeschise. Buclele răzvrătite îi alunecau pe frunte și pe marginea feței. Unul dintre sânii mici și rotunzi fusese trădat de așternuturile care alunecaseră. Sfârcul rozaliu și adormit îl ispitea. Își amintea cât de alunecoasă și răcoroasă simțise pielea ei sub palmele lui, ca o mătase. Își amintea, aproape fără să creadă, și de ochii mari, mirați și larg deschiși în momentul orgasmului, lăsându-l să vadă prin ei explozia de energie. Doar ca să se evapore apoi în picături mari și lente de lavă aurie. Fără puterea de a opri gândul rătăcit, realiza că nu mai fusese cu nicio femeie care să-l privească cu ochii deschiși în clipa extazului. Ca și cum, chiar pierzând controlul, a găsit o cale de a rămâne cu el, privindu-l.

A deschis ochii, uitându-se la el ca și cum nici n-ar fi dormit. În secunda următoare și-a tras cearceaful peste cap, rușinându-se de amintirile copleșitoare.

– Katalin? a chemat-o el trăgând ușor cearceaful de pe fața ei.

Ochii albaștri și luminoși străluceau peste obrajii îmbujorați.

– Alexander! a izbucnit ea strângând din ochi și punându-și palmele peste față. Și-a eliberat un ochi printre degete și l-a informat, zâmbind: Ești gol!

– Da? a părut el să se mire, dar fără să își ia privirea de la ea.

Întins pe burtă și sprijinindu-se în coate lângă ea, era dezvelit și dezbrăcat. Pielea arămie lucea mat pe umeri și îi atrăgea privirea, să-i exploreze trupul până în vârful picioarelor. Până la tălpile lui senzuale.

Și-a tras din nou cearceaful peste cap. Își amintea ce experimentase și ce simțise cu el, și se gândea că fusese la granița cu o altă lume. N-ar fi crezut intensitatea copleșitoare a senzațiilor dacă nu ar fi trăit-o. Fără să știe la ce să se aștepte și cum ar trebui să fie, fusese totul așa cum o „amenințase" el mai demult că va fi. Complet și fără încercări.

– Alexander! și-a scos ea din nou capul din cearceaf.

– Da, iubito, a răspuns el sărutându-i vârful nasului.

– De ce nu mi-ai spus? l-a întrebat entuziasmată.

– Ce să îți spun, iubito? a întrebat el, fără să înțeleagă.

– De ce nu mi-ai spus ce pierd? De ce nu mi-ai spus că e așa de frumos? l-a întrebat zâmbind larg.

Observase că s-a lăsat cucerită, că nu-l ghidase deloc, că nu-i ceruse nimic și nu-l oprise de la nimic și bănuiala lui era confirmată acum, că nu mai trăise niciodată ceea ce simțise cu el.

XXIV

A verificat rapid fețele colegilor de prin campus, doar ca să se asigure că erau cu toții deprimați de reluarea cursurilor, indiferent pe unde ar fi fost și ce ar fi făcut în vacanță. În căldura slabă a soarelui de iarnă, o aștepta de pe Ana să apară. Gândul îi fugea mereu la el și la ce fusese între ei, la tot, dar mai ales la ultimele momente.

O iubise din nou în lumina nemiloasă a dimineții, cu tandrețe și cu fermitate, nepăsător la toate încercările ei timide de a se împotrivi, rușinată că nu o mai ascundea întunericul tăcut al nopții. Îi căuta mereu privirea, ca și cum acolo ar fi fost plăcerea lui, îi ochii ei. După ce a încercat să se ascundă, să își ferească fața îmbujorată, l-a înfruntat cu curaj, pironindu-l cu privirea în care au explodat artificii albastre și ochii lui s-au umezit înduioșați. Cu ultima fărâmă de rațiune a reușit să plece, târziu și în grabă, ca să nu se răzgândească. Mintea i-a rămas însă tot acolo, de unde nu ar mai fi plecat nici ea, lipită de trupul lui fierbinte, mirosind a lemn crud și a ploaie.

Abia acum înțelegea de ce era toată lumea înnebunită după asta. Aproape că îi părea rău că fuseseră plecați, ar fi putut petrece tot timpul... altfel, și-a spus, înroșindu-se la acest gând. O idee nebunească a întrebat-o de ce n-a făcut dragoste cu el din primul moment în care au fost singuri. Acum chiar își pierduse mințile cu adevărat. Și prietena ei, care se oprise lângă ea, și-a dat seama de asta doar uitându-se la fața ei câteva clipe.

– Bine ai venit în lumea noastră! A celor care ne bucurăm de sex adevărat!

– Șșșșșș! a oprit-o Katalin, trăgând-o de mânecă și uitându-se în jur. Și mie mi-a fost dor de tine, i-a spus și a luat-o în brațe. Cum a fost la Detroit?

– Detroit a fost magic! Probabil că nu la fel de magic ca la tine, după câte observ pe fața ta, dar a fost magic. Am dreptate, nu-i așa? Ați făcut-o, nu?

– Ana! Mai încet! Te rog!

Tocmai intraseră în clădire.

– Și ei fac sex, să știi! i-a răspuns Ana șoptit. Mă rog, o parte dintre ei! a continuat, după ce a dat cu ochii de câteva fețe acre. Hai să sărim primul curs. Bem o cafea să îmi spui cum a fost! Te rog!

Katalin s-a uitat lung la ea, cântărind în minte că a plecat de lângă Alexander ca să ajungă la cursuri, și acum era deturnată atât de ușor.

– Îți povestesc și eu de Detroit! a continuat Ana să pulseze, așa încât nu a mai avut replică.

Da, trebuia să povestească cuiva tot ce i se întâmpla. Atâta emoție și atâta iubire copleșitoare nu mai aveau loc doar în ea. Trebuiau să iasă la suprafață. Să se răspândească în jur. Pentru că în locul lor izbucneau altele noi. Povestea nerăbdătoare și sărea de la o amintire la alta. Se întâmplaseră atâtea. Se întâmplase iubirea lor. Se întâmplase tot ce visase mereu. Și se tot îndrăgostea. Tocmai când își spunea că nu se mai poate, înțelegea că se îndrăgostește mai tare. Înțelegea și acum când vorbea despre asta. Și când îi era dor de el.

– Bine! Bine! Totul este romantic și minunat! Când ați făcut-o și cum a fost?

– Aseară...

– Aseară! Vrei să îmi spui că te-a plimbat jumătate de lume, a exagerat Ana în stilul caracteristic, și nu ați făcut nimic?

I-a povestit care a fost cursul lucrurilor, dar tot i se părea ceva ciudat.

– Ce bărbat nu profită de momentul în care o femeie își pierde mințile și îi spune că el o așteaptă oricât și că nu vrea ca ea să regrete nimic?

– Alexander! Alexander face asta!

– Minunat Alexander ăsta!

Era critică, aşa cum era stilul ei, dar trebuia să recunoască că îi plăcea ce auzea; părea că Alexander o iubea cu adevărat.

După ce a aflat tot ce putea afla, pentru că Katalin nu era generoasă cu detaliile intime, a prins-o de mâini şi i-a zâmbit încântată:

– Mă bucur pentru tine! Mi se pare că arăţi fericită şi tu meriţi asta! Nu te-am văzut niciodată aşa! Din ce îmi povesteşti pare că te iubeşte, că e îndrăgostit de tine!

Katalin a aflat că tipul din Detroit era foarte atent şi drăguţ, că totul fusese OK, şi partea aceea fusese tot OK, dar...

– Dar?

– Dar, mda, cum să-ţi spun... Pare prea drăguţ pentru mine. Eu am nevoie de emoţie, de adrenalină. Cu tipul ăsta aş putea să mă mărit şi să facem copii. Pare tipul perfect pentru un soţ şi pentru un tată. Dar mie nu-mi trebuie asta acum. Eu mai am nevoie de senzaţii. Să mă îndrăgostesc, să mă împac, să mă cert, să plâng. Înţelegi?

– Înţeleg. Eşti nebună!

Înţelegea, dar pentru ea era departe până şi gândul că ar putea să se sature de Alexander. Ea avea suficiente emoţii acum, totul era aproape mai intens decât putea suporta. Gândul că avea să îl vadă peste câteva ore îi făcea inima să bată nebuneşte şi sufletul să i se strângă de dor.

Zilele şi nopţile păreau prea scurte când erau împreună. Şi tot ceea ce făceau, când erau departe unul de celălalt, prea plictisitor, prea lipsit de sens şi interminabil.

Trăiau fiecare moment cu intensitate, cu emoţie şi în acelaşi timp cu regret, pentru că trecea chiar atunci când îl trăiau. Timpul nu se oprea niciodată, oricât de mult încercau să nu se gândească la el. Şi era dulce-amar. Se iubeau şi erau atât de fericiţi. Şi nostalgici pentru că vedeau, auzeau şi simţeau cum se scurg clipele în care erau atât de fericiţi. Veneau însă mereu altele şi le aşteptau cu nerăbdare. Plini de egoism. Pentru că nimic nu mai conta, nimic nu mai era important, decât celălalt. Plini de altruism.

Nu-și căutau nicio distracție, niciun eveniment, niciun loc special. Nu aveau nevoie de nimic ca să-și petreacă timpul. Decât de celălalt. Stăteau îmbrățișați, privind în ochii celuilalt, până când unul dintre ei ceda. Și zâmbea, în timp ce toată iubirea din suflet i se revărsa prin privire, înlănțuindu-l pe celălalt. Sau căuta gura celuilalt, cu disperare și cu dor, ca și cum așteptarea ar fi fost prea lungă. Trupurile lor înfiorate se căutau mereu. Își căutau mereu liniștea în celălalt. Ca și cum doar uniți ar fi fost un întreg. Complet și perfect.

Deși erau atât de apropiați acum, tot mai simțea că o intimidează uneori. Știa că e în mintea ei. Știa că doar ea se gândește la asta. Știa că doar ea vede diferențe de netrecut. Își setase în minte o barieră. Și uneori și-o amintea și se poziționa în spatele ei. Vedea că el este nepăsător și ignorant la tot ce ar fi putut părea sau era diferit între ei. Diferența de vârstă îl ajuta să o privească înțelegător, să îi explice și să o învețe cu răbdare, tot ce ea nu ar fi știut. Întotdeauna înțelegător, dar niciodată cu superioritate. Și întotdeauna cu atât de multă răbdare. Atunci când era cu ea sau ea avea nevoie de ceva, nimic nu mai conta, nimic nu-l presa și nu-i mai captiva interesul, decât ea. Ea era cea care se agita și se stresa uneori, până când el o făcea să râdă. Atât de relaxat. Atât de în control.

– Alexander, pierdem avionul! De ce nu m-ai trezit mai devreme?

De multe ori în weekend, fugeau din oraș, în altă țară sau la munte. Li se părea că se bucurau mai mult unul de celălalt dacă erau singuri, acolo unde nu-i cunoștea nimeni.

– Dormeai prea frumos, iubito!

Și o privea cu ochii aceia negri și plini de căldură și zâmbea.

Își amintea cu greu despre ce era vorba:

– Alexander... dar trebuie să ajungem acasă, își amintea ea apoi ce era, dar nu mai reușea să fie convingătoare, nici măcar pentru ea.

– De ce trebuie? o întreba încet și rar în timp ce se îndrepta spre ea ca un prădător, ațintind-o cu privirea, ca și cum ar fi hipnotizat-o.

Dacă la început observase, fără să-i vină să creadă, apoi ținuse minte, acum știa ce efect are asupra ei. Îi plăcea asta la nebunie și nu înceta să o tortureze cu dragoste și cu tandrețe.

Își așeza mâinile pe șoldurile ei rămânând la distanță, în timp ce cu privirea și imaginația o dezbrăcase și făcea deja dragoste cu ea:

– De ce trebuie? îi șoptea atunci.

Dar nu mai suna a întrebare. Era mai mult un adevăr. Că nimic nu trebuie. Decât să se iubească.

– Alexander... mai șoptea ea, în timp ce îi căuta buzele moi și dulci.

La dracu cu toate! Și cu avionul, și cu plecarea acasă. Nu era aici casa ei? Aici, în brațele lui, când o iubea?

Dintotdeauna se gândise cu oroare la trupurile complet goale și la vulgaritatea lor în împreunare. Cu silă pentru salivă, transpirație și tot ce ieșea dintr-un trup uman. Nu-și mai amintea că fusese așa. Nici măcar că se gândise vreodată la asta. Când era cu Alexander totul era atât de natural și de firesc. Nimic nu părea a fi stângaci sau forțat sau nelalocul lui. O făcea să-și piardă mințile și să uite de împotrivirile ei rușinate. Uita că intenționase să se ascundă de el. Uita că ar fi vrut să nu-i arate astăzi trupul ei gol. Trupul pe care el îl venera. Pe care îl explora curios, cu răbdare și fără rușine. Uita că ar fi vrut să nu-i arate cât de mult o înnebunește trupul lui. N-ar fi crezut niciodată că i se va părea frumos un trup de bărbat. N-ar fi crezut niciodată că va dori pe cineva atât de mult. Și nu putea înțelege cum se simțea uneori intimidată de el, când îi dădea în același timp atâta încredere în ea.

O ghida pe nesimțite și fără efort. Nu, nu-i era superior. Ea nu înceta să fie pentru el o minune. Toată lipsa ei de experiență nu-l făcea să se simtă relaxat. Îl provoca să o descopere. Să o înțeleagă. Să o învețe. Să îi învețe trupul. Nu. Lipsa ei de experiență nu era dezamăgitoare, așa cum încercase ea să îi spună odată. A oprit-o mușcându-i buzele, cu grijă, dar cu încăpățânare, ca și cum ar fi vrut să le pedepsească pentru ce rostiseră.

– Lipsa ta de experiență, i-a șoptit apoi, e cel mai dulce lucru de care am avut parte. Lipsa ta de experiență mă înnebunește, i-a șoptit cu pauze lungi și senzuale, care o înfiorau, în timp ce îi dezmierda buzele pedepsite, cu sărutări tandre. Și nu, nu te compar și nu te voi compara niciodată cu alte femei, a răspuns el întrebării ei nerostite.

Și nu făcea asta niciodată. Era iubita lui. Era singura lui iubită. Era prima femeie cu care făcea dragoste și asta nu se putea compara cu nimic.

Dormeau strâns îmbrățișați, ca și cum s-ar fi temut să nu se piardă. Se țineau mereu de mână. Ei i se părea uneori că îi transpiră palma. O desfăcea, o ștergea și îl lua din nou de mână. Nu apuca să mai facă asta a doua oară pentru că nu-i mai dădea drumul.

– Alexander!

– Da, iubito? și îi zâmbea cu un aer aparent naiv.

– Mi-a transpirat palma!

– Și?

– Vreau să mă șterg.

– De ce? o chinuia el.

– E scârbos!

– Pentru cine?

– Pentru tine!

– Cine ți-a spus? Ți-am spus eu asta? se mira el și o făcea să râdă.

I-a desfăcut mâna mai târziu, pentru că se bosumflase, nedreptățită, i-a șters-o de el și i-a împreunat la loc degetele cu ale lui.

Începuse să îl cunoască și să îl vadă dincolo de siguranța lui de sine, de ceea ce odată i se păruse aroganță. Vedea în ochii lui, atunci când îi spunea că o iubește, că e temător, că încrederea în sine e doar o mască. Simțea atunci când îi spunea că o iubește că pune tot sufletul lui în cuvinte. Părea că îi spune mai mult decât atât. Ca și cum toată încrederea și siguranța se datorau doar iubirii lor. Ca și cum dragostea lor ar fi fost totul. Vedea atunci când îi spunea ea că îl iubește, cum ceva se frânge în ochii lui, ca și cum ar fi fost copleșit de atâta emoție. Ca și cum nu-i venea să creadă. Ca și cum nu ar fi meritat. Ca și cum ar fi fost mai mult decât sperase vreodată.

Era mult mai mult decât sperase vreodată. Decât visase. Decât așteptase. Pentru el era ca și cum erau făcuți unul pentru celălalt. Toată așteptarea și dorul de până atunci fuseseră, credea acum, prea puțin pentru fericirea cu care era răsplătit.

Nu era doar o pasiune nebună, ce avea să treacă imediat ce s-ar fi consumat. Aveau prea multe gânduri la fel, aveau prea multe reacții la fel și se completau, compensând ceea ce îi lipsea celuilalt. Aștepta curios momentul în care se vor certa, bănuia că ar trebui să aibă un asemenea moment, dar întârzia să apară. Ori de câte ori credea că merg în direcția asta, unul dintre ei ceda. Inconștient și supus. Nu de dragul de a nu se contra, de a nu se certa. Ci pentru că celălalt reușea să îl convingă. Pentru că celălalt reușea să îl facă să înțeleagă lucrurile, să le vadă așa cum le vedea el sau ea.

– Katalin?

Învârtea una dintre șuvițele ei rebele pe deget. Stătea întins pe spate și ea își sprijinea capul pe pieptul lui, stând deasupra lui.

– Mm? a mormăit ea ușor adormită.

– Noi de ce nu ne certăm?

Ochii albaștri au străfulgerat în sus spre el, treziți de întrebarea lui.

– De ce să ne certăm? a întrebat ea trist, și interpretând întrebarea lui.

A încercat să se ridice de pe el, dar nu i-a dat drumul.

– Nu asta fac cuplurile? Se ceartă uneori?

Și i-a căutat gura, grăbit să îi arate că au doar o conversație și nu e nimic ascuns în întrebarea lui. O cunoștea atât de bine. Știa exact ce se trezise în mintea ei. *„Alexander vrea să ne despărțim!"* De ce era atât de vulnerabilă? Oare nu simțea cât de mult o iubește? Nu-i arăta asta suficient?

– Vrei să ne certăm? l-a întrebat ea curioasă.

– Nu știu. Mă întreb doar de ce nu ne certăm, ca alte cupluri.

– Vrei să fim ca alte cupluri? l-a întrebat ea iritată. Ce nu-ți convine la noi? l-a întrebat ridicând tonul.

Și s-a ridicat de pe el și de pe pat, așteptând în picioare să-i răspundă.

– Păi nu-mi convine că nu ne certăm ca alte cupluri, uite asta nu-mi convine! a izbucnit el furios, cu privirea fulgerând.

Și s-a ridicat și el în picioare. Așteptau amândoi în picioare, încordați și încruntați. Ea a izbucnit prima în râs, în timp ce lumina albastră a ochilor se încălzea de atâta iubire.

– Vino aici! și a trântit-o cu grijă între perne, așezându-se peste ea și imobilizând-o.

Îi mângâia fruntea și conturul fin al feței.

– Te iubesc! Știi asta?

– Da, știu. Și eu te iubesc! și l-a sărutat.

Bănuia unde vrea să ajungă cu întrebarea asta și ar fi vrut să îl oprească. Dar nu avea succes.

– Katalin! s-a desprins el cu greutate de buzele ei. De ce te temi?

L-a privit ca și cum nu ar fi înțeles. Dar înțelegea.

– Dacă știi că te iubesc, de ce te temi? De ce ești nesigură? Din cauza mea? Mă port eu într-un mod care te face să fii nesigură? De tine? De noi?

Nu-i răspundea. Se încruntase ușor și încerca să-i evite privirea. Dar era chiar în fața ei și atât de aproape. Și o întreba atât de blând, încât simțea cum îi deschide sufletul și se uită în el. Acolo unde toate organele iubirii și durerii și temerii că s-ar putea să-l piardă într-o zi palpitau, umede, lucioase și vii, colorate și înghesuite.

O vedea că se încăpățânează să nu-i răspundă. Știa că avea puterea să scoată toate răspunsurile de la ea, dar nu voia asta. Ar fi vrut ca ea să îi spună.

Poate că nu era el, cu toate că mereu se gândea că face el ceva, că e el într-un anume fel. Se întreba dacă de fapt e egoist și dramatic pentru că se așeza mereu pe el, în centrul tuturor acestor momente, dându-și credit pentru tot ce putea inspira în ea. De la iubire, la neliniște. Dar nu era atât de sigur pe el, nici pe departe. Avea mai degrabă tendința de neoprit de a se învinovăți.

S-a ridicat de pe ea, eliberând-o. Nu voia să insiste. Nu voia să o forţeze cu nimic. Nu voia să o manipuleze. Se întristase. Dacă era el, nu-şi dădea seama ce face greşit. Dacă era doar în mintea ei, ar fi vrut să alunge asta, dar nu ştia despre ce era vorba. S-a aşezat pe marginea patului, cu coatele sprijinite pe genunchi.

– Alexander?

L-a mângâiat pe spate. S-a întors spre ea şi i-a zâmbit.

– Nu ştiu de ce sunt aşa. Nu e ceva ce faci tu. E mai degrabă în mintea mea. Mi se pare că...

Aştepta să continue. Liniştit şi înţelegător. Şi atent. Şi cu foarte multă răbdare.

– ...că nu sunt...

De asta nu-i spunea. Pentru că era atât de greu. Şi pentru că s-ar fi supărat. Ştia că se va supăra.

– Nu sunt ca tine, Alexander! a izbucnit ea, pe un ton scăzut. Nu sunt la nivelul tău.

A privit-o lung şi mirat.

– Şi mă tem că într-o zi o să te saturi de asta. Şi o să te pierd, i-a mai spus încet, ca o şoaptă.

Ştia ce-i trecea prin minte. Simţise asta, nici măcar nu era ceva nou. Dar nu înţelegea de ce. Cum ajunsese ea la concluzia asta? Cum ajungea ea mereu la concluzia asta?

I-a luat capul în palme, rezemându-şi fruntea de a ei şi oftând uşor.

– Nu, Katalin, nu eşti la nivelul meu. Tu eşti dintr-o altă lume. Eşti ca un vis. Te-am visat şi te-am dorit mereu şi niciodată în visele mele nu am reuşit să te plăsmuiesc atât de bună, atât de dulce, atât de caldă. În sufletul meu, unde erai doar o idee, ai căpătat contur şi nu te mai pot scoate niciodată de acolo. Şi nici nu-mi doresc. În fiecare zi, mă trezesc uimit că eşti cu mine. Şi adorm plin de recunoştinţă că eşti a mea şi că mă iubeşti. Şi nici măcar nu înţeleg de ce mă iubeşti.

– Te iubesc, Alexander, pentru că îmi spui lucruri, aşa cum mi-ai spus acum, care îmi dau încredere în mine. Te iubesc pentru că simt că aici e locul meu, cu tine. Ca şi cum ne-am fi căutat dintotdeauna.

Te iubesc pentru că îmi place cum îmi simt mâna în mâna ta. Ca și cum acolo este locul ei. Te iubesc pentru că de fiecare dată când te sărut, te sărut pentru că mi-e dor de gura ta. Și e ca și cum te-aș fi sărutat dintotdeauna. Te iubesc pentru toate emoțiile pe care mi le inspiri și toate senzațiile pe care le trăiesc cu tine.

A sărutat-o lung. Înduioșat și copleșit.

— Și pentru că arăți atât de bine, i-a șoptit ea zâmbind larg. Și ești atât de sexy. Și ai cele mai sexy tălpi, i-a șoptit, lipindu-și gura de urechea lui.

Învățase că atunci când gura ei ajungea lângă urechea lui, nu mai avea scăpare. Și îi plăcea să se joace cu focul.

Ana îi scotea de multe ori din casă târându-i la restaurant sau, în ultima vreme, prin câte un bar obscur. Își găsise, în cele din urmă, iubirea care o făcea să râdă, să plângă, să se certe și să se împace. Alexander nu înceta să fie șocat de această alegere, ori de câte ori îl vedea pe Mick. Cu stil, atitudine, valori și vestimentație rock, Mick era cel care sucise mințile Anei. Nu, el nu era nici pe departe un bărbat pe care să îl iei de soț și cu care să faci copii.

— Ce vede la... tipul ăsta? întreba Alexander, cenzurându-se, atunci când comenta cu Katalin. Probabil că este un geniu în pat.

— Alexander!

— Păi altfel cum poate fi cu el?

— Se distrează cu el... i-a răspuns Katalin, dorindu-și să schimbe subiectul.

Nici ea nu-l plăcea pe Mick și nu înțelegea foarte bine alegerea Anei.

— Cum adică? A, deci este un geniu în pat, așa cum am zis! a continuat Alexander, satisfăcut că avea dreptate.

— Nu știu asta!

— Atunci de ce spui că se distrează cu el?

— Așa mi-a spus ea. Că are nevoie să se certe, să se împace, să plângă. Senzații tari. Când se plictisește de el, se întoarce la tipul din Detroit. Cel care e bun să îl iei de soț și să faci copii cu el.

Alexander s-a oprit siderat. Se plimbau pe una dintre străzile înguste ale Vienei, la mijlocul lunii februarie, într-un weekend. Şi el, care trăia cu impresia că a cunoscut destul de multe femei și că înțelege destul de bine modul lor de a gândi. A privit-o lung pe Katalin.

– Cum adică senzații tari? Nu-i venea să creadă. Stai puțin! Voi, femeile, vă doriți asta?

– Nu, Alexander, nu toate femeile ne dorim asta!

– Atunci?

– Atunci, o parte dintre noi, sau poate toate, într-o anumită măsură, a recunoscut ea după ce a făcut o pauză, ne dorim „un băiat rău" în viața noastră.

– Da! Da! Am mai auzit asta și nici atunci nu mi-a venit să cred! Şi cum rămâne cu florile, cu ușa deschisă, cu inimioarele și toate astea?

– Şi astea! Ne dorim și inimioare și flori și toate chestiile astea romantice.

Alexander s-a oprit din nou. El era sau nu „un băiat rău"? Şi Katalin își dorea și ea sau nu „un băiat rău"? A privit-o, așteptând răspunsurile la aceste întrebări pe care nu le rostise, dar erau evidente. Katalin a început să râdă și și-a întors privirea.

– Nuuu! Şi tu?

Nu-i venea să creadă. Katalin râdea în continuare entuziasmată. Deci și ea își dorea „un băiat rău" în viața ei. Şi el era sau nu unul? Că sigur nu se vedea așa.

– Stai puțin! Stai puțin, să ne lămurim! a prins-o el de mână. Şi eu ce caut în povestea asta? Că eu nu cred că sunt „un băiat rău".

A plecat mai departe, râzând în continuare.

– Katalin! a strigat-o el, pentru că se oprise pe loc în urma ei.

– Ce? s-a întors ea spre el.

– Şi tu vrei „un băiat rău" în viața ta?

– Îl am deja, i-a răspuns ea și s-a oprit zâmbindu-i tandru.

– Eu? s-a mirat el. Cum sunt eu „un băiat rău"?

Aștepta în fața ei și îi cerea din priviri explicații.

– Pentru că mă intimidezi uneori. Pentru că mă domini uneori. Pentru că știi și faci niște lucruri... pe care probabil doar „băieții răi" le știu și le fac, i-a spus roșind ușor. Pentru că niciodată nu sunt sigură de tine. Pentru că atunci când te încrunți aproape că mi-e teamă de tine. Pentru că i-ai spart nasul unui tip într-o fracțiune de secundă, doar pentru că mi-a pus mâna pe umăr. Pentru că uneori... a făcut ea o pauză.

– Uneori? a întrebat el curios și nerăbdător.

Da, era chiar el în imaginea zugrăvită de ea, dar nu se gândise niciodată că asta înseamnă „un băiat rău".

– Uneori... nu ții cont de nimic și mă faci să îmi pierd mințile.

– Cum adică?

Asta era ceva nou. Despre ce vorbea?

– Mai ții minte când trebuia să plec într-o dimineață și m-ai întors din drum?

– Fii mai specifică! Am făcut asta de mai multe ori, a zâmbit el, ușor malefic.

– Ți-am spus că trebuie neapărat să ajung la facultate.

– Și?

– Și nu m-ai lăsat să plec. M-ai întors de la ușă. Eram îmbrăcată, încălțată, gata să plec.

– Și ce-am făcut?

– Alexander! M-ai dezbrăcat și ai făcut dragoste cu mine pe hol! Nu am mai ajuns deloc la facultate!

– Da, sigur că îmi amintesc. A fost o dimineață extraordinar de frumoasă. Credeam că și ție ți-a plăcut!

– Alexander!

– Katalin, nu te-am violat! Niciodată, din câte îmi amintesc. Ce-mi reproșezi acum? și i-a zâmbit larg. Aflu și eu cu această ocazie că sunt „un băiat rău" și de fapt ție îți place asta. Sau nu?

– Ba da! a recunoscut ea fără replică.

– Aș vrea să știu de ce te intimidez și de ce te domin? Și de ce ție îți place asta? a continuat întunecat și fără să zâmbească.

Și o făcea chiar acum.

– Pur și simplu! Nu cred că e ceva intenționat. Și nici nu cred că îți pot explica.

– Dar ce fac? Că nu mai vreau să fac asta! Cum adică să te domin? Ești iubita mea, nu ești o supusă!

L-a luat de guler și l-a sărutat lung.

– Alexander, te iubesc!

– Katalin, și eu te iubesc! Dar de ce te intimidez? Nu vreau să fac asta!

– Știu că nu vrei! Nu are legătură cu ce faci! a zâmbit ea ștrengărește. Îmi place că ești așa.

Cine mai putea să le înțeleagă? s-a întrebat el privind-o lung.

– Și Detroit? a întrebat el după o vreme.

– Detroit? s-a mirat ea.

– Da. Detroit o așteaptă?

– Da, Detroit o așteaptă. Oricât, zice ea.

– Bietul amărât. Stai puțin, poate și el e puțin „un băiat rău".

– Nu.

– Deloc?

– Deloc!

– De ce sunteți așa sigure?

– Nu știu! Așa zice Ana!

– Și ce are de gând? Să îl ia de soț și facă copii cu el?

– Dacă lucrurile merg între ei și ajung acolo...

Niciunul nu a mai spus nimic. Amândoi se gândeau însă la același lucru. Oare ei vor ajunge acolo? Cum știi când ajungi acolo? Își doreau să ajungă acolo?

Katalin nu știa dacă asta își dorește în viață. I se părea oricum prea devreme să se gândească la asta. Probabil că la un moment dat își va dori copii. Cu Alexander? Probabil că își va dori copii cu Alexander. Îl iubea și nu mai vedea viața fără el. Dar nu se gândise atât de departe. Cu atât mai puțin avea un obiectiv din asta. Din a se mărita și din a avea copii.

Alexander era deja hotărât că nu-și dorește copii. Ar fi însemnat să o împartă cu o ființă care ar fi avut permanent nevoie de ea și era un argument în plus față de tot ce crezuse până atunci, ca să nu-și dorească copii. Da, știa cât e de egoist. Știa cât e de rece și de insensibil. Admitea că era posibil ca la un moment dat să gândească altfel. Dar nu acum. Acum nu se mai sătura de ea. Acum era egoist și o dorea doar pentru el. Dacă se căsătoreau sau nu, îi era perfect egal. O hârtie nu schimba cu nimic ce simțea pentru ea. Dacă ea și-ar fi dorit-o, poate că ar fi făcut asta. Chiar dacă despărțirea ar fi însemnat atunci și un divorț, îi completa în minte gândirea lui rece, pesimistă, care nu credea că se vor iubi pentru totdeauna. Și începea să simtă, tot mai mult, că el o va iubi pentru totdeauna. Sau își dorea asta atât de mult încât încerca să se convingă că asta simte?

Dar dacă ea își dorește copii? l-a străfulgerat un gând, năucindu-l. *Dacă ea își dorește copii cu el?* A privit-o lung în timp ce mergea în dreapta lui și el își sprijinea ușor mâna pe umărul ei. Ochii albaștri l-au privit lung și întrebător. I-a zâmbit și și-a întors privirea spre înainte. Gândul ăsta era atât de înspăimântător că nici nu-l suferea în minte. Cu atât mai mult îi era teamă să o întrebe asta. Dacă i-ar fi spus da? Dacă ea își dorea asta? Doar gândul în sine era copleșitor. Pe ea o iubea cel mai mult, asta era clar. Mult mai mult decât se gândea sau îi păsa de sine. Ceea ce își dorea ea era cel mai important lucru. Dacă ea și-ar fi dorit ceva, era în stare să răstoarne lumea pentru asta. În mod ciudat, nu-i cerea niciodată nimic. Și îl surprindea mereu că nu-i cerea nimic. Dacă ea și-ar fi dorit un copil cu el, ăsta ar fi fost un coșmar. Doar ideea îi dădea fiori reci. Copilul nu putea fi decât un boț de carne, roșu și congestionat, urlând din toate puterile. Imaginea era mai mult decât înspăimântătoare. Prefera să nu se gândească la asta. Nu putea să se gândească la asta. Spera ca, la douăzeci și trei de ani, Katalin să nu-și dorească copii.

Revelația gândului a fost atât de puternică încât nu i-a mai ieșit din minte câteva zile la rând. Îl chinuia atât de mult încât voia să o întrebe, să încerce cumva să afle, doar ca să scape de anxietate. Măcar să nu mai trăiască în incertitudine. Măcar să îi fie clar. Oricare ar fi fost răspunsul.

– Alexander? Ce te frământă? l-a întrebat senină, ca o dimineață însorită.

Dacă vrei să ai copii cu mine! asta mă frământă, i-a răspuns el în gând. *Tu ești frumoasă și senină ca o dimineață însorită și eu, ca un idiot, nu pot scăpa de furtuna acestui gând.*

– Nimic, iubire!

– Știi că nu mă poți păcăli?

– Dar nu te păcălesc!

– Ba da! Știu sigur când ceva te frământă sau te nemulțumește, pentru că linia asta de aici, și l-a sărutat apăsat între sprâncene, se adâncește și se alungește.

– Asta e din cauză că sunt bătrân, a încercat el o glumă.

– Termină cu prostiile și spune-mi despre ce e vorba.

De câteva zile, îl simțea îngândurat. Și dacă dura de câteva zile însemna că ceva îl frământă și încă nu-și găsise răspunsul. Îi plăceau la nebunie ocaziile rare, în care ea putea lua rolul celui matur, înțelept și sfătuitor. Din păcate pentru ea, nu avea foarte des ocazia asta. De cele mai multe ori, ea era cea nedumerită și indecisă în fața întâmplărilor vieții.

El nu putea însă deschide oricum cutia Pandorei. Nu era un subiect atât de ușor, așa încât acum nu știa ce să-i răspundă.

– Are legătură cu ceea ce îți dorești tu? a insistat ea.

A privit-o nedumerit.

– Lucrul acela pe care ți-l doreai tu cel mai mult, dar nu mi-ai povestit despre ce era vorba. Îți amintești?

Discuția devenea profundă, invazivă, și nu se simțea deloc confortabil. Nu voia să vorbească despre niciunul dintre subiecte acum. Era momentul lui să atace ca să scape din asta.

Așa încât a luat-o în brațe, i-a mângâiat șira spinării și a sărutat-o. Întâi mai încet, apoi din ce în ce mai nerăbdător. Și bluza ei a zburat prin aer.

– Alexander! Știu ce faci!

– Și eu știu ce fac, i-a răspuns printre sărutări. Nu sunt chiar așa de bătrân!

– Nu! Știu ce faci! Îmi distragi atenția! s-a bosumflat ea.

A ridicat-o, încolăcindu-i picioarele după mijlocul lui și sprijinindu-i fundul pe brațe. Îl ținea de gât, dezbrăcată până la mijloc, încruntată și fulgerându-l cu ochii albaștri. Se obișnuise să nu-i mai fie rușine de el și nu-i păsa acum că e în brațele lui, cu sânii goi, în lumina plină a zilei. Îl certa din priviri că nu împărtășește cu ea ce-l frământă. Își câștigase dreptul de a ști și de a-l certa pentru asta. Și era atât de dulce. Furioasă și goală. Nervoasă și ispititoare. Mica lui zeiță.

– Am câteva lucruri care trebuie rezolvate la firmă, a mințit-o el ca să scape. Cu nonșalanță, privind-o în ochi, pentru că se hotărâse că o va întreba, dar nu acum. Și le voi rezolva. În ceea ce privește ce-mi doream eu, a urmat el pentru că ea aștepta în continuare răspunsuri cu atitudine și la înălțime de regină, nu mai contează. Pentru că de când sunt cu tine nu-mi mai doresc nimic altceva. Și o privea în continuare în ochi, pentru că îi spunea adevărul. În schimb, acum, dacă nu mai ai alte întrebări, sau chiar dacă mai ai, a completat malefic, îmi doresc să fac dragoste cu tine.

– Îți plac copiii, Katalin? a căzut într-o zi întrebarea din senin și pe un ton egal de parcă ar fi întrebat-o dacă a început să plouă.

Cafeaua se răcise pe masa din bucătăria ei, în timp ce Alexander citea un ziar, iar ea picta flori galbene pe un bol. Nici măcar nu se uitase spre ea. Bănuia că întrebarea asta nu era atât de nevinovată pe cât încercase el să o facă să sune. Credea că e mai prudent să afle mai multe înainte de a-i răspunde.

– De ce?

Nu și-a scos nasul din ziar, dar îi vedea ochii deasupra foilor și tocmai îi mutase pe pagina din dreapta.

– Sunt curios, a răspuns el simplu, ca și cum purta o conversație banală în timp ce își citea ziarul.

Alexander era și el vulnerabil. Și nesigur. Altfel nu își explica de ce n-o privește. Niciodată nu-i vorbea fără s-o privească. Și acum nu era ca și cum ar fi întrebat-o ce face mâine. A înțeles rapid că altceva voia să afle, dar de ce voia să afle asta? El își dorea? Era cu șapte ani mai mare, putea fi momentul ca el să își dorească o familie acum. Sau poate că de fapt el nu-și dorea copii?

– Vorbim de copii în general? De copiii altora? Sau dacă îmi doresc eu copii?

În confruntarea invizibilă care se purta deasupra capetelor lor, ea oprise brusc învăluirea lui tactică, îl dezarmase și își oprise sabia în dreptul feței lui, așteptând reacția. Atacul direct îl luase prin surprindere. Oricât se gândise la subiect, nu reușise să formuleze altfel întrebarea. Desigur că generase un domino și toate întrebările care au căzut după îl încolțeau pe el acum.

Ziarul nu-i mai era demult de niciun folos. Pe cine păcălea? L-a împăturit încet și neglijent. Momentele în care ea îl domina erau rare, dar fără îndoială. Compensau și depășeau toate momentele în care el o intimida, în același mod în care o făcea ea acum, fără să vrea și fără să știe.

– Îți dorești copii? a întrebat-o el direct, privind-o țintă în ochi, cu ochii lui negri și de data asta, necruțători.

Îndepărtase sabia ei și pumnalul din mâna lui strălucea așteptând.

– Nu m-am gândit la asta încă. Probabil că la un moment dat îmi voi dori copii. Nu este ăsta rostul nostru? Nu asta își dorește lumea în general?

– Parcă nu voiai să mergi cu valul, Katalin! a reacționat el rapid, încruntându-se, spunându-i fără cuvinte că nu-i pasă ce își dorește lumea în general. Tu îți dorești, Katalin?

Continua să atace, deși ea fluturase un steag alb. De data asta n-o mai intimida. Înțelegea după reacția lui că probabil purtase conversația asta singur de mai multe ori. Și probabil că pentru el răspunsul era nu. Probabil că el nu-și dorea copii. Vedea în ochii lui și simțea, în cuvintele rostite şi în cele nerostite, încăpăţânarea şi frustrarea şi durerea lui.

– Nu-mi doresc acum. Dar probabil că peste ani o să-mi doresc.

Întrebarea de care se temuse atât de mult n-a urmat. N-ar fi ştiut ce să-i răspundă. Ar fi fost ultima lovitură. Chiar şi fără ea, se simţea tot învins.

Frustrarea şi neputinţa îl făcuseră să fie aproape agresiv şi se ura acum pentru asta. Poate că ar fi trebuit să îşi ceară iertare. Dar pentru ce îţi ceri iertare? Pentru nimicuri, pentru o banalitate care poate fi iertată doar pentru că ai spus că îţi pare rău. Dar când simţi că tonul şi replica şi întrebarea au fost necruţătoare cu iubita ta, cu cea mai importantă fiinţă din viaţa ta, cum îţi ceri iertare? E ca şi cum ai încerca să minimizezi ce-ai făcut. Şi cum ai putea fi iertat?

Parcă nu voiai să mergi cu valul, Katalin! De ce i-a spus asta şi cu drept? A sunat ca un reproş. Şi nu avea nimic să-i reproşeze. Reproşurile erau toate pentru el. El era neputincios. Neputincios să îi împlinească dorinţa asta atunci când ea va deveni reală. Era cu neputinţă să o împartă cu cineva, chiar dacă acel cineva ar fi fost întruparea iubirii lor. Cum ar fi suportat asta? El care se simţea uneori atât de egoist încât şi-ar fi dorit ca nimeni să n-o privească. Ca şi cum privirile celorlalţi i-ar fi furat o bucăţică din ea. Ca şi cum ar fi pierdut-o treptat, cu fiecare imagine a ei care se reflecta în ochii celorlalţi. Şi ar fi rămas pierdută pentru totdeauna, dispersată în miile de perechi de ochi care o văzuseră vreodată. Fiinţa asta gingaşă şi delicată şi ireală, care printr-un miracol îl iubea pe el. Care îi dădea lui sărutările ei dulci. Care îi dăruia lui trupul ei subţire şi alb, fin şi răcoros, ca o mătase. Care îl înţelegea şi îl lăsa să vadă lumea prin mintea şi prin sufletul ei. Egoist şi gelos, ştia că nu e a lui să facă ce vrea cu ea. Nici n-ar fi vrut asta. Şi totuşi era a lui. Era parte din el. O iubea atât de mult că o simţea în trupul lui atunci când trăgea cu putere aer în piept. O simţea atunci când se sufoca şi nu-şi găsea liniştea decât în sărutarea ei. O simţea parte din trupul lui, din mintea lui, din sufletul lui. Sufletul lui, în care picura acum durerea pentru cum îi vorbise și pentru cât de neputincios era. Își lăsase capul în piept copleșit. Îndurerat și rușinat. Și trist. Deasupra capetelor lor, lupta imaginară încetase și aurele lor se priveau așteptând. De ce? De ce a vrut să afle? Oricum nu aflase nimic nou și totul era așa cum se așteptase. Cuvintele spuse nu le mai putea lua înapoi și asta îl sufoca. Se simțea ca și cum ar fi murdărit, ca și cum ar fi umbrit dragostea lor, povestea lor atât de frumoasă.

Mâinile mici și reci i-au mângâiat obrajii și i-au ridicat fața spre ea.

Nu era prima dată când i se părea că de fapt alte întrebări și alte răspunsuri ar fi trebuit rostite. Nu-i spunea întotdeauna ce era în spatele frunții îngândurate. Intuia de multe ori că subiectul e altul, ca și cum ar fi vrut să îi dezvăluie și să afle, dar nu îndrăznea sau se temea să nu dezvăluie prea mult.

Se încăpățâna să n-o privească, deși îi ținea obrajii în palme și era aproape de el. De fapt, nu îndrăznea s-o privească, dar nu ar fi crezut asta niciodată.

– Alexander, uită-te la mine, l-a rugat șoptind cu tandrețe.

Privirea lui sclipea trist și rece. Ca și cum n-ar fi fost aici.

– Ce se întâmplă, Alexander? l-a întrebat speriată. Ce s-a întâmplat?

Și-a așezat mâinile pe talia ei subțire.

– Îmi pare rău că m-am purtat așa... că ți-am vorbit așa. Te iubesc atât de mult! Știu că sunt un egoist nenorocit, dar te vreau doar pentru mine. Doar gândul că ar trebui să te împart cu altcineva mă înnebunește.

– Despre ce vorbești?

– Despre faptul că nu voi putea să te fac fericită mereu. Îți vei dori copii la un moment dat, atât de mult, încât doar asta te va face fericită atunci. Și nu cred că eu pot să fac asta, să fiu parte din asta.

– Alexander!

Ar fi vrut să îl facă să tacă. Nu voia să audă asta. Nu era pregătită pentru asta și nu era nevoie să audă asta acum.

– Ba da! Trebuie să auzi asta! Trebuie să știi în ce te bagi! Eu nu-mi doresc copii, Katalin. Nici acum și nici mai târziu.

– De ce faci asta? De unde știi că n-o să-ți dorești?

– Pentru că am hotărât asta cu mult timp în urmă. Pentru că nu vreau o viață obișnuită. Pentru că nu cred în familie și în copii și în toate chestiile astea.

– Și? Îmi spui toate astea pentru că te aștepți să le accept?

Era rândul lui să îi cuprindă fața în palme și să o privească în ochi.

– Katalin, eu nu sunt un tiran! Nu mă aștept la nimic. Îmi doresc doar să fii fericită. Și mă doare când mă gândesc că la un moment dat fericirea ta va depinde de asta și eu voi fi incapabil să ți-o ofer. Cel puțin așa mă simt acum.

– Alexander, cum am ajuns la subiectul ăsta?

– Katalin, te iubesc! Nu pot să-mi imaginez viața fără tine. Cred că e corect să îți spun ce simt, ce cred și ce pot să îți ofer.

– Nu vreau să mai vorbim despre așa ceva!

– Ba da! Vreau să știu ce crezi! Vreau să știu ce simți despre asta!

– Alexander, în momentul ăsta nu cred nimic și nu simt nimic în legătură cu ce mi-ai spus. E prea devreme să mă gândesc la asta. Mă surprinde însă că ești atât de vehement și atât de hotărât. Nu înțeleg cum ai ajuns la decizia asta și de ce e atât de important pentru tine. Dacă vom ajunge vreodată în acest impas și ne vom dori să mai fim împreună unul dintre noi ar trebui să se sacrifice. Întrebarea este dacă atunci va mai fi vreunul dintre noi fericit. Dar acum nu-mi pasă de asta. N-am nevoie de nimic. Nu-mi doresc nimic. Decât pe tine. Să te iubesc. Și tu să mă iubești. Așa cum mă iubești acum. Gelos și egoist. Și sufocant. Și fără să suporți să mă împarți cu nimeni.

Își găsea mereu și mereu liniștea în ochii albaștri și în buzele mici și calde care îi sărutau acum linia dintre sprâncene, vârful nasului și gura. Făcându-l să uite că îl frământase un gând, *oare ce era?* și energiile lor se întâlniseră într-o luptă nevăzută, *pentru prima oară!* explorând. Stele albe de lumină treceau pe lângă el și viteza lor năucitoare îl făcea să-și piardă mințile.

XXV

Realiza că viața lor este prea frumoasă, că se iubesc prea mult și că sunt prea fericiți. Se temea de deznodământul dramatic și violent ca o furtună. Nu, despărțirea lor nu putea fi banală, trebuia să fie la fel de intensă și de frumoasă ca iubirea lor.

Alunga mereu înspăimântat gândurile negre care îi dădeau târcoale și nu i le putea împărtăși nici măcar ei. Ei, care era mai aproape de el decât fusese cineva vreodată. Și acum nu mai era doar o imagine. Era o ființă vie. Râdea și plângea și visa și iubea. Îl iubea pe el. Și se strecurase și mai adânc în sufletul lui. De parcă asta s-ar fi putut. Cu ochii ei albaștri, cu gropițele din obraji, cu râsul ei cristalin și cu *„Alexander, te iubesc”* atât de firesc și de acceptat, pentru totdeauna, de parcă sfârșitul vieții poate să vină, că eu te iubesc. Straniu, cum o altă ființă umană, care nu e sânge din sângele tău, ajunge să îți fie atât de apropiată. Se trezea în miezul nopții înspăimântat și îl liniștea doar respirația ei adormită din așternuturi. Era aici și era a lui. Și nu înțelegea ce făcuse de meritase asta. Și o strângea tare în brațe, lipind-o de el. Era oare răsplata pentru atâția ani de așteptare, de chin, de speranță și de dor? Măcar de nu s-ar termina. De nu s-ar termina niciodată, îi mai spunea un gând ascuns, pe care îl renega atunci când îl înțelegea. *Nu. Nu cu orice preț. Și nicio iubire nu poate fi nemuritoare.*

A dat de atâtea ori târcoale mărturisirii care își aștepta eliberarea, fără să își găsească niciodată curaj pentru ea. Nu mai știa dacă adevărul apăsător, că o iubește de când își poate aminti, e grav sau banal, dacă se va speria sau va fi impresionată. Trecea de la un gând la altul, haotic, disperat să se salveze. Disperat că ar putea să o piardă. Își dorea uneori, aproape conștient, ca ceva sau cineva să îl dea de gol. Să îl împingă ceva sau să îl oblige cineva să îi dezvăluie totul. Poate că la urma urmelor nu era atât de straniu, de nefiresc. Își amintea că lui Patrick, atunci când îi povestise ce se întâmplă cu el, nu i se păruse ceva ieșit din comun. Mai degrabă avea un aer amuzat, ca și cum nu i-ar fi venit să creadă.

Cine ar putea crede? Că nici lui nu-i venea să creadă câteodată. Poate că nu era adevărat. Poate că nu trebuia să îi spună nimic, că nu era adevărat. Și dacă nu era adevărat, el de ce se chinuise atât de mult? El ce așteptase mereu? De ce fusese dintotdeauna atras de ea ca un magnet? Concluziona mereu că trebuie să omită acest detaliu din viața lor. Știa că atunci când va afla, printre altele, nu va mai avea încredere în el. Dar ar fi fost oare vreun moment potrivit să îi spună asta? Când a cunoscut-o? *„Bună! Eu sunt Alexander și te iubesc de când erai un copil. Te urmăresc mereu de atunci și îmi urmez viața astfel încât să fiu aproape de tine.”* Cu siguranță n-ar mai fost acum aici dacă i-ar fi spus.

La începutul lui aprilie, vremea era încă rece. Frunzele se încurajau timid să își deschidă verdele crud în ploaia care nu mai contenea de două zile.

În birou, Alexander trimitea câteva mesaje de pe laptop. S-a apropiat și s-a aplecat, înlănțuindu-și brațele după gâtul lui.

— Termin imediat, i-a spus și a sărutat-o prinzând-o ușor de cap.

A început să se învârtă în jurul lui aparent răbdătoare, după care s-a așezat cu fundul pe biroul lui, ca din întâmplare. El a început să râdă.

— Da, iubita mea? a întrebat-o el zâmbind.

Era îmbrăcată cu un tricou de-al lui care, evident, îi era mare, și în picioare își luase niște șosete, tot de la el, tot prea mari pentru picioarele ei mici. N-o întrebase niciodată de ce face asta, dar îi plăcea să o vadă în hainele lui. Și uneori îi plăcea să le îmbrace el după ce le purta ea, pentru că îi păstrau mirosul.

Fusese plecat toată săptămâna și astăzi era cea de a doua zi pe care o petreceau împreună nedespărțiți. Katalin nu a mai vrut să plece nicăieri în weekendul acela, așa cum făceau de obicei. I s-a părut că dacă sunt plecați se bucură mai puțin de el, că trebuie să îl împartă cu toți oameni cu care ar fi fost nevoit să vorbească. Și îi lipsise toată săptămâna atât de mult. Așa încât s-au încuiat în casă.

– Nimic! a zâmbit ea ștrengărește. Voiam doar să îți atrag atenția.

Și-a ridicat capul spre ea, așteptând ca ea să se lase în jos și a sărutat-o.

– Te iubesc! Ai toată atenția mea. Hai să facem ce vrei tu! Termin aici mai târziu.

– Nu, nu! Termină acum! Nu voiam să facem ceva. Doar îmi era dor de tine.

S-a dat jos de pe birou și s-a apropiat în liniște de biblioteca din spatele lui.

Ploaia bătea în rafale subțiri și zgomotoase în geam. Era duminică dimineață. Și nu aveau să uite asta niciodată.

– Alexander? l-a chemat ea, își timp ce desfăcea cu foșnet slab hârtia groasă de carton.

A știut din momentul în care i-a rostit numele. Era ca și cum lumea și timpul ar fi rămas pe loc și doar gândurile lui se derulau cu viteză. Se simțea izbit ca de un șoc nevăzut, în timp ce se albea la față și avea senzația că o greutate invizibilă îl trage în pământ. Uitase ușa seifului deschisă. Probabil că ea se uitase înăuntru și găsise portretele. În afară de ce îngropa cu atâta spaimă în sufletul lui, nu avea nimic să îi ascundă și îi spusese asta de mult. Putea să se uite unde voia și să facă orice cu lucrurile lui, fără să îl întrebe sau să îi spună. Așa încât faptul că se uitase în seif era firesc. Ce naiba căutase el în seif? Și de ce avea un seif, în orice caz? În afară de faptul că încuiase portretele ei nu avea nicio altă utilitate reală. Probabil că mai băgase documente acolo și acum avusese nevoie de ele.

– Da? a răspuns moale, ridicându-și capul, dar fără să se întoarcă spre ea. „Ce sunt astea?" anticipă el ce avea să îl întrebe, fără puterea de a anticipa ce să-i răspundă.

– Ce sunt astea?

S-a ridicat și s-a întors atunci spre ea, rezemându-se de birou. Îl privea nedumerită, cu un zâmbet vag.

– Sunt patru tablouri. Cu tine. Cu imaginea ta, a răspuns el moale, așteptând următoarea întrebare.

În minte a zvâcnit un gând tentant să o mintă și să-i spună că le-a găsit undeva și le-a cumpărat ca să îi facă o surpriză, dar că nu știe ce e cu ele. Ce rost mai avea? Nu așteptase momentul ăsta? Nu trebuia să se întâmple asta? Nu spera el mărturisirea acestui păcat?

– Și ce caută aici? De unde le ai? l-a întrebat încet.

Părea că începe să realizeze absurdul situației și să se sperie.

– Sunt aici pentru că am vrut să le păstrez. Le am pentru că le-am comandat unui fotograf.

– Alexander, imaginile astea nu sunt recente, a îndrăznit ea, sperând să se înșele.

– Nu sunt recente. Sunt de acum trei ani.

De acum era palidă. În afară de chinul mărturisirii, își simțea sufletul sfâșiat că îi făcea asta, că o speria, că îi va spulbera toată încrederea, că probabil o va marca cu acest secret. Nu doar că nu o mai proteja acum, ci el era cel care îi făcea rău.

– De ce ai fotografii cu mine de acum trei ani? Și cum adică le-ai comandat? Adică le ai de trei ani? Asta îmi spui? Că ai fotografii cu mine, de care eu nu știu, de acum câțiva ani?

Rostise toate întrebările fără pauză și pe un ton din ce în ce mai ridicat și mai agitat.

O privea lung, încercând să se hotărască la ce întrebare să îi răspundă și cu ce să înceapă.

– Alexander, vorbește cu mine te rog! Ce e asta? E o glumă? l-a întrebat rugându-l din priviri și sperând că ăsta ar putea fi răspunsul.

– Nu este o glumă, Katalin, i-a răspuns el încet și calm, contrastând cu tonul ei agitat. Este cel mai serios lucru din viața mea.

– Despre ce vorbești, Alexander? Ce e asta? Ce se întâmplă? Tu mă știi de mai demult?

– Katalin, eu te știu de mult mai mult timp decât ne cunoaștem noi. Și te iubesc de tot atâta timp, i-a mărturisit încet.

– Și mă urmărești? M-ai urmărit, adică? l-a întrebat sugrumată.

– Nu! Da... nu știu, Katalin. Nu știu ce înțelegi tu prin asta, că te-am urmărit. Probabil că într-un fel te-am urmărit, pentru că aveam nevoie să te văd, pentru că aveam nevoie măcar să te văd dacă nu erai a mea.

– Adică sunt o obsesie a ta? a reușit să îl întrebe în timp ce lacrimile începuseră să-i împăienjenească privirea.

– Nu! Nu ești o obsesie. Te iubesc, Katalin! Te-am iubit dintotdeauna!

– Dintotdeauna? Ce înseamnă dintotdeauna? De când am venit aici, în oraș?

– Nu, Katalin... probabil că te iubesc de când erai un copil.

– Ești un nenorocit! Un obsedat! i-a strigat fără să se mai poată stăpâni.

Mintea ei procesase agitată toate informațiile și încerca să așeze acum toate fragmentele la locul lor. Înțelegea că fusese victima unei minciuni, a unei farse.

– Nu, Katalin! Nu spune asta! a rugat-o el îngrozit. Te implor, nu spune asta! Nu face ca totul să pară atât de bolnav!

– Să pară bolnav? Păi e bolnav! Tu ești bolnav! i-a șuierat printre dinți. Trecuse de la spaimă la revoltă și la repulsie. Cine era omul ăsta, de care credea că se îndrăgostise? Era un monstru. O urmărea de ani de zile doar ca să o atragă în capcană acum. Nici nu o iubea probabil. Cum poți să te îndrăgostești de un copil? Cum poți să hotărăști, obsesiv, pentru ani de zile, că iubești o persoană pe care nu o cunoști?

Și-a ridicat capul cu ură, doar ca să se întristeze și să se înduioșeze într-o fracțiune de moment, privindu-l. Cu o paloare cadaverică, cu ochii negri mari și triști și goi, nu îndrăznea să o privească continuu. Trecea fugitiv cu privirea deasupra ei, implorând-o vinovat. Toată dragostea dintre ei era mai puternică și mai persistentă decât tot ce aflase acum.

– Alexander, e ceva adevărat din ce am trăit noi? l-a întrebat, în timp ce lacrimile au început să se prelingă pe obraji.

– Katalin, te iubesc! Cuvintele astea mi s-au părut întotdeauna prea sărace și prea seci ca să exprime ce e în mintea și în sufletul meu și ce simt pentru tine. Tot din ce am trăit noi e adevărat. Pentru mine totul a fost adevărat. Nu am putut să îți mărturisesc ce ai aflat acum. Nu știu de ce niciun moment nu mi s-a părut suficient de bun. De câte ori am încercat, niciodată nu am reușit să o fac. Crede-mă că am încercat, am încercat să îți spun.

– Și ce te-a oprit?

– Teama că s-ar putea să nu mă înțelegi, că s-ar putea să te sperii, ca acum. Teama că te voi pierde, Katalin. Nu vreau să te pierd, și a încercat să se apropie de ea ca să o ia în brațe.

– Nu te apropia de mine! i-a șoptit ea speriată, ca și cum apropierea lui ar fi panicat-o.

Nu avea să uite niciodată expresia de pe chipul ei. Ochii aceia mari și albaștri, îngroziți în apropierea lui, ca și cum ar fi fost o bestie, i-au frânt inima. S-a îndepărtat de ea îngrozit, scârbit de sine. Ar fi vrut să moară chiar atunci.

Se gândea să plece, dar era încă intrigată, curioasă să afle mai multe din povestea asta al cărei subiect principal era.

El se lăsase moale și fără putere în fotoliul de lângă geam. Nu-i mai păsa ce urmează. Îi era clar că o pierde și nu mai e nimic de făcut. Măcar de n-ar mai fi cunoscut-o, măcar de ar fi rămas doar o obsesie în mintea lui. Acum, după ce o cunoscuse, sentimentele lui erau amplificate de mii de ori. Dacă înainte i se părea că fără ea doar supraviețuiește și că viața nu are sens, acum i se părea imposibil să mai existe.

– Tu erai tânărul cu plete și cu barbă care mă urmărea? l-a întrebat, amintindu-și de Zaine.

– Da...

– Și atunci de ce nu mi-ai spus niciodată nimic? Eram un copil. Nu aveai curajul să îmi spui asta când eu eram un copil?

– Tocmai, Katalin, i-a răspuns după ce a privit-o atent și a văzut că nu e ironică, ci doar nu observă ce era evident, tocmai pentru că erai un copil! Cum ar fi fost ca un bărbat de douăzeci de ani să te oprească pe stradă și să îți spună ce te iubește? Nu ți s-ar fi părut stupid? Nu te-ar fi speriat? Nu le-ai fi spus părinților tăi? Crezi că eu voiam să cred asta atunci? Crezi că eu puteam să accept asta atunci? Nici eu nu știam ce mi se întâmplă. Și nu eu am ales! Nu eu am decis să mi se întâmple asta! i-a spus ridicând tonul, cu frustrare în glas.

– Și când ai început să crezi că mă iubești? l-a întrebat iritată.

– Atunci când am văzut că timpul și distanța nu mă vindecă de tine și tot la tine mă gândesc. Când vedeam că mă întorc acasă, în locul în care erai tu, doar ca să bântui zile întregi pe străzi până reușeam să îți văd silueta de la distanță, măcar pentru câteva clipe. Atunci când ai fost atacată și am simțit că înnebunesc gândindu-mă la ce ți s-ar fi întâmplat dacă eu nu eram acolo. Știai că am fost atât de orbit de furie încât aproape i-am omorât? Și nu pentru că aș fi fost atât de puternic, ci pentru că eram înspăimântat și turbat la gândul că voiau să îți facă rău.

Acum, că totul ieșise la iveală, de ce nu i-ar da toate detaliile, de ce nu ar face-o să înțeleagă cum a fost viața lui fără ea? Aproape că îi făcea plăcere să îi povestească, cu patimă și cu sete, cât de mult o iubise. De când își aștepta această mărturisire eliberarea?

– Am înțeles atunci când am văzut că nu reușesc să iubesc nicio femeie care apărea în viața mea. Mă trezeam strigându-le cu numele tău, de dor ce îmi era de tine. De ce credeai că au fost atât de multe? Te-am căutat mereu, în fiecare dintre ele și nu te-am găsit în niciuna. De ce credeai că stau aici? Ți-am spus mai demult și vorbeam serios că m-am mutat aici pentru tine. Am urmărit luni de zile un apartament în clădirea asta și atunci când a apărut am plătit de două ori prețul lui, doar ca să nu-l pierd, doar ca să nu pierd ocazia de a fi lângă tine. Nu te gândi că întâlnirea noastră s-a desfășurat după un scenariu bine pus la punct. Aș fi vrut să am puterea de a regiza asta, când eu abia mi-am găsit curajul să îți vorbesc. Totul a fost o întâmplare reală, fără de care nu aş fi avut poate niciodată curaj să mă apropii de tine. Şi eu am fost sincer. Şi dragostea mea pentru tine a fost adevărată. Bolnavă, după cum vezi, a continuat ironic, zâmbind amar, dar nu mai puţin adevărată. Am înţeles atunci când am simţit cât de tare doare să te văd de mână cu alt bărbat, atât de pierdută după el, atât de îndrăgostită... măcar dacă te-ar fi iubit şi el, măcar o fărâmă din cât te iubeam eu.

Ţi-am spus, la un moment dat, că în viaţa mea există ceva ce m-a marcat şi pe care mi-l doream foarte mult şi nu aveam curajul să îl obţin. Tu erai acel ceva. Tu mi-ai marcat viaţa fără să îmi doresc asta şi fără să pot face ceva. Şi atunci când am avut norocul să te întâlnesc, să îţi vorbesc, m-am îndrăgostit încă o dată de tine.

Bănuiam că urma să se întâmple asta, pentru că eram prea fericit şi te iubeam prea mult. Mă gândeam zilele trecute la asta, că nu trăiesc decât ca să te iubesc pe tine, că nu-mi mai doresc altceva în viaţa mea, decât pe tine, şi chiar dacă simţeam că vreau să te iubesc pentru totdeauna, dacă viaţa mea ar fi fost să se sfârşească aş fi fost recunoscător şi împăcat, pentru că am avut ocazia să te iubesc.

– Alexander, l-a întrerupt ea copleşită, nu mai ştiu cine eşti. Mi se pare că nu te cunosc, că nu te-am cunoscut, că nu pot să am încredere în tine...

– ...şi că nu trebuia să ai încredere în mine, i-a continuat el gândul, pentru că sunt un monstru, un maniac, un obsedat.

Undeva, în adâncul sufletului, sperase că ea va înţelege şi că poate va accepta. Acum se simţea jignit şi dezamăgit că nu i-a înţeles sentimentele. Sentimentele pe care tocmai ea i le inspira. Tocmai ea, pe care o credea atât de aproape de el.

– Vreau să plec!

– Pleacă! a izbucnit el frustrat şi neputincios. Te-ai simţit vreodată prizonieră? Ţi-e teamă că te voi sechestra aici? Undeva, în cotloanele ascunse şi nebune ale minţii, chiar şi-ar fi dorit asta. Cine crezi că sunt? Pleacă!

– Vreau să iau portretele, a încercat ea, dar fără să îndrăznească să se aplece după ele, acolo unde căzuseră pe podea.

– Nu! Sunt ale mele!

– Sunt cu mine, cu imaginea mea pe ele! Cu ce drept le păstrezi?

– Cu dreptul că te iubesc, Katalin! i-a spus cu un glas ridicat, ca un tunet, dar sugrumat de emoție și de durere. Știa că va pleca și simțea că n-o va mai vedea. Nu sunt vinovat decât că nu ți-am spus în totalitate cât de mult te iubesc!

N-a știut cât timp a trecut până s-a auzit ușa de la intrare, nici dacă ea a plecat imediat, sau după ce și-a strâns lucrurile. A simțit doar lacrimile calde care i se prelingeau pe față. Le-a șters și le-a privit lung, cum se adunaseră pe degete. Nu-și amintea când plânsese ultima dată. Poate atunci când ea îi dărâmase castelul de nisip, într-o zi însorită de toamnă, când erau doi copii. Atunci când începuse totul.

XXVI

Nu mai știa de când plânge. Rănită, mințită, înșelată. De cine se îndrăgostise? Ce se întâmplase cu ea? De ce nu a observat nimic? De ce nu a înțeles că ceva nu e în regulă cu el? O înnebuneau și o epuizau întrebările care se repetau mereu fără încetare. Și fără milă. Și mereu își răspundea, urându-se pentru asta, că îl iubea. Că nu era nimic în neregulă cu el. Că fusese mereu așa cum își dorise, așa cum îl visase, așa cum îl așteptase. Cât ar fi vrut să nu fi aflat. Să nu știe niciodată că tot ceea ce i se părea întunecat și ascuns în ochii lui e adevărat. Crezuse în el și se mira mereu că ajunsese atât de repede să creadă în el. Devenise fără îndoială cea mai importantă persoană din viața ei. Fără să se gândească mai departe, fără planuri de viitor, fără proiecte. Îl iubea și nimic nu mai conta. Era parte din ea, din viața ei. Era în toate dorințele și visele ei. Când lacrimile i se uscau pe obraz, își amintea mărturisirea lui, când îi spunea cât o iubea și cât o căutase, și ochii lui în care se ascundeau demonii întunecați ai durerii și ai iubirii. Plângea apoi cu disperare, înțelegând că n-a iubit-o, că nu se poate să o fi iubit și că el se înșelase și totul nu era decât o obsesie.

O rugase pe Ana să vină să o ia și să o lase să stea la ea câteva zile. Nu concepea să fie atât de aproape de el. Și îi era atât de dor. Sufletul i se zvârcolea într-un țipăt mut și asurzitor. Avea momente în care se întreba dacă ar putea trece peste tot, dacă s-ar putea întoarce la el, dacă ar putea să o ia de la capăt. Acum nu putea găsi în ea puterea asta. Nu putea pentru că nu mai știa cine e el. Nu-l mai recunoștea. Nu mai credea că se poate uita în ochii lui cu încredere. O înșelase. O mințise. O manipulase probabil. Dacă o urmărea de atâta timp, probabil că știa totul despre ea și fusese o glumă să o cucerească pentru că avea deja toate armele potrivite. Fusese totul o farsă. Și-a bătut joc de ea. A lăsat-o să își dezgolească sufletul și trupul în cele mai intime destăinuiri și cele mai intime senzații. Simțea că îl urăște pentru asta. Cum a putut avea încredere în el? Cum a avut puterea să își bată joc de ea? Totul semăna cu un pariu josnic și nu s-ar fi mirat să fie așa. Nu mai avea încredere nici măcar în ea.

Câteva zile nu a putut să îi povestească nici măcar Anei ce s-a întâmplat. Ana a bănuit că probabil se despărțiseră, dar a așteptat înțelegătoare până când ea a avut putere să îi spună. N-a găsit în ea puterea asta, ci într-o sticlă de vin, din care a băut aproape singură. Ana a lăsat-o să bea și să povestească și să plângă și a ascultat-o fără să comenteze, ștergându-i din când în când lacrimile care nu se mai opreau. Ei nu i se părea atât de grav ce se întâmplase, aprecia chiar latura romantică a poveștii și iubirea lui ascunsă și statornică, dar înțelegea că pentru Katalin perspectiva era alta și că ea se speriase și că simțea că nu mai poate avea încredere în el.

Ana s-a dus peste o săptămână să-i ia câteva lucruri și s-a trezit cu el la ușă aproape imediat după ce a intrat. Arăta jalnic, atât de jalnic încât i s-a făcut milă de el și l-a lăsat să intre, cu toate că promisese că nu-i va vorbi. Pe fața obosită, cu barba nerasă, și în ochii încercănați, cu privire disperată, se vedeau nopțile nedormite, tristețea și durerea lui.

– Ce face Katalin? a întrebat cu glas stins.

– Alexander, nu ar trebui să vorbesc cu tine. I-am promis! l-a rugat Ana.

– Vreau doar să știu ce face. Mi-e dor de ea. Mi-e atât de dor de ea, a repetat și părea că vorbește mai mult cu el. Te rog!

– ... plânge, i-a răspuns după o pauză lungă în care nu reușea să se hotărască ce să facă.

– Plânge, a repetat el, plânge. Plânge din cauza ta, idiotule! și-a spus apăsându-și fruntea în pumni. Nu am vrut să o fac să sufere! Nu am vrut să o fac să sufere, înțelegi? Mai mult decât de orice, de asta mi-a fost teamă. Eu, care voiam doar să o iubesc și să o protejez, am făcut-o să sufere, înțelegi? îi spunea Anei, ca și cum ar fi vrut să o facă să înțeleagă, dar părea că vorbește tot singur.

– Vrea să se mute de aici? a întrebat-o, observând că Ana strânge câteva lucruri.

– Da, cred că vrea să se mute de aici, i-a răspuns Ana ezitând și cu milă.

Era sigur că voia să se mute. Chiar o rugase să o ajute, ca să nu treacă ea pe aici, să nu existe nicio șansă să îl vadă. Dar nu avea cruzimea să îl lovească cu această certitudine, când îl vedea că e deja spulberat de durere. Prăbușit. Și fără speranță.

– Te rog, spune-i să nu se mute. Spune-i că dacă nu vrea să fie în apropierea mea, o să plec eu. Nu vreau să facă asta. Știu cât de complicat și costisitor poate fi pentru ea să se mute. În două zile nu voi mai fi aici. Te rog spune-i asta, vrei? a rugat-o.

– Bine! O să îi spun.

Se rezemase de ușă și aștepta ca și cum ar mai fi vrut să îi spună ceva.

– Ana, eu... nu știu ce crede acum... probabil că nu-i vei spune asta și nu pot să ți-o cer... o iubesc foarte mult. Felul în care m-am purtat, chiar dacă acum pare greșit, a fost doar pentru că o iubeam. Și o iubesc. Probabil că se simte mințită, înșelată, dezamăgită... nu am vrut niciun moment să se întâmple asta. Dacă va mai avea puterea să se gândească la mine, să își amintească de noi, cred că va înțelege că am încercat să îi spun. Dar oricând aș fi făcut asta ar fi fost la fel, a continuat încet, vorbind iarăși doar pentru el.

Lunile erau toate la fel și doar anotimpurile marcau trecerea timpului. Și-a dat examenele și și-a găsit un job, ceva mai bine plătit și mai aproape de ce își dorea să facă. Le-a făcut însă pe toate fără emoție și fără implicare, ca și cum nu ar fi fost ea și se privea de undeva din afară. Făcea exact ce își promisese odată că nu va face: supraviețuia și mergea cu valul. Nu-i mai păsa de nimic. Nu reușea să îi mai pese de nimic. Ana ar fi spus că se schimbase. De fapt, i-a și spus-o de câteva ori. Știa că e sensibilă și știa cât de mult se implicase în relația cu Alexander, dar nu s-a îndoit nicio clipă că își va reveni. Nu dădea însă niciun semn că își revine. Devenise tăcută și părea să n-o mai bucure nimic, să n-o mai emoționeze nimic. Ana aștepta însă cu tenacitate momentul în care să îi poată spune ce gândea. A trecut mult timp până a găsit ocazia asta, dar spera să n-o rateze. Se apropiau sărbătorile de iarnă și vedea pe fața Katalinei cât de greu îi este. Oricât de mult se închisese în ea, încât nici Anei nu-i mai spunea ce simte, știa că acum, față de restul anului, amintirea lui Alexander era mult mai prezentă. O observa pierdută în gânduri, tristă și melancolică, ca și cum și-ar fi dorit să fie în altă parte.

– Plecăm și noi amândouă într-o excursie?

– Unde?

– Hamster-dam! a glumit Ana.

– Ce să facem acolo?

– Ne plimbăm de sărbători, petrecem Revelionul acolo.

– Nu prea am chef…

– Tu în general nu mai ai chef de nimic. Și ce ai de gând să faci de sărbători?

– Mă gândeam să merg la ai mei, dar nici acolo nu prea am chef.

Ai ei, fără să afle prea multe detalii, decât un rezumat foarte sumar pe care reușiseră să îl scoată cu greu de la Ana, că existase cineva în viața ei și se despărțiseră, erau îndurerați să o vadă așa și încercau tot posibilul să o facă se se simtă bine, să o distreze. Observase asta și o emoționau eforturile lor. Încerca să se arate bine dispusă, de dragul lor, dar tot teatrul asta jucat și de o parte și de cealaltă o obosea și vedea că îi consumă și pe ei. Așa încât rărise destul de mult și vizitele acasă. În plus, se temea că acolo s-ar putea întâlni cu el.

– Katalin, atunci de dragul meu ai putea face asta? Că eu nu am cu cine să merg și chiar vreau să fac chestia asta.

Nu a înregistrat rezultatul așteptat și atunci a decis să scoată artileria grea:

– Uite care-i treaba: am înțeles că suferi, că ai permanent atitudinea asta că viața e de căcat și nimic nu mai contează, dar te transformi încet-încet într-o acritură nesuferită. Și nu-mi place asta. Și nu cred că asta ești tu. Și îmi vreau prietena înapoi. Așa încât, îți dai două palme, îți pui niște boarfe într-o geantă și marți am plecat. Eu vreau să fac chestia asta și vreau să o fac cu tine. Și nu vreau să rămâi aici și să îți plângi de milă. Ai impresia că dacă afișezi atitudinea asta dezinteresată și neimplicată nu mă prind. Știu ce e în sufletul tău, i-a șoptit pe un ton ceva mai blând, știu că te gândești la el, mai ales zilele astea și nu vreau să suferi. Să nu crezi că o să te las să te închizi în casă și nu mai faci nimic și doar să supraviețuiești de pe o zi pe alta, că asta nu e viață, ceea ce faci tu de câteva luni.

A privit-o lung, fără să îndrăznească să spună nimic. Cu atât mai puțin să o contrazică.

Cu plecarea lor a reușit să o anime puțin, măcar că schimbau decorul. În plus, a avut grijă să o târască peste tot, de la shopping la muzee, și de la baruri de noapte în piețe aglomerate. Căuta momentul în care să poată aborda subiectul tabu, în care să spargă bula asta de gânduri și de întrebări în care o simțea captivă. Și-a făcut până la urmă curaj, într-o seară în care i s-a părut că e mai senină decât până atunci, și sticla de vin începea să se golească.

– Katalin, am putea să vorbim despre Alexander?

– Ce să vorbim despre el?

Sprâncenele s-au apropiat în respingere, ochii s-au rotit agitați.

– Despre ce s-a întâmplat între voi, a continuat Ana determinată să meargă până la capăt, măcar că avea să o înjure și să plece.

Mâine tot se va împăca cu ea. Și-ar fi dorit să reușească să o facă să vorbească, să o ajute să se elibereze de toate gândurile care o torturau.

– Nu vreau să vorbesc despre el... nici măcar nu-i putea pronunța numele.

– Katalin, a urmat Ana cu blândețe, trebuie să vorbești cuiva despre asta, trebuie să te eliberezi. Mie știi că îmi poți spune totul. Oricât aș fi de critică și chiar dacă mereu îmi spun părerea, știi că întotdeauna ți-am respectat deciziile, țin la tine și sunt alături de tine.

– Și care e părerea ta în cazul ăsta?

Nu se aștepta să îi fie aruncată atât de repede mănușa și, ca de obicei, nu știa să fie decât directă. Bănuia că a deschis o rană adâncă ce era departe de a-și fi început vindecarea și provocarea lansată nu era decât încercarea Katalinei de a se proteja. A încercat să fie cât de diplomată putea fi.

– Din câte am observat eu, Alexander te iubea foarte mult. Mă gândesc, și e doar părerea mea, poate că mă înșel, s-a scuzat ea, mă gândesc că poate ai fost prea categorică în a trage concluziile. Poate că lucrurile s-au derulat exact așa cum ți-a povestit el. De altfel, ai spus singură că nu părea să te fi mințit niciodată. Poate că nu a fost niciun moment intenția lui să te înșele sau să te mintă. De altfel, ai reacționat exact așa cum se temea că vei reacționa și poate că a fost îndreptățit să se teamă să îți dezvăluie asta.

Ana știa că merge prea departe cu ce avea de gând să îi spună, dar a hotărât să profite de faptul că nu-i răspunsese încă nimic și nu arăta încă nicio reacție:

– Și poate că ceea ce a făcut nu e atât de grav pe cât ți s-a părut ție. Gândește-te că era un băiat, un adolescent, care s-a îndrăgostit, sau îi plăcea de tine, o copilă. Nu a făcut niciodată nimic mai mult decât să te privească. Sau să te ocrotească, așa cum mi-ai povestit și tu până să afli că despre el era vorba.

Katalin o asculta atentă, ca și cum afla ceva nou, așa încât Ana spera că e pe drumul cel bun.

– E adevărat că s-a mutat în aceeași clădire cu tine, că a făcut rost de câteva fotografii cu tine și că asta poate părea ciudat, dar dacă te gândești mai bine, toate au fost acțiuni complet inofensive și nu ți-a făcut rău cu nimic. Mai mult, nici măcar nu știai de existența lui, atât de discret a fost, chiar dacă a căutat să fie în preajma ta. În schimb, din perspectiva lui, așa cum ți-a expus lucrurile, avea nevoie de toate astea, pentru că te iubea și nu avea curaj să te cucerească.

Mie nu mi se pare atât de ieșit din comun, atât de bolnav, că a încercat să afle lucruri despre tine și avea poze cu tine și încerca să fie aproape de tine, pentru că era îndrăgostit. Nu asta faci când ești îndrăgostit?

În plus, a avut mai multe relații, așa cum ți-a povestit, și a încercat să se vindece de tine. Știi și tu că nu te-a mințit cu asta, mi-ai spus măcar atât, că avea multă experiență.

– De ce nu mi-ai spus el singur totul? De ce a trebuit să descopăr eu și să fie apoi nevoit să îmi spună?

– Katalin, ai fi reacționat diferit dacă ți-ar fi spus singur? Și tăcerea ta e un răspuns, a continuat Ana, când a văzut că nu-i răspunde. Katalin, cred că te-ai grăbit să reacționezi atât de categoric, ți-am spus. Probabil că exagerez acum, dar poate că, inconștient, te-ai agățat de asta, ca să îți confirmi că nu puteți fi împreună, pentru că te gândeai tot timpul că sunteți din medii diferite. Și asta, ți-am spus de atâtea ori, era doar în mintea ta.

Gândește-te la lucrurile astea. Gândește-te cât de fericită erai, Katalin. Se vedea pe tine și în ochii tăi și în tot felul tău de a fi. Poate ar fi o idee bună să vă împăcați.

– Nu cred că se mai poate, a răspuns Katalin slab. M-am speriat și am reacționat agresiv și exagerat și i-am spus niște lucruri pe care le-am regretat din momentul în care le-am rostit. Am simțit că îl iubesc și îl urăsc în același timp pentru că m-a făcut să nu mai am încredere în el. Mi s-a părut că nu-l mai cunosc. Că e un străin. Și asta m-a speriat. Mi s-a părut că toată lumea mea se năruie. Că totul e o minciună. Și mi-e atât de dor de el... a continuat după o pauză. Nici măcar nu știu nimic despre el.

– Dar ai putea încerca să îl cauți. Și poate să vă împăcați.

– Nu pot face asta. Nici măcar nu știu dacă mai putem fi împreună. Nici eu nu m-am gândit serios la posibilitatea de a mai fi împreună.

– Dar recunoști că ți-e dor de el. Recunoști că nu mai ai o viață normală de când v-ați despărțit. Și ești așa doar pentru că suferi. Pentru că ți-e dor de el și pentru că probabil încă îl mai iubești.

Nu o putea contrazice. Se gândise și ea de mii de ori la ce îi spunea Ana. Că el se comportase așa pentru că o iubea și nu-i făcuse niciun rău iubind-o de la distanță, ba chiar a încercat să o protejeze. Recunoștea că în timp începuse să se simtă măgulită că cineva o iubise atâta timp fără ca ea să bănuiască măcar. Se întreba însă dacă totul nu fusese decât o obsesie și dacă nu rămăsese așa și atunci când au fost împreună. Nu încetase însă se gândească la el.

Atunci când s-a întors acasă a căutat cutia cu fotografiile lor, pe care o ținea închisă, dar pe care nu se îndurase să o arunce. A petrecut ore întregi amintindu-și povestea lor de dragoste, în timp ce se uita la un Alexander și o Katalin veseli, fericiți și de nedespărțit. Pe fundul cutiei a găsit și fotografiile ei vechi, pe care le ținea în apartamentul în care locuise înainte, pe o tablă de plută. În cea mai veche dintre ele, distrugea, zâmbind fericită, castele de nisip, în parc. În fotografie, în fața Katalinei în vârstă de trei ani, era băiețelul care construise castelul de nisip, și care, cu o expresie nehotărâtă, dacă să râdă cu ea sau să se supere, o privea. Ochii negri și privirea întunecată nu puteau fi decât ale lui Alexander. Așa cum era Alexander în urmă cu douăzeci de ani.

Realiza că nu face ceea ce simte și că de fapt își dorește altceva. Da, a speriat-o, a rănit-o, a făcut-o să își piardă încrederea în el. Dar trecerea timpului a preschimbat culorile lor și acum, când le privea, toate faptele, vorbele și gesturile arătau diferit. Când amintirile o furau, pentru că încerca mereu să li se împotrivească, îi reveneau în minte vorbele lui și realiza că încercase să îi spună tot adevărul. Își amintea de prima lor întâlnire și își dădea seama că prin întrebările lui de atunci încercase să afle ce părere avea ea despre ceea ce trăia el, fără să îi spună că despre el era vorba. Ce părere avea ea despre o iubire de la distanță, nemărturisită. Răspunsul ei era clar și categoric. Nu putea fi vorba de iubire. Era o obsesie.

Da, își amintea acum că îi spusese adevărul, direct, de mai multe ori, doar că ea nu avea cum să înțeleagă. *Până la tine, tot de tine îmi plăcea,* i-a spus el și i s-a părut o glumă dulce și nevinovată atunci. *Katalin, te iubesc! Sunt îndrăgostit de tine! Dintotdeauna cred că am fost îndrăgostit de tine!* Dintotdeauna, atât de general, de atemporal și fără reper, avea pentru el un loc destul de clar pe axa personală a timpului, dar ea nu avea cum să știe nici asta. *Pe tine te-am dorit cel mai mult,* i s-a părut rostit cu atâta intensitate, cu atâta așteptare și suspin, observase chiar în acel moment, dar nu avea cum să știe. Și simțise asta, nu simțise asta de atâtea ori? Nu-și amintise chiar de Zaine? Îi povestise Anei de el, pentru că Alexander îi amintea de el. Realizase singură că e ciudat că el locuia în aceeași clădire cu ea. Nu avea nicio legătură cu modul lui de a fi. În mod ironic și atât de stupid pentru ea, lucrurile nu se legaseră nicio clipă. Fuseseră în fața ei de atâtea ori și nu le văzuse. Nu reușise să așeze toate piesele la locul lor, până în ultimul moment.

După alte două luni amare, în care nu a reușit să scape de gânduri, de întrebări și de dor, s-a decis că trebuie să îl vadă. Aproape că nu-i mai păsa de tot ce se întâmplase când a aflat și de ce simțise ea. O durea că îl rănise pe el. Culorile vorbelor ei rostite atunci erau acum cele mai întunecate, cele mai agresive și cele mai lipsite de iubire. Cum a putut fi atât de crudă și de rea? Știa de ce. Se speriase, se simțise înșelată și mințită. A simțit, prostește și fără să se gândească, că trebuie să lovească și ea. Măcar dacă ar fi iertat-o. Măcar dacă ar putea să o ierte acum.

Vinovată, rușinată că nu a înțeles iubirea lui, iubirea lui pentru ea, era hotărâtă să își cerșească iertarea.

S-a dus pentru început la vechiul lui apartament, în aceeași clădire în care locuise și ea. Știa de la Ana că a rugat-o să nu se mute pentru că se va muta el. Ea s-a mutat oricum și spera ca el să nu-și fi ținut promisiunea. Bănuia însă că își face speranțe în zadar.

I-a deschis o tânără și asta a indus-o câteva momente în eroare și s-a simțit cuprinsă de panică. A văzut însă că apartamentul era schimbat și tânăra i-a confirmat că domnul Alexander nu mai stă acolo. Le donase lor apartamentul (a observat în timp ce vorbeau și cei doi copii care se alergau veseli prin casă), dar semnaseră toate documentele cu avocatul domnului Alexander, așa încât nici măcar nu se cunoscuseră.

A încercat să afle ceva despre el și la restaurantul din port. Gerald a primit-o foarte amabil și i-a spus că nu-l mai văzuse pe domnul Kohn, așa cum îi spunea el, de aproape un an. Acum, pentru toate situațiile în care ar fi fost necesar să discute cu el, discutau cu altcineva, care îl reprezenta pe domnul Kohn.

A ajuns în cele din urmă și la tipografie, cu toate că nu și-ar fi dorit. Se gândea că dacă el este aici, și trebuia să fie într-una din zile aici, nu ar fi vrut să aibă această întâlnire unde i-ar fi văzut toți angajații lui. Nu știa nici cum ar reacționa el și nu știa nici ce îi va spune ea. Și-ar fi dorit să nu fie atât de expuși în întâlnirea asta.

– Domnul Kohn nu a mai trecut pe la firmă de mai bine de șase luni. Dacă doriți, vă pot stabili o întâlnire cu domnul David.

Tânăra de la recepție o privea lung așteptând.

– Îl caut pentru o chestiune personală. Nu știți cum aș putea să dau de el? Mă puteți ajuta cu o adresă sau un număr de telefon? Numărul de telefon pe care îl aveam eu pare că nu mai este folosit.

– Îmi pare rău, dar nu vă pot ajuta.

Tocmai când se pregătea să iasă, descurajată, pentru că nu mai știa unde ar putea să îl caute, s-a auzit strigată. S-a întors, și după câteva momente de nedumerire, l-a recunoscut pe tipul blond și cu fața senină, pe Patrick.

– Katalin, mă bucur să te văd!

– Patrick! Bună! i-a răspuns ea și a realizat că el o poate ajuta. Îl caut pe Alexander. Mă poți ajuta? Știi unde îl pot găsi?

Deși entuziasmată și nerăbdătoare să afle răspunsul, nu a putut să nu observe că Patrick nu mai zâmbea și fața lui nu mai era la fel de senină.

– Katalin, tocmai ieșeam pentru prânz. Am putea mânca împreună sau să bem o cafea și să vorbim despre asta.

A acceptat fără să comenteze prea mult sau să pună întrebări. Îi era clar că ceva este în neregulă. Părea că nu mai ajung odată la cafeneaua din apropiere. Patrick a cerut două cafele şi un sandviş pentru el, pentru că ea nu mai voia nimic, decât să-i vorbească odată. Patrick nu se hotăra cum să înceapă şi asta o agita.

– Patrick, ce s-a întâmplat cu Alexander?

– Nu s-a întâmplat nimic, s-a grăbit el să răspundă, realizând că e impacientată. Doar că el, cum să-ţi spun, nu s-a simţit foarte bine, şi s-a retras din activitate. Desigur, afacerile sunt în continuare ale lui, dar m-a împuternicit pe mine să mă ocup de ele.

Spera să nu-i mai dea alte detalii legate de afaceri pentru că o interesa prea puţin. Voia doar să ştie ce se întâmplase cu el.

– Cum adică nu s-a simţit foarte bine?

– A avut nişte probleme de sănătate...

Patrick nu-şi dădea seama ce ar trebui să îi spună sau nu. Ar fi preferat să fi discutat înainte cu Alexander, dar totul fusese prea din scurt şi neaşteptat şi Alexander părea că nu luase niciodată în calcul că ea ar putea să îl caute.

– Ce probleme de sănătate?

Spera să nu fi fost nimic grav şi să nu fi avut nicio legătură cu despărţirea lor. Dar o voce interioară, de neoprit, îi spunea insistent şi fără încetare că avea legătură cu despărţirea lor şi că era doar vina ei.

– Katalin, nu ştiu dacă pot să îţi vorbesc despre asta. Adică nu ştiu dacă Alexander ar fi de acord.

S-a lăsat dezamăgită pe spate, rezemându-se de spătarul scaunului. Realiza că acum e o străină. Că nu are niciun drept să afle lucruri despre el. Ea, pe care el o numea şoptindu-i la ureche şi zâmbind „Eşti sufletul meu!" şi o săruta şi o strângea în braţe până rămâneau amândoi fără suflare.

Patrick a observat cât de îndurerată se simţea şi ar fi vrut să o ajute.

– Dar acum este bine. Doar că s-a retras din activitate. Bine, el se putea retrage din activitate de câțiva ani. Probabil că în ultima vreme nu și-a mai dorit să se implice atât de mult.

– Patrick, aș vrea să îl văd, l-a întrerupt ea. Aș vrea să îi vorbesc. Cred că am greșit. Cred că și eu am greșit și aș vrea să îi spun asta.

– Dă-mi numărul tău. O să-i spun lui Alexander că ne-am întâlnit și o să-i dau numărul tău. Să te sune.

I-a dat numărul, dar nu părea convinsă.

– Nu poți să îmi dai numărul lui de telefon? Sau adresa la care stă?

Patrick o privea încurcat. Din partea lui, nu doar că i le-ar fi dat, ar fi dus-o chiar acum la Alexander, dar nu știa cum va reacționa acesta. Spera doar că revenirea ei îi va salva prietenul.

– Patrick... dacă nu mă va suna? Aș vrea să îl văd. Mi-e foarte dor de el, a șoptit ea încet.

– Katalin, dacă nu te va suna, îți promit că te voi căuta eu și îți voi transmite măcar un mesaj din partea lui... în cazul în care nu vrea să-ți vorbească.

Ea l-a privit lung. Deci exista această posibilitate, ca Alexander să n-o mai dorească în viața lui.

XXVII

După ce a plecat din apartamentul său, a locuit câteva luni la un hotel. Apoi câteva luni la un sanatoriu. Nouăzeci și șapte de zile mai exact. Nouăzeci și șapte de zile de holuri și camere albe, cu lumină albă, rece și halucinantă. Nouăzeci și șapte de zile pline de medici și asistente, înarmați cu un arsenal de pilule și seruri și întrebări, care încercau să îl vindece. Nu i se părea că ceva e în neregulă cu el. Nu credea că esențele atât de fine și subtile ale creierului o luaseră razna și trebuiau echilibrate. Doar îi era foarte dor de ea. Dacă ea ar fi fost aici și l-ar fi iubit din nou ar fi putut să îi dea dracului pe toți, cu toate pastilele și discuțiile lor care începeau invariabil la fel, „Cum te simți astăzi Alexander?" și care i se părea că mai rău îl înnebunesc decât să îl vindece. Se simțea în fiecare zi la fel, rătăcit și captiv în aceeași ceață orbitoare și sufocantă, în care o căuta mereu fără să o poată striga, ca în coșmar. Și ea nu era aici. Și probabil că nu-l mai iubea și nu-l va mai iubi niciodată.

A cedat și nu a mai reușit să lupte singur cu tot ce trăia, sau mai degrabă nu trăia, atunci când Ma a murit. *Ma a murit.* Când își amintea asta îi revenea mereu în fața ochilor sicriul acoperit de flori, care se lăsa lent în pământ, în timp ce ploaia izbea cu disperare în capacul lucios. Stropii mari și agitați se descompuneau cu zgomot asurzitor în picături mici care se împrăștiau peste tot. Singura ființa care mai putea trezi în el, vag și trecător, afecțiunea, îl părăsise și ea.

Trăise atunci unul dintre puținele episoade din ultimul an, în care a uitat pentru câteva ore de Katalin. Casa mică și dichisită a lui Ma se umpluse de lume. Erau o familie numeroasă de frați, unchi, veri și mătuși, care nu se știau prea bine între ei. Pe unii, de fapt, nici nu-i văzuse niciodată. A înțeles curând de ce veniseră toți și de ce erau atât de îndurerați. I-a observat când au sărit ca niște hiene, cu ochii sălbatici și lucioși, să afle, să fie prezenți, să știe când vor afla conținutul testamentului. Afla și el cu ocazia asta că Ma avusese bani, mulți bani. Ma era bogată și el habar n-avea de asta și nici nu-i păsase vreodată, așa cum nu-i păsa nici acum. Contempla fascinat privirile schimonosite de lăcomie și aproape că putea vedea, deasupra lor, aurele întunecate cu formă de monștri înfricoșători. Toate bestiile astea cu mască de om erau rudele lui? Prin venele lui curgea același sânge cu al lor? A plecat îndurerat și scârbit.

Ma îl rugase, cât timp a stat cu ea și i se apropia finalul, să nu facă o prostie: „Alexander, sufletul tău va rătăci fără liniște, pentru totdeauna, între lumi." O privise trist, cu un aer absent, în timp ce se gândea că sufletul lui rătăcise fără liniște și pe lumea asta. Liniștea lui durase doar câteva luni și fusese atât de dulce și de ireală încât i se părea uneori că nu o trăise cu adevărat. N-ar fi făcut o prostie, oricât de mult și-o dorea. Era prea orgolios și avea oroare de penibilul gestului, pe care îl considera laș și rușinos. Îi era groază doar la gândul că ea ar fi aflat asta, că ea ar fi aflat cât de slab și de neputincios fusese. Ironia era că exact așa se simțea: slab și neputincios.

N-ar fi făcut o prostie, dar nici nu mai avea puterea să supraviețuiască fără ajutor. A înțeles asta atunci când a simțit că nu mai știe ce zi este și nici măcar dacă e zi sau dacă e noapte. A înțeles atunci când nu mai reușea să ia nicio decizie, în timp ce Patrick îl privea și aștepta răspunsuri și soluții de la el, nu pentru că n-ar mai fi știut să o facă, dar nu le mai vedea rostul. A înțeles atunci când mintea bolnavă i-o plăsmuia în singurătatea și întunericul nopții, goală și zveltă, și i-o vâra între așternuturi, fină ca o mătase, lipindu-se de el. Știa că nu e reală. Nu înnebunise. Nu încă. Aprindea atunci toate luminile, doar ca să o facă să dispară, pentru că nu era ea și nu-i trebuia năluca venită să îl chinuie. Zăcea zile întregi întins pe jos cu ochii deschiși, până când cei de la hotel intrau alarmați peste el în cameră și îl rugau să plece. Plătea în avans câteva luni pentru cel mai scump apartament al lor doar ca să îl lase în pace. Să îl lase naibii în pace că n-o să se omoare în hotelul lor de căcat. Își dorea doar să zacă. Să-și lase mintea goală. De gânduri, de întrebări, de amintiri. A înțeles atunci când vedea privirea șocată a lui Patrick când îi deschidea ușa și îl găsea în halul ăsta. Venea să îi semneze documentele de la firmă și, în ciuda privirilor fulgerătoare aruncate de Alexander, nu se putea abține să nu îl roage să facă ceva, să facă terapie, să vadă un medic.

Vorbea uneori cu ea, cu voce tare. O ruga să îl ierte și o întreba dacă știe și dacă simte că o iubește și o cheamă. Nu auzea niciun răspuns, dar i se părea că simte mângâierea răcoroasă a mâinii ei pe frunte și pe obraz.

N-a încercat niciun moment să o caute, să o vadă sau să o sune. Amintirea privirii și a cuvintelor ei din ultimele minute trăite împreună îl străpungeau ca un pumnal ori de câte ori le retrăia. Tăiase imaginea lui din toate fotografiile lor și acum Katalin, singură, privind cu iubire spre el sau spre stânga sau spre dreapta ei, acolo unde imaginea lui nu mai era, sau sărutând conturul gol de lângă ea sau muchia următoarei fotografii, îl urmărea de pe toți pereții camerei.

I se părea ironic că totul timpul știuse și așteptase înfricoșat sfârșitul lor, dar tot nu fusese pregătit pentru asta. Nu era asta credința lui? Că toate poveștile de dragoste au un sfârșit și cu cât sunt mai frumoase, cu atât este mai dureros finalul? Viața îi confirma încă o dată, cu cruzime de data aceasta, că tot ceea ce își imagina cu ochii minții îi putea da în realitate. Dar nu putea fi pregătit pentru asta. O iubea atât de mult și nu era pregătit să se termine.

Realiza că, în ciuda hotărârii lui de neclintit de a pune punct relației lor atunci când iubirea lor ar fi devenit monotonă sau când ea s-ar fi plictisit de el, nu mai era în stare să facă asta. Devenise atât de repede parte din el, încât atunci când a plecat desprinderea ei a fost dureroasă. Și-o dorise atât de mult și nu a avut decât atât de puțin timp să se bucure de ea. Prea puțin timp. După ce a cunoscut-o, nu s-a mai gândit că se va sătura de ea la un moment dat. S-a gândit că nu se mai satură să o descopere. Și să-l surprindă. În fiecare zi. Niciodată n-ar fi fost pregătit.

Când nu a mai suportat vocea ei care îl striga din mai multe părți în același timp, *te iubesc, Alexander, te vreau, mi-e dor de tine, ești un obsedat, nu mai știu cine ești,* și flash-urile cu ea sărutându-l, învăluindu-l cu privirea plină de iubire, râzând cu ochii strânși și gropițe în obraji la ceea ce îi șoptea el, căutându-i mâna chiar și atunci când dormea, cu ochii mari și albaștri, cuceriți și surprinși, de fiecare dată, de ceea ce i se întâmpla în timp ce făcea dragoste cu ea, atunci a hotărât că trebuie să facă ceva. S-a oprit în recepția spitalului și a privit lung către figura din ceață care îl întreba cu ce îl poate ajuta. *Nu mai vreau să mai trăiesc,* i-a răspuns simplu și sec, cu privirile atât de rătăcite, încât l-au preluat imediat. S-a lăsat pe mâna lor cu nepăsare, complet docil, fără să întrebe, fără să îi pese. Îl țineau pe linia de plutire, drogat zilnic cu pastile și interogat permanent cu blândețe. Depresie, îi răspundeau lui Patrick, ori de câte ori venea să îl vadă și întreba ce e cu el. Probabil că se ocupaseră de el așa cum trebuia, dar nu-l interesa. Singura diferență pe care o simțea era că acum ea venea doar atunci când el o chema în gând și nu-i mai era atât de teamă. Teamă să se privească în oglindă, teamă să se trezească, să vorbească, teamă să iasă din casă, teamă să se gândească la ea.

Abia atunci s-a mutat în casa care sperase să fie a lor. O cumpărase fără știrea ei și aștepta să fie gata finisajele interioare ca să-i facă o surpriză. Știa că părea devreme. Dar asta a simțit că trebuie să facă. Imediat ce a avut ideea asta, s-a și ocupat de realizarea ei. Spera ca și lui Katalin să îi placă și să se mute împreună acolo la un moment dat. Chiar dacă nu ar fi fost de acord sau nu i-ar fi plăcut, ar fi fost ideală pentru a evada în weekend. Casa era situată în afara orașului, la doar câteva minute de mers cu mașina, și avea un teren întins în jurul ei, cu dealuri line acoperite de arbuști pitici. Plănuia să cumpere cai și să călărească împreună. Știa că ea visa la o casă retrasă, departe de oraș, unde să aibă cai, să învețe să călărească și să se bucure de libertate. Nu a mai apucat să îi facă surpriza asta.

După ce a ieșit din clinică s-a mutat acolo singur. Și-a angajat câțiva oameni care să se ocupe de casă și de cai, dar era tot singur. Sufletul lui era tot pustiu. Și-a vândut drepturile și procentele deținute în câteva din afacerile în care era acționar și l-a numit pe Patrick reprezentantul său la tipografie și în alte câteva afaceri pe care le păstrase. Ținea la tipografie și la oamenii care lucrau acolo și, oricât de dezinteresat ajunsese, nu putea să nu se gândească la ei. Realiza cu ironie că până și tipografia îi aducea aminte de ea, pentru că numele, InKIn, îl alesese gândindu-se la Katalin și nu avea legătură cu numele lui de familie, așa cum credea toată lumea.

Patrick l-a vizitat în după-amiaza aceleiași zile în care a întâlnit-o pe Katalin. Deși se aflau la început de martie, vremea era încă rece. Alexander era la grajduri și se ocupa de cai. Caii și călăritul erau singurele lucruri care păreau să-l mai intereseze și cu care își ocupa timpul.

Așa cum se vedea și pe fața lui, Patrick era un tip senin și liniștit. Nu avea izbucniri de emoție, nici de bucurie exagerată și nici de furie. Structura lui era una simplă și nu-i plăcea să-și complice cu nimic și niciodată viața. În general, pentru el lucrurile erau albe sau negre și le trata ca atare. Acum se confrunta cu ceea ce el numea o situație cenușie și era tare încurcat.

Nu știuse nici ce și nici cum să discute cu Katalin și acum se găsea, la fel de încurcat, în fața lui Alexander. Așa cum simțise și când era cu ea, în modul simplu și direct în care gândea, ar fi adus-o aici. Ar fi adus-o la Alexander. Alexander suferea și era în starea asta doar pentru că o iubea și nu o mai avea în viața lui. Fără să o cunoască prea bine, a văzut și pe fața ei suferința și îi spusese singură, în timp ce ochii i se abureau de lacrimi, că îi era dor de Alexander. Erau doi oameni liberi, tineri și frumoși, și se despărțiseră dintr-o aiureală, dar încă se iubeau. De ce nu ar fi fost din nou împreună? Privindu-l însă pe Alexander, cu fruntea lui încruntată și care nu se mai înseninase niciodată în ultimul an, cu colțurile gurii lăsate în jos, el care înainte râdea rar, dar absolut molipsitor, găsindu-și acum ocupația zilnică într-o acțiune simplă și rudimentară, cum era îngrijirea cailor, el care avea o minte sclipitoare și care, dacă ar mai fi găsit puterea și voința de a se ocupa de asta, ar fi ajuns rapid unul dintre cei mai importanți oameni de afaceri din țară, a înțeles că nu era atât de simplu. Dar era bucuros, gândindu-se că asta putea fi vindecarea lui Alexander, așa cum îl asiguraseră medicii, că ceea ce i se întâmpla era reversibil, dar trebuia să treacă peste această pierdere, să își găsească împlinirea și satisfacția, oricare ar fi fost lucrul, acțiunea sau ființa care i-ar fi adus împlinirea.

– Ce e, Patrick? De ce ești așa preocupat? Ai venit să mă întrebi din nou dacă nu vreau să mă întorc la firmă? l-a întrebat Alexander, atunci când a observat că era tăcut, și Patrick nu era niciodată tăcut, mai ales de când știa că Alexander trecuse printr-o depresie.

Probabil că îi era teamă de tăcere și, cum Alexander vorbea tot mai puțin, simțea nevoia să umple el tăcerea care se lăsa între ei.

– Da. Și asta, a răspuns Patrick privind în zare.

Habar n-avea cum să îi dea vestea asta și se tot gândea dacă trebuia să procedeze într-un fel anume pentru că Alexander fusese bolnav. Bolnav din dragoste. Din dragoste pentru ea, cea despre care voia să îi vorbească.

– Și mai ce?

Alexander era într-o zi destul de bună. Și pentru el perioada sărbătorilor fusese plină de amintiri dureroase, dar acum începuse să se simtă puțin mai bine sau să nu se mai simtă atât de rău, mai bine spus. S-a întors spre Patrick, privindu-l lung și cu atenție.

– Patrick?

– Alexander, știi că nu mă pricep la lucrurile astea...

– Ai băgat firma în faliment? a întrebat Alexander și i-a întors spatele ca să țesale calul în continuare.

Din fericire, nu-și pierduse simțul umorului, chiar dacă el nu mai râdea.

– Alexander, Katalin te-a căutat astăzi la firmă. Am vorbit puțin cu ea și mi-a spus că ar vrea să te vadă.

I-a spus totul pe nerăsuflate și acum se oprise să îi vadă reacția, temându-se și fără să își poată imagina ce va urma.

Alexander rămăsese cu mâna care ducea peria în aer. Și-a lăsat capul în jos pentru câteva secunde și apoi s-a întors spre el încet. Era alb la față și îl fixa cu privirea. Pentru prima dată, după mult timp, observa în ochii lui sclipiri de emoție, ca și cum vestea asta l-ar fi readus la viață, din adâncuri.

– De ce m-a căutat? a întrebat el moale, pentru că îi era teamă să creadă sau să spere.

Poate că uitase să îi înapoieze ceva, dar știa sigur că îi trimisese totul, oricât de tentant fusese să păstreze un lucru de-al ei.

– Ți-am spus, vrea să te vadă, a urmat Patrick emoționat.

– Să mă vadă? De ce să mă vadă? a continuat el pe un ton moale și stins.

– Mi-a spus că-i e foarte dor de tine... a urmat Patrick.

Nu mai transmisese niciodată până acum mesaje de iubire.

– Ți-a spus ea asta? Cu cuvintele astea? a izbucnit Alexander apropiindu-se de el.

– Da, da. Chiar așa mi-a spus. Că vrea să te vadă. Că-i este foarte dor de tine.

– Și tu ce i-ai spus?

– Nu prea am știut ce să îi spun și nici ce pot să îi spun. I-am spus că ai avut ceva probleme de sănătate și că te-ai retras din activitate, i-a răspuns în timp ce se scărpina încurcat în vârful capului.

– I-ai spus ce am avut? a întrebat Alexander iritat.

– Nu i-am dat detalii pentru că nu am vorbit cu tine niciodată despre asta și nu știam dacă ai fi de acord. I-am spus doar că ai avut ceva probleme de sănătate și acum ești bine.

A strâns din ochi îngrozit. Patrick nu avea nicio vină și nu îi putea reproșa nimic, dar nu voia ca ea să afle. Nu voia ca ea să înțeleagă în ce stare ajunsese și cât de slab era. I se părea umilitor. În fața ei i se părea umilitor. I se părea ca o confirmare a ceea ce îi spusese ea, că e bolnav, că are o minte bolnavă.

– Și ce ți-a mai spus?

– Mi-a spus că a greșit, că și ea a greșit și că ar vrea să îți spună asta.

– Și tu ce i-ai spus?

– I-am luat numărul și i-am spus că ți-l voi da ție, cu rugămintea să o suni.

– Și?

– Mi-a cerut numărul și adresa ta. Se temea că n-o vei suna.

– Și ce-ai făcut? a urmat el neliniștit.

Nu era pregătit pentru asta, simplul gând că i-ar putea auzi vocea îl făcea să simtă că i se înmoaie picioarele. Cu atât mai nepregătit era să o vadă. În starea în care era, atât de epuizat, de absent și de neîngrijit. Nu mai alerga, abia dacă mânca, zorile îl prindeau cu ochii deschiși în tavan. Simțea că mâinile îi tremură de atâta emoție și le-a băgat adânc în buzunare ca să nu observe Patrick.

– I-am spus că dacă n-o vei suna, o voi căuta eu să îi transmit mesajul din partea ta, i-a răspuns Patrick, fără să-l privească.

Își asumase prea multe cu răspunsul ăsta și era posibil ca Alexander să nu fie de acord. Acesta nu mai spunea însă nimic și privea în jos.

– Cum arăta? a îndrăznit el să întrebe șoptit după o vreme.

– Ca de obicei, cred. Știi că nu am cunoscut-o prea bine. Cred că era tristă, a completat el încet.

Numărul ei rămăsese același, cu toate că fusese sigur că îl va schimba. Și numărul lui rămăsese același, doar că nu mai folosea telefonul. De fapt, îl spărsese exasperat de pereții camerei de hotel, pentru că de câte ori suna, nu era ea niciodată. Și mereu spera. Și mereu aștepta.

L-a expediat pe Patrick scurt, întrebându-l dacă mai are nevoie să îl întrebe sau să îi spună ceva. Nu i-a dat niciun mesaj și nu l-a mai întrebat nimic, așa încât acesta a fost convins că o va suna.

N-a sunat-o însă și ea aștepta și spera mereu. De când se hotărâse să îl caute, să vadă dacă mai putea exista ceva între ei, simțea că îi luase locul. Dacă ar fi știut unde stă, simțea că s-ar fi purtat și ea la fel, că l-ar fi urmărit și ea, doar ca să îl vadă pentru o clipă. N-a spus nimănui și n-ar fi recunoscut niciodată, dar aproape două săptămâni, și-a schimbat drumurile ei obișnuite, doar ca să treacă de câteva ori pe zi pe lângă tipografie. Spera că o mințiseră și că l-ar putea vedea intrând sau ieșind. Toate amintirile frumoase au erupt din mintea ei, de unde le îngropase, atunci când hotărâse să nu se mai gândească la el. Amintindu-și și gândindu-se la el, îi era tot mai dor, îi lipsea și nu-și mai dorea decât să fie împreună. Aproape că nu mai înțelegea uneori ce o speriase și de ce fugise. De prea multă dragoste? Se ura că intrase în panică și reacționase atât de violent, atât de agresiv.

Umilindu-se, călcându-și pe orgoliu, l-a sunat pe Patrick, punându-l din nou în încurcătură. Da, el vorbise cu Alexander, îi dăduse numărul ei, credea că o va suna. O să vorbească cu el. Poate că nu a apucat să o sune, a încercat el să o mintă, gândindu-se la ce făcea Alexander toată ziua și cât de stupidă era minciuna lui.

S-a dus din nou până la fermă, încurcat, prins la mijloc, mesager în povestea asta. Cum i-ar pus el la un loc, singuri, să își rezolve problemele amândoi. Spera că toată agitația nu va fi în zadar.

– Alexander, a început el direct de data asta, m-a sunat Katalin. N-ai vorbit cu ea. Ce să-i spun? Știu că nu am stabilit cu tine nimic, dar i-am promis un răspuns.

Alexander îl asculta făcându-se tot mai mic în scaun.

– Nu pot să vorbesc cu ea, i-a răspuns exasperat, de parcă i-ar fi repetat asta pentru a mia oară. M-am gândit la asta, nu pot, nu am curaj. Mi-e teamă să o văd. Mi-e teamă să o mai văd că mă privește cu teamă și cu silă, ca și cum aș fi un nemernic. Spune-i că dacă mai vrea să mă vadă și dacă poate aștepta, aș vrea să vină aici la începutul lunii iunie, l-a rugat Alexander după o pauză.

Patrick l-a privit lung fără să înțeleagă. Ce mai era și cu sminteala asta? De ce o chema peste trei luni? Nu-i era dor de ea? Nu asta își dorea?

– Nu pot să vorbesc cu ea acum, i-a răspuns ca și cum i-ar fi auzit mirarea. Nu pot să o sun, dar te rog nu-i spune asta. Nu-i spune că am fost bolnav și că încă sunt sub tratament. Nu vreau să știe asta.

Peste trei luni ar trebui să termin tratamentul și ședințele de terapie și sper să fiu pregătit atunci. Sper să pot da ochii cu ea atunci.

Patrick i-a transmis mesajul și i-a dat adresa, fără să se gândească că dacă ea are adresa se poate duce la el oricând și nu peste trei luni.

S-a dus să vadă unde stă Alexander chiar în seara zilei în care a aflat informația de la Patrick. Casa nu era aproape de șosea, dar se putea vedea silueta ei, din stradă, de unde oprise mașina. A fost mirată să observe că e o casă mare, cu etaj, părea mai degrabă o casă pentru o familie, decât pentru un bărbat singur. Spera că e încă singur și că nu ar fi chemat-o altfel.

A trecut și zilele următoare pe acolo cu aceeași speranță. La lumina zilei a observat că în apropierea casei erau mai multe construcții ce păreau a fi grajduri și văzuse și caii. S-a întrebat emoționată dacă se gândise la ea și la ce îi spusese ea că visează, ca într-o zi să aibă o casă retrasă, departe de oraș, unde să crească și să călărească cai.

Nu ar fi îndrăznit să îi bată la ușă, și ei îi era teamă de revederea asta, dar voia să vadă unde stă și poate să îl zărească o clipă. Adevărul era că începuse să îl caute în urma unui impuls nebunesc. Discuția ei cu Ana fusese declicul care a făcut-o să recunoască și să accepte ce simțea. Îl iubea și îl voia înapoi. Orice ar fi însemnat asta. Dar orice începuse să se contureze în căutările ei și vedea că nu e atât de simplu. Și faptul că nu era atât de simplu și după atâtea luni de când se hotărâse că îl vrea înapoi încă nu ajunsese la el, îi dădea timp să se gândească. Și să își pună întrebări. Și să se teamă.

XXVIII

Zilele nu fuseseră niciodată atât de lungi şi atât de apăsătoare. Aşteptau amândoi nerăbdători, dar cu răbdare, să se revadă. Se pregăteau pentru asta.

Schimbase de zeci de ori ceea ce voia să îi spună, până într-atât încât nici ea nu mai înţelegea nimic. Ajunsese să treacă aproape zilnic pe şoseaua din apropierea casei lui. Încetinea maşina pentru câteva clipe şi urmărea casa, cu emoţie şi cu teamă. Gândul că avea să vină să îl vadă o înspăimânta. Se cutremura de atâta dor şi de atâta teamă. Dacă nu va mai fi la fel? Dacă nu vor mai fi la fel? Dacă nu se vor mai iubi? Simţea că nu poate fi adevărat. Dar nu-şi putea imagina cum va fi. I se părea ironic şi amuzant şi trist că ajunsese să îl spioneze. Aşa cum făcuse el cu ea atâţia ani. Şi acum înţelegea, în sfârşit. Înţelegea şi-şi pleca ochii înlăcrimaţi, ruşinată că nu a înţeles iubirea lui pentru ea. Tocmai iubirea pe care o aşteptase o viaţă întreagă. Iubirea în care era centrul vieţii cuiva. Fusese aproape toată viaţa centrul vieţii lui şi atunci când ar fi trebuit să înţeleagă asta şi să se cutremure de atâta iubire, tot ce a ştiut să facă a fost să-i arunce vorbele şi privirea care i-au sfâşiat sufletul. A ştiut de atunci, a văzut cum sufletul lui se prăbuşeşte îndurerat şi de câte ori îşi amintea simţea şi ea durerea lui.

Alexander observase de câteva ori maşina albă care încetinea pe şosea în dreptul aleii de la intrare. Dar nu era singura maşină care făcea asta. Casa era foarte frumoasă şi cu o poziţionare ideală, aproape de şosea, dar totuşi izolată, înconjurată de dealuri line. Aşa încât multă lume se oprea să o admire. Nu s-a gândit că ar putea fi ea. Observase însă că aceeaşi maşină, încetineşte aproape în fiecare seară şi asta i-a atras atenţia.

Participa mult mai implicat la ședințele de terapie și mult mai determinat să se vindece și i se părea că începe să simtă efectele pozitive. Începuse din nou să alerge și încerca să mănânce și să doarmă regulat. Le făcea pe toate organizat și perseverent, ca și cum ar fi fost un obiectiv și nu o necesitate. Nu le făcea pentru el acum. Le făcea pentru ca ea să nu-l vadă așa cum ajunsese, pentru că i se părea că este de nerecunoscut.

Uneori, se gândea înspăimântat că poate n-o să vină. Dacă nu vrea să aștepte până când a rugat-o el să vină și atunci n-o să mai vină deloc? Sau poate că doar vrea să îi vorbească și atât. Să îi spună ce o frământă, ce crede ea că a greșit și atât. Să-și spovedească greșelile ca să poată trăi liniștită. Poate că nici nu e singură. Dar i-a spus lui Patrick că-i este dor de el. Dar poate că nici Patrick n-a înțeles.

Katalin, măcinată de îndoială, se gândea uneori, paranoică, că poate Patrick o mințise. Nu avea nicio dovadă că Alexander stătea acolo. Nu avea nicio dovadă că el îi transmisese invitația asta. Poate că doar au vrut să scape de ea. Sau dacă Alexander nu o va primi? Dacă de fapt nu vrea să o vadă? Dacă se răzbună pe ea, punând-o să aștepte o întâlnire ce nu va avea loc? Se săturase de atâtea gânduri și întrebări. Ar fi vrut câteodată să nu mai fie ea, să iasă din mintea ei, atât de plină de întrebări care o asurzeau.

Se întreba mereu ce se întâmplase cu el. Despre ce probleme de sănătate nu a vrut Patrick să-i vorbească? Cât timp fuseseră împreună a rămas cu impresia cu Alexander este perfect sănătos. Nu se plângea niciodată de nimic, nu îl deranja niciodată nimic. Ce putea fi atât de grav și de serios încât să renunțe la activitatea lui? Ea avea vreo legătură cu asta? Despărțirea lor avea legătură cu asta? Din cauza asta nu se vedeau acum? Pentru că el încă mai avea probleme de sănătate? De asta nu-l văzuse niciodată nici în preajma casei? Poate că de fapt era internat undeva.

Toată avalanșa de întrebări o sufoca. Se trezea în miezul nopții, speriată de gânduri și de vise și ar fi vrut să îl vadă. Să se ducă chiar atunci la el să îl vadă. Să se asigure că e bine, că nu i s-a întâmplat nimic serios. Își amintea mereu coșmarul ei din primele săptămâni în care au fost împreună și se cutremura la gândul că el a fost bolnav și ea nu a fost lângă el. Se întreba dacă Alexander, atât de sigur pe el, atât de puternic și de dominant, așa cum îl știa, se schimbase. Devenise oare vulnerabil? Slab? Nesigur?

S-a gândit într-o zi să încerce să-l mai sune încă o dată. Nu-i confirmase nimeni că numărul lui rămăsese același, dar nici nu avea nimic de pierdut. Încercase într-o doară, așa cum încercase de atâtea ori de când se hotărâse să îl caute, și a tresărit speriată atunci când a auzit că la capătul celălalt, telefonul suna. Aproape că a intrat în panică și ar fi vrut să închidă. Dar îi era atât de dor de vocea lui. La capătul conexiunii, acolo unde telefonul începuse să sune și Alexander a tresărit speriat. A lăsat telefonul pe masă și acum se îndepărta și revenea lângă el, agitat, și fără să știe ce să facă. Dar îi era atât de dor de vocea ei.

Sunetul ce se tot repeta sâcâitor s-a întrerupt brusc și liniștea plină de emoție mută de la capătul celălalt i-a confirmat că el i-a răspuns.

– Alexander? s-a auzit vocea ei dulce vibrând în urechea și în inima lui.

Zbuciumul agitat al inimii aproape că îl lăsa fără aer.

– Da, Katalin, i-a răspuns după o clipă ce părea nesfârșită.

Vocea ei era gâtuită de emoție. Vorbea repede și așeza cuvintele într-o ordine haotică.

A înțeles că îl sunase ca să confirme adresa și îl întreba când poate să vină să îl vadă.

– Când vrei să vii? a întrebat-o șoptit.

Mai era o lună până când îi spusese el să vină să îl vadă.

– Tu când vrei să vin? a șovăit ea.

Acum. Acum aș vrea să vii. Dar îmi este atât de teamă. Teamă de tine. De mine. De noi. De dorul nesfârșit care mă înnebunește. Așa cum mă înnebunesc toate lucrurile de când nu mai ești cu mine. Pentru că toate mă duc cu gândul la tine. Poate că sunt nebun cu adevărat și nu mă vei recunoaște. Poate că voi trezi din nou în ochii tăi repulsia și groaza, când mă vei privi.

Simțea, în liniștea care se lăsase, că îi vorbea. Nu auzea însă nimic.

– Alo?

– Katalin... ar trebui să vii peste o lună, așa cum ți-am transmis prin Patrick, i-a răspuns el încet. Fără convingere. Fără încredere. Dar n-a mai spus nimic.

Deci nu-i era dor de ea. Nu-și dorea să o vadă, așa cum simțea ea că vrea să îl vadă. Că simte că se sufocă de atâta dor.

– Bine, a răspuns ea încet, în timp ce tristețea a început să o sugrume. La revedere!

Și a închis, pentru că nu mai avea ce să îi spună. Și pentru că nu mai putea opri lacrimile care au izbucnit nemiloase.

S-a lăsat în genunchi pentru că simțea că doar lăsându-și greutatea cât mai aproape de pământ își va păstra echilibrul. Nu o mai iubea! Nu era vocea lui, era vocea unui străin. Atât de familiară și atât de distantă. Nu era vulnerabil, era nepăsător.

Sunetul care a întrerupt conexiunea l-a lăsat într-o liniște asurzitoare. Auzea cât e de gol. Cât de pustiu era sufletul lui, ca o cavernă în care urla însuși diavolul. De ce nu a chemat-o acum? Cât de dor îi era! Și cât de teamă! Maxilarul i se încleșta dureros. *Dacă vine aici doar ca să îl judece, din nou? Și să îl urască? Din nou. Dumnezeule! Cum îl secătuise iubirea asta de viață!* De parcă singurul său rost pe pământ ar fi fost să o iubească pe ea! Da, ăsta era singurul lui rost! Măcar fusese atât de norocos încât să își afle rostul pe pământ. Și atât de nefericit să o urmărească fără încetare. Punea de multe ori în balanță dacă cele câteva luni de iubire meritau anii întregi de durere și neputință. Meritau. De fiecare dată. Acele luni au fost toată viața lui. Viața lui se terminase după ea și se întreba uneori, absent, distant și fără emoție, de ce continua să existe? De ce nu murea? De ce nu avea o boală adevărată din care să moară? Depresia asta care îl lovise era o aiureală. O boală la fel de stupidă ca și el, că nici măcar nu credea că e o boală și din care nu ar fi murit decât dacă și-ar fi luat singur zilele. Probabil că pentru alții era o boală adevărată, gravă, dar pentru el trebuie că era o tâmpenie. Nici măcar o boală serioasă nu putea avea. Continua să fie la fel de penibil, cu o afecțiune la fel de penibilă, așa cum fusese toată viața lui. Asta credea. Unde fusese el în viața lui? Unde se vedea ce și cum era el? În afara de cele câteva luni petrecute cu ea, existase degeaba. De asta nu se mai îndrăgostise niciodată de altcineva, nu-și dorise copii, întocmai ca să nu aibă copii până acum, ca să nu rămână nimic în urma lui. Totul era atât de amar și de stupid și de singur în el și în existența lui.

Voia să îl vadă. Chiar dacă, gândindu-se mereu la asta, începuse să i se pară tot mai limpede că nu o mai iubește. Trebuia să meargă până la capăt. Ea îl mai iubea. Cel puțin asta simțea acum. Și neputință și frustrare. Și ca să fie totul și mai dureros, își spunea mereu că este doar vina ei. Prin urmare, trebuia să fie pregătită pentru tot. Pentru fiecare umilință și fiecare lovitură imaginară pe care el le va lansa. Și dacă totuși o mai iubea? Și dacă totuși o iubise mereu? Dintotdeauna și pentru totdeauna.

În orice caz, cum a putut să îl piardă? Așa cum nu-i venea să creadă că l-a avut. Cum de nu a înțeles ea atunci că tot ce trăise cu el nu avea să mai trăiască vreodată? Cum a putut să plece? Cum a putut să dea cu piciorul la toată dragostea? Toată dragostea năucitoare, care nu era decât pentru ea. Decât ca să o facă pe ea fericită. Era de necrezut că fusese iubită atât de mult. De asta a și pierdut tot. Pentru că nu a înțeles cât este de iubită. Acum înțelesese în sfârșit și se temea că nu-l va avea înapoi.

Soarele strălucea cu putere. Cu bucurie. Cu viață. Din nou. Ca de atâtea ori. I se părea că ar fi fost mai potrivit un cer întunecat, plin de nori negri și groși. Mai potrivit pentru ce simțea în sufletul ei acum. Ajunsese și ziua aceasta. Pentru că oricât de nerăbdătoare sau nu este așteptarea, toate zilele vin și trec. Cu punctualitate și nepăsare pentru tot ce e în suflet. Pentru toate speranţele. Şi pentru toate temerile.

Pentru prima dată, maşina a virat stânga, pe aleea de la intrare, după ce încetinise de atâtea ori pe şosea, doar ca să treacă apoi mai departe. Emoţiile erau atât de puternice încât se simţea deja epuizată. Şi abia ajunsese aici. Orice şi-a spus şi oricât de mult îşi dorise asta, nu reuşea să le potolească. După ce a oprit motorul maşinii a înţeles că zgomotul care o asurzea era bubuitul inimii ei neliniştite şi speriate. Într-un fel, îşi dorea să întoarcă maşina şi să fugă. Dar ştia că încercările vieţii sunt cele care dau măsura. Care testează. Care întăresc. Şi consumă. Şi dacă nu ar fi fost greu, probabil că nu ar fi contat.

Totul arăta curat şi îngrijit. Observa şi aici stilul lui cu care se obişnuise: simplu, aerisit şi spaţios. S-a oprit la mijlocul scării care urca spre intrarea casei. Gura îi era uscată şi simţea că nu mai poate vorbi.

Nu i-a deschis el. Trebuia să se aştepte la asta. A conştientizat că nu se ocupa singur de casă. Nici nu ar fi avut cum. Şi nici nu-i stătea în fire. I-a deschis o doamnă în vârstă, cu faţa senină, şi care a reacţionat ca şi cum ar fi cunoscut-o. Sau ca şi cum ar fi recunoscut-o. A invitat-o cu căldură şi cu grabă în casă, ca şi cum ar fi fost de neacceptat să mai aştepte o secundă în plus în faţa uşii.

În interior totul era ordonat şi aşezat în linii drepte. A surprins-o că erau foarte puţine obiecte de mobilier sau decorative. Nu mai era vorba de stilul minimalist adoptat de Alexander, ci părea mai degrabă că nu s-a ocupat nimeni de asta.

Femeia a invitat-o într-o cameră spaţioasă ce părea a fi livingul şi unde se aflau doar o canapea şi o măsuţă scundă. Nu voia nimic de băut. A invitat-o să ia loc şi i-a spus că Alexander urmează să se întoarcă în scurt timp. Dacă dorea, putea să-şi arunce o privire în restul casei sau să se plimbe prin grădina din spate.

– Sau puteţi merge să vedeţi caii, i-a mai spus femeia zâmbindu-i cu înţelegere. Sunt foarte frumoşi şi bine îngrijiţi. Domnul Alexander are foarte multă grijă de cai.

I-a mulţumit şi i-a spus că va rămâne în living. S-a aşezat pe canapea, hotărâtă să aştepte. Temătoare. Şi atât de nerăbdătoare. I s-a părut că liniştea e apăsătoare. Aproape că îi ţiuiau urechile şi îşi auzea inima pulsând în tâmple. Ritmul devenea asurzitor de îndată ce îşi amintea de ce e aici şi că el trebuie să apară. Părea că în casă nu mai este nimeni şi liniştea îi confirma că e singură. Nu înţelegea unde a dispărut femeia cu care vorbise.

Pentru că emoţiile o agitau, a decis să se plimbe puţin prin cameră. S-a trezit că străbate holul şi îşi aruncă curioasă câte o privire şi în restul camerelor de la parter. Se simţea ca un intrus, deşi îşi amintea că femeia o invitase să se uite prin casă.

Biroul era singurul mobilat complet, inclusiv cu o bibliotecă încăpătoare în care a recunoscut cărţile lui Alexander. Camera mirosea a el şi a închis ochii inspirând parfumul. Şi a trăit toată apăsarea momentului care se contura tot mai real. Ajunsese aici. Urma să îl vadă. Se întreba panicată dacă totuşi va veni. Se gândise la asta de câteva sute de ori în ultimele luni şi tot se simţea nepregătită. Tot nu ştia ce-i va spune. Gândurile, ideile şi toate întrebările i se roteau ameţitoare prin minte. Poate că nu mai e singur. Poate că nu o mai iubeşte. În nicio încăpere nu văzuse nicio fotografie cu ei doi sau cu ea. Şi asta a pus-o pe gânduri. Şi a întristat-o. Şi a speriat-o. Ce caută aici? Poate că şi el o va întreba acelaşi lucru. Şi ce-i va răspunde? Şi-a spus mereu în ultimele luni că e pregătită să se umilească, ca să îi arate că îl iubeşte. Ca să îl roage să o ierte. Dar oare el ar lăsa-o să se umilească? Ea ar mai putea trăi lângă el ştiind că a lăsat-o să se umilească? N-ar fi asta o cruzime din partea lui? Merita ea asta? Poate că o merita. Îi era teamă şi în acelaşi timp era nerăbdătoare să îl vadă. Şi sentimentele amestecate o agitau.

Biroul avea o uşă glisantă de sticlă, ce dădea într-o terasă spaţioasă. A ieşit pe terasă şi a văzut-o în grădină şi pe femeia care i-a deschis. Înţelegea acum că plecase să se ocupe de tufele de trandafiri. I-a zâmbit şi i-a zâmbit şi ea înapoi. În spatele casei se întindea o păşune largă, mărginită de mici dealuri cu pâlcuri de vegetaţie. În partea stângă se vedeau grajdurile și spațiile amenajate pentru cai. Dar era prea agitată să se ducă acolo. Voia să îl vadă pe el și așteptarea părea nesfârșită. S-a întors în casă și s-a așezat temătoare la biroul lui, fără să atingă nimic. Apoi și-a așezat mâinile pe marginea biroului. Acolo unde bănuia că stau de obicei mâinile lui. Mâinile lui, cu degete lungi și subțiri și calde. Nu mai venea. Așteptase aproape o oră, dar i se părea că e aici, așteptând, de zile întregi. Poate că era mai bine să plece. S-a ridicat și s-a apropiat de geamul din dreapta biroului. În depărtare, se vedea coborând dealul, călărind în galop și îndreptându-se spre casă un bărbat de statura lui Alexander. Când s-a apropiat și l-a văzut mai bine a realizat că se entuziasmase degeaba, pentru că nu era el. Poate că era mai bine să plece. Dacă atunci când a ajuns i s-a părut că e epuizată, acum se simțea la capătul puterilor. Așteptarea, incertitudinea și emoțiile o copleșeau. Știa că nu-l anunțase că vine astăzi. Nu a avut curajul să-l mai sune. De fapt, se temuse că el va amâna acest moment sau, mai rău, că-i va spune să nu mai vină deloc. A venit la exact o lună de când vorbiseră la telefon. Poate că el nu a ținut cont de asta. Poate că uitase. Probabil că femeia care se ocupa de casă nu știa cu exactitate când vine și când pleacă el. Putea foarte bine să îl aștepte toată ziua. Gândurile și întrebările i se succedau dezordonat. Nu putea duce unul la capăt, că începea imediat altul.

În lumina puternică a zilei de vară care năvălea în încăpere, silueta ei, în dreptul ferestrei, era exact așa cum și-o imaginase de mii de ori. Așa cum o visase cu ochii deschiși.

S-a întors brusc, aproape hotărâtă să plece și nu se aștepta să îl vadă. O privea, rezemat în tocul ușii, cu mâinile în buzunare. Nu știa când a venit. Adâncită în emoții și întrebări, nu-l auzise și nu-l simțise. Avea o cămașă subțire, de vară, albastru-închis, cu mânecile suflecate până sub coate. După ce s-a gândit că e neschimbat, a observat că tâmplele lui sunt ușor grizonante. Ar fi vrut să îi sară de gât și să îl sărute. Dar avea o atitudine atât de rece și de distantă. Avea o privire întrebătoare și bănuia că urma să o întrebe ce caută aici.

Purta o rochie albastră pe care n-o știa. Și-a amintit apoi că nu fuseseră împreună vara. Că ei nu se iubiseră vara. Doar el o iubise. Atâtea veri fierbinți și tăcute, când o regăsea în adierea timidă a vântului cald. Era la fel de fragilă și de frumoasă, cum și-o amintea. Și atât de departe. Înțelegea acum, văzând-o, că sufletul lui era spart. Și vizualiza cu ochii minții cioburile mari și împrăștiate. Dorul de ea fusese nemilos. Și, de când își putea aminti, niciodată nu trecuse atâta timp fără să o vadă. Oare voia și putea să-i lipească la loc sufletul cu picături de aur? Oare mai avea în iubirea ei picături de aur? Dar oare... îl mai iubea?

– Bună dimineața, Katalin!

Își scosese mâinile din buzunare și își împreunase degetele, așteptând.

– Bună dimineața!

Așteptau, cercetându-se cu priviri fugare. Speriați amândoi de iubire și că nu mai sunt iubiți.

– De ce-ai venit, Katalin?

Știa cum sunase întrebarea și că tonul lui fusese rece și nepăsător. Așa cum nu era de fapt. Dar nu mai voia să sufere. Nu mai avea puterea să sufere. Trebuia cumva să se protejeze. Știa că e nedrept. Bănuia cât de greu i-a fost să îl caute. Cât de greu i-a fost să vină aici. Știa acum că ea era cea care trecea cu mașina aproape în fiecare seară și încetinea în dreptul casei.

Deci nu doar că ar lăsa-o să se umilească, dar va fi el cel care o umilește.

– Îmi face plăcere că ești aici, a continuat el, ca și cum i-ar fi auzit gândul.

Ar fi vrut să îi spună că e bucuros că e aici. Fericit, de fapt. Atât de fericit, că îi venea să urle. Să o ia în brațe și să o sărute până când n-ar mai fi avut aer. Nici nu mai ținea minte ce gust și ce culoare are fericirea. Dar nu știa de ce e aici. Așa încât nu trebuia să-și deschidă sufletul. Era mai sigur să nu-și deschidă sufletul.

Nu a mai repetat-o, dar întrebarea lui, strident colorantă și strălucind violent, părea că în continuare clipește în aer. Aproape că o puteau vedea luminând.

Da, oare de ce a venit? s-a întrebat ea, întorcându-şi privirea spre geam. Îşi amintea de vorbele lui, că cele două cuvinte, te iubesc, nu pot reflecta tot ceea ce simţi. Avea, ca de atâtea ori, dreptate. Aici, chiar şi acum, în momentul ăsta rece şi ciudat, în care el o priveşte distant, simţea că e locul ei. De fapt nu aici, şi-a spus privindu-l. Şi s-a apropiat încet.

S-a oprit în faţa lui, privindu-l. Ochii lui erau uşor măriţi şi aştepta încordat. În mintea lui se retrăgea îngrozit şi înfricoşat că-l va atinge, dar în faţa ei a rămas impasibil şi nemişcat.

– Alexander...

– Katalin, de ce-ai venit? a întrerupt-o nerăbdător.

Vedea că o intimidează, din nou, şi de data asta, doar de data asta, exact asta îşi dorea să facă. Tenul ei devenise palid şi buzele i se uscaseră de spaimă. Îşi imaginase momentul de sute de ori şi scenariul ăsta nu rulase niciodată în faţa ei.

– Am venit să te văd, a căutat ea să câştige timp.

– De ce să mă vezi, Katalin? De ce-ai venit?

Întrebarea se repeta obsesiv, aproape enervant. Venise pentru că îl iubea, la dracu, de asta venise. Chiar şi acum, când o chinuia aşa, simţea cum îl iubeşte. Dar cum faci o declaraţie de dragoste tocmai călăului care te interoghează nemilos? Şi de ce făcea asta? Nu se simţea umilită, aşa cum s-a temut, se simţea hărţuită. Dar ce voia de fapt cu asta? Să se răzbune sau să o facă să plece?

A apucat-o atunci de umeri, ca şi cum ar fi auzit ultima întrebare din gândul ei. S-a aplecat spre ea, blând, dar încolţind-o cu privirea întunecată.

– Katalin, de ce ai venit?

Nu-şi propusese asta. De fapt, nu-şi propusese nimic. Şi nu ştia la ce să se aştepte. Dar dacă a venit aici doar ca să-i spună că şi ea a greşit, aşa cum i-a spus lui Patrick, doar ca să-şi ceară iertare, pentru că avea aerul celui spăşit, care vrea să îşi ceară iertare, sau doar ca să se convingă că are o existenţă mizerabilă, fusese o prostie din partea ei. Nu avea nevoie nici de confirmări, nici de scuze, nici de milă.

Întrebarea pe care o repeta obsesiv era de fapt un strigăt, o rugăciune, o speranță. El, și nu ea, era cel torturat, pentru că aștepta disperat un singur răspuns, ce întârzia să apară. Și ochii ei albaștri, *cât de dor îi fusese de ei,* îl priveau iarăși până în adâncul sufletului.

– Vorbește-mi, Katalin, te rog! De ce-ai venit aici? De ce-ai venit să mă vezi?

Dumnezeule, măcar de i-ar răspunde odată, să-i spulbere toată teama și îndoiala și așteptarea. Măcar să știe, să înțeleagă de ce e aici. Spera că nu a venit cu gândul binefăcător să îl salveze. Spera că a venit ca să se salveze pe ea. Doar așa, dorindu-și să se salveze pe sine, l-ar fi salvat pe el cu adevărat.

Se aplecase spre ea și mirosul lui, straniu și frumos, de mosc și de lemn crud și umed, îi confirma cât de mult îl iubește. Trezea în ea iubirea, de parcă ar fi fost întipărită adânc în fiecare celulă din trupul ei și acum, doar simțindu-i parfumul și se trezeau la viață. Fața palidă și ochii negri, ușor încercănați, o hipnotizau. O întreba mereu același lucru, dar nu mai înțelegea despre ce era vorba. De aproape, observa mai bine tâmplele grizonante. Linia dintre sprâncene se adâncise mai mult de când nu-l mai văzuse. Cu siguranță nimeni n-o mai dezmierdase. Buzele lui dulci se strângeau înverșunate și riduri mici și fine, necunoscute ei, îi înconjurau ochii. Ce dor îi fusese de el. Și era atât de aproape de ea. Dacă ar întinde mâinile, l-ar putea atinge.

– Katalin! a trezit-o el din transă, speriat, pentru că își întindea mâinile spre el și urma să îl atingă. *Nu, să nu-l atingă. Să nu simtă cum tremură și cum îi bate inima. Să nu-l îngenuncheze cu atingerea ei ușoară, ca o petală de magnolie.* De ce-ai venit? a întrebat-o apăsat, strângând din maxilar, sperând că mâinile ei se vor opri în aer. Dar nu s-au oprit.

– Am venit, Alexander, a început ea, cu vocea răgușită și așezându-și mâinile pe pieptul lui, pentru că îmi era dor. Îmi era dor de tine. De noi. Chiar și de mine, așa cum sunt atunci când suntem amândoi. Am venit, Alexander, a continuat, în timp ce el i-a dat drumul și s-a retras învins, pentru că nu pot să trăiesc fără tine. Am încercat, dar nu pot și nu vreau să mai fiu fără tine. Pentru că în toate lunile care au trecut, doar am supraviețuit. Am venit, Alexander, pentru că te iubesc.

Era același *te iubesc*, dintotdeauna, simplu și complet, ca o dăruire totală. Și nu mai crezuse să îl audă vreodată. Înălțase ziduri groase, puternice și reci și se lansase agresiv în atac fără să fi fost amenințat, doar pentru că îi era teamă. Și a fost atât de ușor învins cu adierea caldă a florilor care își scuturau petalele cu șoapte de dragoste. Căderea lor îi aducea liniștea la care nu îndrăznise să viseze, dar la care începuse să spere atunci când a văzut-o. Și dragostea la care se temuse să se mai gândească era cu atât mai frumoasă pe cât era de neașteptată.

Îl privea așteptând și din ochii albaștri începuseră să se prelingă lacrimi. Nu i-a răspuns nimic și nu-i spunea nimic. Simțea cum i se strânge inima de teamă, așteptând un cuvânt sau o reacție din partea lui.

I-a cuprins atunci fața în palme și și-a lipit fruntea de a ei, privind în ochiul mare și albastru. I-a sărutat obrajii și a simțit lacrimile dulci și sărate.

Gura ei l-a căutat, rugându-l. Mâinile lui erau la fel de calde și de tandre cum și le amintea. Ar fi vrut să nu-i mai dea drumul. Și-a apropiat buzele de ale lui și el i-a răspuns sărutând-o, așa cum o făcea mereu, cu o atingere ușoară, ca bătaia din aripi a unui fluture. *De ce mă săruți așa mereu?* și-a amintit șoapta ei, când îl întrebase odată. *Cum?* a răspuns el, încercând să pară că nu a înțeles. *Așa!* i-a răspuns ea zâmbind și imitându-i sărutul. *Întotdeauna când mă săruți, la început îmi atingi buzele foarte ușor,* și i-a zâmbit așteptând. *Nu știu...* a mințit-o el atunci, rușinat.

— Te sărut așa, i-a răspuns acum printre sărutări, pentru că mereu mă tem că ești doar un vis...

Lumea lor se reconstruia invizibil din piese mici, colorate și strălucitoare. Toate se roteau amețitor în jurul lor până când își găseau locul. Locul în povestea de iubire fără început și fără sfârșit. Se regăseau din nou, așa cum o făcuseră de mii de ori, după ce se chemaseră fără să știe, fără să înțeleagă și fără să-și cunoască numele.

Zaine de Ana Arion
Editura Eagle, Ediție Princeps (2017)
Format: 13 x 20 cm
Format internațional: 5,06x7,81 inci
Număr de pagini: 262
www.edituraeagle.ro
Email: office@edituraeagle.ro

* 9 7 8 6 0 6 8 3 1 5 9 7 3 *